Tous Continents

Collection dirigée par
Isabelle Longpré

De la même auteure chez Québec Amérique

Adulte

Là où la mer commence, coll. Tous Continents, 2011.
Au bonheur de lire, Comment donner le goût de lire à son enfant de 0 à 8 ans,
  coll. Dossiers et Documents, 2009.
Pour rallumer les étoiles, coll. Tous Continents, 2006.
Le Pari, coll. Tous Continents, 1999.
La Bibliothèque des enfants, Des trésors pour les 0 à 9 ans,
  coll. Explorations, 1995.
Du Petit Poucet au Dernier des raisins, coll. Explorations, 1994.

Jeunesse

SÉRIE MARIE-LUNE

  Un hiver de tourmente, coll. Titan+, 2012.
  Ils dansent dans la tempête, coll. Titan+, 2012.
  Les grands sapins ne meurent pas, coll. Titan+, 2012.
  Pour rallumer les étoiles – Partie 2, coll. Titan+, 2009.
  Pour rallumer les étoiles – Partie 1, coll. Titan+, 2009.

  Ta voix dans la nuit, coll. Titan, 2001.

SÉRIE JACOB JOBIN

  La Grande Quête de Jacob Jobin, Tome 3 – La Pierre bleue,
   coll. Tous Continents, 2010.
  La Grande Quête de Jacob Jobin, Tome 2 – Les Trois Vœux,
   coll. Tous Continents, 2009.
  La Grande Quête de Jacob Jobin, Tome 1 – L'Élu, coll. Tous Continents, 2008.

SÉRIE CHARLOTTE

  Une gouvernante épatante, coll. Bilbo, 2010.
  La Fabuleuse Entraîneuse, coll. Bilbo, 2007.
  L'Étonnante Concierge, coll. Bilbo, 2005.
  Une drôle de ministre, coll. Bilbo, 2001.
  Une bien curieuse factrice, coll. Bilbo, 1999.
  La Mystérieuse Bibliothécaire, coll. Bilbo, 1997.
  La Nouvelle Maîtresse, coll. Bilbo, 1994.

  La Nouvelle Maîtresse, Livre-Disque, 2007.

SÉRIE ALEXIS

  Macaroni en folie, coll. Bilbo, 2009.
  Alexa Gougougaga, coll. Bilbo, 2005.
  Léon Maigrichon, coll. Bilbo, 2000.
  Roméo Lebeau, coll. Bilbo, 1999.
  Toto la brute, coll. Bilbo, 1998.
  Valentine Picotée, coll. Bilbo, 1998.
  Marie la chipie, coll. Bilbo, 1997.

SÉRIE MAÏNA

  Maïna, Tome II – Au pays de Natak, coll. Titan+, 1997.
  Maïna, Tome I – L'Appel des loups, coll. Titan+, 1997.

Marie-Tempête

Catalogage avant publication de Bibliothèque et Archives nationales du Québec et Bibliothèque et Archives Canada

Demers, Dominique
Marie-Tempête
3e éd.
(Tous continents)
Publ. antérieurement sous les titres : Un hiver de tourmente. Montréal :
Courte échelle, c1992 ; Les grands sapins ne meurent pas. Montréal :
Québec/Amérique, c1993 ; Ils dansent dans la tempête. Boucherville :
Québec/Amérique jeunesse, c1994.
ISBN 978-2-7644-2265-6
I. Demers, Dominique. Hiver de tourmente. II. Demers, Dominique.
Grands sapins ne meurent pas. III. Demers, Dominique. Ils dansent
dans la tempête. IV. Titre. V. Collection : Tous continents.

PS8557.E468M37 2012b   C843'.54   C2012-941623-1
PS9557.E468M37 2012b

Conseil des Arts   Canada Council
du Canada   for the Arts

SODEC
Québec

Nous reconnaissons l'aide financière du gouvernement du Canada par
l'entremise du Fonds du livre du Canada pour nos activités d'édition.

Gouvernement du Québec – Programme de crédit d'impôt pour
l'édition de livres – Gestion SODEC.

Les Éditions Québec Amérique bénéficient du programme de subven-
tion globale du Conseil des Arts du Canada. Elles tiennent également
à remercier la SODEC pour son appui financier.

Nous remercions le gouvernement du Canada de son soutien financier pour nos activités de traduction dans le cadre du Programme
national de traduction pour l'édition du livre.

Québec Amérique
329, rue de la Commune Ouest, 3e étage
Montréal (Québec) Canada H2Y 2E1
Téléphone : 514 499-3000, télécopieur : 514 499-3010

Dépôt légal : 3e trimestre 2012
Bibliothèque nationale du Québec
Bibliothèque nationale du Canada

Nouvelle édition dirigée par Geneviève Brière
Révision d'épreuves : Émilie Allaire et Chantale Landry
Conception graphique : Nathalie Caron
Montage : André Vallée – Atelier typo Jane
Photographie en couverture : © Bblood / Dreamstime.com

Imprimé au Canada

DOMINIQUE DEMERS

Marie-Tempête

Québec Amérique

À Jeannine et à Michel
À mon père
À sœur A. et à ses amies cloîtrées,
Femmes de lumière et de silence
Qui m'ont accueillie avec tant d'amitié
Pour me laisser avec ce bonheur nouveau
De savoir qu'elles existent.

J'aimerais également remercier vivement le Dr Lucie Sarrazin-Vincelette, médecin de famille, Mme Michèle Boily, agente de service social à l'école Rosalie-Jetté, Isabelle Gélinas, étudiante à la même école, et Mme Christine Maraval, directrice du service d'adoption du Centre des services sociaux du Montréal métropolitain, pour leurs précieux conseils.

Merci aussi à Yolande, Josée, Diane et Karine.

Préface
Marie-Tempête : un vrai roman

Il a bien fallu s'en apercevoir. Dominique Demers avait commencé par publier *Un hiver de tourmente*, puis *Les grands sapins ne meurent pas* et, finalement, *Ils dansent dans la tempête*. Trois romans « jeunesse », comme on dit. Il s'agissait, en fait, d'un roman de l'adolescence, en trois parties. Un vrai roman. De ce type de l'âge difficile, si rare dans notre littérature, en fait souvent caché dans la case réservée des romans pour « jeunes ».

Il faudrait encore ici reposer la question : y a-t-il vraiment des écrivains « jeunesse » ? N'y a-t-il pas plutôt des écrivains, point ? Dont certains se feraient une spécialité de l'expérimentation humaine propre à certaines étapes ? Le développement segmenté des industries de l'âge (le tendre, le difficile, le professionnel, le doré et le gris), ne doit pas faire illusion. On est écrivain ou on ne l'est pas. Ce qui n'empêche en rien les écrivants de gagner leur vie. Ils sont souvent des passeurs menant aux écrivains. Ils le deviennent parfois eux-mêmes. Sans doute, parce que, dans la modestie de leur commencement, ils ont tout naturellement suivi la pente naturelle de leur propre enfance. Je ne sais pas s'il en fut ainsi pour Dominique Demers, mais elle est pour moi, tout simplement, un écrivain. Une, à qui ne suffira pas la case et l'industrie.

Sa *Marie-Tempête* est un roman du genre entraînant. Elle sait, autour de quelques images aussi simples que vraies, monter une histoire, lui donner souffles et voix, rythme et musique, force et poésie. J'en ai d'abord fait l'expérience dans *Un hiver de tourmente*, où sa Marie-Lune Dumoulin-Marchand prend corps, vit d'une vie lancinante, avec ses réactions à fleur de peau dont on entend bientôt les échos, avec son langage juste, sans facilité comme sans afféterie. J'ai aimé voir grandir cette fille de la ville au bord d'un lac, en s'attachant à un garçon qui sent l'automne, les feuilles mouillées et la terre noire. Son Antoine. Sa bouée dans ce deuil de la mère qu'elle vivra deux fois plutôt qu'une. J'ai apprécié que l'émotion coure là, partout, sans tomber dans le mélodrame.

Et puis, il y a eu ce qui se creuse et pousse dans *Les grands sapins ne meurent pas*. Ce deuxième temps, où se trouve décrite avec tant de soin l'expérience d'une maternité non désirée. J'ai un peu mieux compris pourquoi cette écriture touche et sonne vrai. Son intensité tient pour beaucoup à la vivacité de la sensation même qui est mise en scène. Et il y a aussi, au fondement de ce monde imaginaire, un romantisme nordique, laurentien. Cela se voit plus que jamais quand Marie-Lune va au bout de sa nuit et de sa fascination pour les arbres. Quand *Ils dansent dans la tempête*, c'est pour lui faire découvrir la dimension spirituelle de la vie. Alors de la grande fille de dix-huit ans peut surgir une nouvelle femme. Marie-Lune devient Marie-Tempête et réalise son rêve: dans les bras de l'autre, mimer la nature, étreindre le monde lui-même. Voyez-la faire l'amour:

« Peut-être bien que ce vent ne soufflait que dans nos têtes mais nous avons dansé. Comme les sapins dans la tourmente. Avec ces longs gestes amples et gracieux qui défient les tempêtes. Nous avons dansé dans la musique du torrent, jusqu'à ce que les vents fous se taisent en nous. »

Cette écriture d'une passion nordique, où danse maintenant Maïna, la femme de la taïga, devrait apporter à Dominique Demers l'audience élargie, toute la reconnaissance qu'elle mérite.

Jacques Allard

Partie 1
Un hiver de tourmente

1991

Chapitre 1
Vert forêt et bleu électrique

Ma mère a les cheveux bleus. Elle n'est pas complètement marteau, ni même un peu Martienne, mais simplement coloriste, au Salon Charmante, rue Principale à Saint-Jovite. La semaine dernière, ses cheveux étaient «or cuivré». Le flacon 57, sur l'étagère du haut.

Derrière les séchoirs, tout au fond du salon, ma mère mélange des couleurs. Mèches, teintures, balayages, reflets... Il y a des peintres en bâtiment, d'autres en chevelure. Le bleu, normalement, n'est qu'un reflet. Mais Fernande n'a pas eu le temps de revenir à sa couleur naturelle – noir corbeau sans numéro – avant de l'essayer. Elle sait maintenant que le nouveau «bleu nuit 13» fait un peu psychédélique lorsqu'on l'applique sur un fond «or cuivré 57».

Moi, je rêve d'une mèche bleu électrique. Juste une, presque discrète, qui se tiendrait bravement debout sur le dessus de ma tête. Mais pas question! La petite Marie-Lune de Fernande et de Léandre n'a pas le droit d'être punk. Je me contente d'une coupe légèrement étagée et terriblement ordinaire, signée Gaëtanne, l'amie de ma mère, propriétaire du Salon Charmante.

Ce n'est pas très sophistiqué, mais c'est un peu ébouriffé, ce qui me convient. Avant, j'étais plutôt du genre coupe champignon. Un bol de cheveux renversé sur le crâne. Une auréole de poils trop sages. Maintenant, c'est fini. Je m'appelle encore

Marie-Lune, mais attention ! Je suis plutôt une Marie-Éclipse, une Marie-Tonnerre, une Marie-Tremblement de terre.

C'est drôle ! Les clientes de Fernande lui réclament les pires extravagances, et elle ne bronche pas. Maman peint en blond Barbie les cheveux roux de Mme Lalonde, étale du jaune carotte sur la tignasse noire de Mme Bélanger, teint en noir charbon les derniers poils blancs de Joséphine Lacasse et jure à ces épouvantails qu'elles sont ravissantes. Ces dames lui demanderaient une mèche vert limette, et ma mère brasserait les couleurs sans dire un mot.

Moi ? Voyons donc ! C'est différent.

J'ai déjà été la gloire de Fernande. Sa fille unique. Belle et brillante. Belle, dans la langue de ma mère, ça veut dire propre, bien mise et en bonne santé. Et brillante ? Des « A » partout, en français comme en chimie.

Depuis l'an dernier, ma mère me trouve moins belle et brillante, et beaucoup trop adolescente. Et depuis qu'Antoine est entré dans ma vie, je me suis métamorphosée en cauchemar ambulant. Je fais peur à mes parents. La nuit des vampires, c'est rien à côté de moi.

Fernande a du mal à digérer la nouvelle Marie-Lune. Elle se ronge les sangs et elle s'arracherait aussi les cheveux si elle n'en avait pas déjà perdu autant. Elle fait des drames avec tout, pleure pour rien et souffre toujours de migraines.

Quant à mon père, journaliste sportif au *Clairon des Laurentides*, il lit plus d'articles sur l'adolescence que sur le hockey. Le pauvre a failli faire une syncope en apprenant que 50 % des adolescents ont fait l'amour avant la fin du cours secondaire.

Je suis devenue suspecte.

J'aime Antoine depuis le 27 octobre. Je l'aimais peut-être déjà auparavant, mais j'étais trop poire pour m'en apercevoir. L'année dernière, à la fête d'Halloween de la polyvalente, j'avais dansé avec Sylvie Brisebois.

Sylvie est ma meilleure amie. On se connaît depuis la pouponnière. Nos mères étaient enceintes en même temps. Et toutes les deux, on habite au bout du monde. À vingt minutes de Saint-Jovite, en plein bois, au bord du lac Supérieur. Il n'y a que cinq familles assez cinglées pour vivre là douze mois par année. Quand je pense qu'on pourrait avoir un appartement au cœur de Montréal, près des boutiques de la rue Sainte-Catherine, ça me rend complètement folle.

Tout ça pour dire que l'an dernier, au party d'Halloween, pas un traître gars ne nous avait invitées à danser. On buvait sagement nos Coke dans un coin en faisant attention de ne déranger personne et de ne pas trop attirer l'attention. Deux vraies dindes!

Il faut croire que le Coke nous était monté à la tête parce qu'on avait décidé de danser ensemble. Un slow. Quand j'y pense, j'ai tellement honte. Mais Sylvie et moi, on fait toujours tout ensemble. Sylvie, c'est presque une sœur. On trouvait la musique belle, on était de bonne humeur et on avait envie de danser. C'est tout. Quand Claude Dubé et sa bande nous ont vues, ils se sont mis à hurler.

— Hé! Allez-y, embrassez-vous, les lesbiennes! Dérangez-vous surtout pas pour nous.

Notre soirée avait fini là. Sylvie et moi, on était rentrées au lac sans parler.

Cette année, Sylvie n'est pas venue au party d'Halloween. Et ça n'avait rien à voir avec les moqueries de la bande à Dubé.

Ses parents descendaient passer la fin de semaine à Montréal. Pas question de manquer ça.

J'avais enfilé mon plus beau jean et la chemise bleu ciel du père de Sylvie. C'est elle qui me l'avait prêtée. Je n'avais pas osé emprunter celle de mon père : il aurait fait tout un plat.

Je me sentais drôle, ce soir-là. Triste et heureuse en même temps. Pour rien. Ça m'arrive parfois. J'ai les émotions de travers. Comme si on les avait passées au malaxeur.

Je regardais Nathalie Gadouas danser avec Antoine Fournier et je les trouvais terriblement romantiques. Antoine est grand et beau. Ses cheveux blonds sautillent sur son front et courent un peu sur sa nuque. Ses yeux verts sont immenses et ils brillent comme la forêt autour du lac, les matins d'été.

— Tu danses ?

J'ai changé de galaxie. J'étais loin dans mes songeries. Je ne l'avais pas vu approcher. Antoine était là, devant moi. Gauche et sérieux. Il avait l'air trop grand. Et gêné de l'être.

Je n'ai pas répondu. Je l'ai suivi. Ce n'était pas un nœud que j'avais dans la gorge, mais un troupeau d'éléphants. En avançant, je lui ai écrasé un pied – le droit, je crois. Il était aussi gauche que moi. En voulant me prendre le bras, il a failli s'enfuir avec ma chemise.

On n'a rien dit. On était encore un peu à l'écart du peloton de danseurs quand il m'a enlacée. Ça m'a donné un grand coup au cœur. Il faisait chaud et doux dans ses bras. Son chandail sentait l'automne, la terre noire et les feuilles mouillées.

J'ai toujours aimé l'automne. À cause des grands vents qui hurlent et qui secouent tout. L'automne n'est pas une saison morte. C'est plein de vie, de furie. Mais c'est aussi une saison qui nous berce pendant de longs moments. Au ralenti. En silence. Quand la pluie cesse et que les vents s'apaisent.

Je pensais à tout ça. Et au nom d'Antoine, pas tellement loin d'automne. Du bout de mon nez, je touchais son cou. Mes lèvres étaient toutes proches. J'aurais voulu l'embrasser. Tout de suite. J'avais envie de passer les trois prochains siècles enveloppée dans ses bras et portée par la musique.

Peut-être m'a-t-il entendu penser ? Il s'est détaché lentement. J'ai décollé mon nez de son cou. On s'est regardés. Ses paupières se sont abaissées. La grande forêt verte a disparu et il m'a embrassée. Sur les lèvres. Tout doucement. Tellement doucement que, si ses lèvres n'avaient pas été aussi chaudes, je me serais demandé si c'était vraiment arrivé.

Les musiciens ont annoncé une pause. J'ai pensé à Cendrillon. Mon père venait me chercher à vingt-trois heures. Le métro ne passe pas souvent à Saint-Jovite, surtout à destination du lac Supérieur.

— Il faut que je parte…

J'espérais qu'il comprendrait. Il n'a rien dit. Mais il a attrapé mes mains et les a serrées entre les siennes. Puis il est parti.

À la maison, Fernande m'attendait. Tant mieux ! J'habite à deux heures de Montréal, au bord d'un lac où il y a plus de canards que de jeunes de mon âge. Ma mère a toujours été mon amie. Un peu comme Sylvie. L'année dernière, après la danse, j'avais tout raconté à Fernande. Ma gêne, ma rage, mon désespoir. Cette fois, il m'arrivait quelque chose d'extraordinaire. Et je ne pouvais quand même pas aller le crier aux canards.

Je m'étais assise sur le bord du lit de ma mère. Et je lui avais encore une fois tout raconté. Depuis l'apparition d'Antoine jusqu'au baiser.

J'avais oublié qu'elle avait changé depuis quelques mois. Un vrai porc-épic. Je suis tombée de mon nuage. Une bonne débarque.

— Je n'en reviens pas! Mon Dieu, que tu es naïve! Réveille-toi, Marie-Lune! Tu joues avec le feu. Si tu continues, tu vas te réveiller enceinte à quinze ans.

Ah bon! Et moi qui croyais que pour faire des bébés, il fallait faire l'amour, pas juste s'embrasser. Ma mère gâchait tout. Je n'avais pas envie de faire l'amour avec Antoine.

Pas tout de suite, en tout cas. Je n'ai jamais fait l'amour, moi. Et je ne suis pas certaine du tout d'aimer ça. Des pénis, je n'en ai pas vu des tonnes.

La sœur de Sylvie a déjà fait l'amour. Elle dit qu'on transpire tellement qu'on dégoutte partout. J'imagine des flaques dans le lit et sur le plancher. Ce n'est pas très romantique. Elle dit aussi que la première fois, ça fait mal. Terriblement mal.

Ça fait rire Sylvie.

— Ma sœur aime faire du théâtre. Si c'était tellement horrible et effrayant, penses-tu qu'elle avalerait une pilule tous les matins?

J'avais claqué la porte de la chambre de ma mère et j'étais allée me réfugier dans mon lit. Là, bien au chaud, j'avais fermé les yeux et je m'étais remise à danser.

Chapitre 2
Souvenir bleu ciel et contrat bidon

— Veux-tu des œufs, du gruau ou du pain trempé dans le sirop ? Dépêche-toi de manger… Ah non ! On ne se déguise pas pour aller à l'école.

La voilà repartie. Drame numéro mille. Tout ça parce que j'ai enfilé la chemise bleu ciel du père de Sylvie. Gaston Brisebois a sûrement plusieurs chemises de la même couleur : il n'a pas encore remarqué la disparition.

Ça fait deux semaines et cinq jours que je n'ai pas vu Antoine. Enfin, c'est une façon de parler. On se voit… mais pas assez. À l'école, le matin, avant le début des cours, il m'attend. Il s'installe toujours sous le gros tilleul, au fond de la cour. Même les jours de pluie. On dirait qu'Antoine ne remarque pas le temps qu'il fait. Il porte son blouson bleu-vert.

— Salut !

C'est tout ce qu'il m'avait dit le premier lundi matin après la danse d'Halloween. Je lui avais répondu, et la conversation s'était arrêtée là. Deux mots en tout. Il n'y avait pas de quoi écrire un roman.

J'étais gênée et j'avais peur. À peine descendue de l'autobus, je l'avais cherché des yeux. En l'apercevant, sous son parapluie de feuilles, je m'étais demandé si je devais le rejoindre. D'accord, on avait dansé et il m'avait embrassée. Mais la moitié des jeunes à la danse en avaient fait au moins autant. Comme le dit Sylvie, ça ne voulait rien dire.

J'étais adossée au tilleul. L'écorce est vieille et toute crevassée. Je sentais les bosses dans mon dos. J'avais froid. Il pleuvait bêtement. Des gouttelettes éparpillées, fines et froides. J'avais envie de disparaître. Je pensais que Sylvie avait probablement raison.

Sylvie croit que tous les gars sont comme Thierry Lamothe. L'été dernier, elle était allée au cinéma avec lui. Au moment où Indiana Jones échouait dans un marais infesté de crocodiles, Thierry avait plongé sa main sous la jupe de Sylvie. Elle avait crié, mais personne ne s'était retourné. La moitié des spectateurs avaient hurlé en même temps : un gros croco fonçait sur le héros.

Sylvie avait vidé son panier de pop-corn sur les cuisses de Thierry. Il avait déjà retiré sa main, à son cri. Au coup du popcorn, il était parti. Sylvie était restée. Mais elle était furieuse. Et triste.

Tous les garçons ne sont pas comme Thierry. Le premier matin, pendant que je grelottais sous le tilleul en me tracassant, Antoine m'a entendue penser. Comme à la danse. On aurait dit qu'il avait deviné ce qui me trottait dans la tête. Il m'a regardée et il a pris ma main.

C'est tout. Ensuite, le temps a filé. On croirait qu'il fait exprès pour sprinter quand quelqu'un vous prend la main. La sonnerie du début des cours nous a surpris aussi trempés qu'heureux.

Depuis deux semaines, on se tient par la main le matin, et c'est tout. Parfois, il parle un peu. De la saison de hockey ou du cours d'anglais. Il adore le hockey et déteste Joan Cartner, la prof d'*english*.

Le midi, Antoine travaille à la cafétéria. On ne le voit pas. Il lave les chaudrons. Sylvie était tout étonnée quand je lui ai raconté ça.

— Ouach! Dégueulasse! Tu imagines le fond des plats de spaghetti et de pâté chinois. Le dessus est dégoûtant, alors le dessous...

C'est vrai que la cafétéria de la polyvalente n'a pas très bonne réputation. Mario Levert jure que tous les plats du jour, pâté chinois, chili ou sauce à spaghetti, sont cuisinés avec du rat. Tous les midis, il achète trois hot-dogs. Il dit que les saucisses fumées sont faites de tripes, d'os et de toutes sortes de vieux restes : yeux, oreilles, queues, mettez-en! Et il ajoute que c'est cent fois meilleur pour la santé que du pâté de rat.

Antoine a besoin d'argent. Son père est «ébéniste de métier, mais ivrogne de profession». C'est Léandre, mon père, qui a déjà dit ça. Ça m'avait frappée, même si je ne connaissais pas vraiment Antoine dans ce temps-là. Le père d'Antoine est comme la cafétéria : il a mauvaise réputation. Tout le monde sait qu'il boit. Et la mère d'Antoine n'existe pas. Il n'en parle jamais. Elle est peut-être morte.

L'après-midi, entre la fin du dernier cours et l'arrivée de l'autobus, j'ai exactement huit minutes pour voir Antoine. Ça devrait rassurer ma mère : huit minutes, c'est un peu court pour faire l'amour.

Depuis l'Halloween, mes parents s'arrangent pour remplir mes week-ends. Ça fait deux semaines d'affilée qu'on va à Montréal. Ma mère a des rendez-vous avec un grand médecin spécialiste. Si je comprends bien, sa ménopause fait des siennes. C'est peut-être un prétexte pour m'empêcher de voir Antoine. Pendant que mes parents s'éclipsent, je magasine au Carrefour Angrigon près de chez Flavi, ma grand-mère.

Flavi était étrange, dimanche. La semaine précédente, je lui avais parlé d'Antoine. Elle avait été chouette. Comme d'habitude. Pas de question, pas de sermon. Cette fois, j'avais envie de la mettre dans le coup. Si seulement Flavi pouvait expliquer à sa fille et à son gendre que ce n'est pas bon pour une adolescente de passer ses soirées à compter les canards. J'allais lui parler quand Flavi a fermé la radio.

— Marie, il faut que je te parle.

Flavi ne m'appelle jamais Marie-Lune. Elle trouve mon nom un peu trop astrologique. Elle préfère Marie tout court. C'est plus terre à terre.

— Ta mère ne va pas très bien, Marie... Elle est un peu malade... Et tes amours l'inquiètent...

— Flavi ! Tu te ranges de leur côté maintenant ?

— Mais non !

Elle était pâle. Je ne l'avais jamais vue aussi triste. Elle avait peut-être honte d'être prise en flagrant délit de trahison. Nous avons toujours été complices.

— Bon ! Oublie tout ça...

Flavi avait souri. Ce n'était pas très convaincant, mais c'était mieux que son air d'enterrement. N'empêche que le petit discours de Flavi m'avait coupé le mien.

Heureusement, j'ai Sylvie.

— Tu veux voir Antoine ? Pas de problème !

Sylvie adore jouer à la marraine de Cendrillon. Elle aime secourir les âmes en peine et exaucer les vœux compliqués. En plus, elle est douée.

Demain soir, je garde deux petits monstres. Jacynthe et Clothilde. Des jumelles. Mais elles ne me verront même pas.

Ce n'est qu'un alibi. Sylvie s'occupera des petites pestes pendant que je serai chez Antoine, à deux rues de là.

J'ai raconté à Fernande et à Léandre que Sylvie m'avait décroché un contrat de gardienne. Je ne pourrais malheureusement pas veiller au lac vendredi soir.

— Papa n'aura pas à faire le taxi, je filerai droit chez les Jalbert après l'école.

Léandre a promis de venir me chercher à vingt-deux heures trente, devant la maison des Jalbert. Sylvie était fière de son coup.

— Penses-y! Une soirée à bécoter ton Antoine. Si tes parents téléphonent, je dirai que je te tiens compagnie. J'ajouterai que les deux monstres t'en font voir de toutes les couleurs et qu'en bonne gardienne tu leur racontes une centième histoire. Si Fernande et Léandre tiennent à tout prix à te parler, je t'appelle chez Antoine et tu laisses ton Roméo deux secondes pour donner un coup de fil à tes parents.

Le plan est génial, et je meurs d'envie de passer une soirée seule avec Antoine. Mais en même temps, je me sens un peu triste.

Quelque part en moi, un continent vient d'être inondé. Une grosse tempête et pouf! disparu de la carte. Avant, je n'avais pas de chum, mais j'avais deux amies. Ma mère et Sylvie. J'ai gagné un chum, mais je pense que j'ai perdu une amie.

Chapitre 3
Seule avec Antoine

Je me suis réveillée ce matin avec un bébé bouton éléphantesque sous le nez. Les boutons, c'est comme les embryons. Ça enfle tranquillement. Au début, notre face ne sait pas qu'elle est enceinte. Dans mon cas, l'accouchement ne devrait pas tarder.

Il est arrivé quelque chose d'étrange ce matin. Fernande avait la voix rauque, les yeux pochés, le visage pâle et les gestes lourds. On aurait dit que tous ses membres pesaient trois tonnes. Elle a encore téléphoné à Gaëtanne pour annoncer qu'elle serait en retard. Ma mère sirotait lentement son café quand une mésange a piqué dans la fenêtre de la cuisine.

Fernande s'est mise à hurler comme un chien blessé en voyant le petit paquet de plumes inerte. Rien ne semblait pouvoir l'arrêter. Léandre l'a entraînée dans leur chambre à coucher.

Avant de quitter la maison, je suis allée l'embrasser. Elle était étendue sur son lit mais ne pleurait plus.

— Tu te souviens que je garde ce soir ?

— Oui ? Oui, oui… Bonne chance ! Et n'oublie pas que les enfants doivent se brosser les dents avant d'aller se coucher.

Non mais faut le faire ! Ma mère a le don de se concentrer sur des insignifiances. Elle a l'air complètement lessivée et elle se fait du souci pour les caries de deux petites inconnues.

Ça me rappelle l'année dernière. Fernande avait passé deux semaines à l'hôpital. Une tumeur au sein. Rien d'inquiétant : c'était bénin. Une bosse stupide avait poussé là sans raison. Comme mon bouton. Fernande a sûrement eu peur quand même, car le contraire de bénin, c'est malin et ça, c'est un cancer. Moi, je n'ai pas eu le temps de m'inquiéter. Avant même de connaître le résultat des examens, Léandre m'avait juré que la tumeur n'était pas cancéreuse.

À l'hôpital, ma mère se tracassait à propos du *Guide alimentaire canadien*, l'évangile, selon quelques diététiciens à la noix persuadés que notre corps et notre cervelle vont se détraquer s'ils ne carburent pas midi et soir aux légumes verts et au pain à neuf grains. Tous les matins, ma mère téléphonait pour savoir ce que j'allais mettre dans mon sac à lunch.

— As-tu pensé à un petit morceau de fromage ? N'oublie pas ta pomme…

Ça m'étonne que l'hôpital ne lui ait pas offert un poste d'inspectrice des plateaux. J'imagine bien ma mère faisant le tour des civières pour sermonner des mourants parce qu'ils ont oublié trois petits pois dans leur assiette.

En sortant de la maison, ce matin, j'ai oublié ma mère et mon bouton. Antoine était dans l'air. On aurait dit que l'été des Indiens était revenu. Il faisait doux et le soleil brillait comme un fou. Ça sentait presque le printemps. Au risque de rater l'autobus, j'ai descendu la côte jusqu'au lac. Ça ne m'arrive pas souvent, et je n'en parle jamais. Fernande et Léandre pourraient s'imaginer que j'aime vivre dans notre jungle glacée au bout du monde.

Le lac était beau. Des taches de soleil flottaient sur les vagues. Derrière, tout au loin, les pistes du Mont-Tremblant étaient presque blondes. La neige allait bientôt les envahir. Au pied de la montagne, les falaises noires forment un mur. On dirait qu'elles nous isolent du reste de la planète. Mais ce matin, ça ne m'embêtait pas. Il y a des jours où j'ai l'impression de posséder le lac au lieu d'en être prisonnière.

Un geai a crié. J'ai couru en pensant à l'autobus. Mais, à mi-chemin sur le sentier, je me suis retournée, j'ai regardé le lac une dernière fois, et j'ai crié, moi aussi. Pour me souhaiter bonne chance et bonne journée.

J'ai cherché Antoine toute la journée. Il n'était pas planté sous son arbre ce matin et il n'était pas à la cafétéria ce midi. J'ai téléphoné plusieurs fois chez lui, mais personne n'a répondu. J'étais prête à alerter les policiers quand Sylvie a fourré un billet dans la poche arrière de mon jean, en plein corridor, entre le cours de gym et le cours de maths. Elle s'est sauvée en riant.

J'ai attendu d'être assise, bien tranquille au fond de la classe, avant de défroisser le bout de papier. Même si Antoine est très grand, il écrit en lettres naines. Des pattes de mouches fines et minuscules, perdues sur la page :

À ce soir, beauté ! J'ai congé d'école aujourd'hui. Je suis peut-être malade d'amour. J'espère que c'est contagieu. Es-tu prête à l'attrapé ?

XXXXXXXXXXXXXXXXXXXXXXXXX

Antoine

Sylvie l'avait lu. C'est pour ça qu'elle riait. Elle avait même souligné les fautes d'orthographe. Un peu plus et elle gardait le message pour elle. Elle n'est vraiment pas gênée !

Moi, je n'ai pas ri. J'avais le cœur en jello. Antoine parle peu. Il écoute. Il rit. Il m'ébouriffe les cheveux. Il prend ma main. La caresse ou la presse. Parfois, il me serre très fort dans ses bras et il me soulève pour me faire danser dans les airs. Ça veut dire qu'il est heureux. Moi, je parle pour deux.

Alors sa lettre, quand on le connaît, c'est la débâcle, le déluge, une véritable inondation de mots. Une grande déclaration d'amour.

Il s'était passé quelque chose. Quoi? Je ne savais pas. Mais c'était pour ça qu'il n'était pas à l'école. Sinon, il serait venu. Même s'il n'en avait pas envie. Parce qu'il savait bien que je le chercherais sous le tilleul.

Il s'était passé quelque chose, mais ce n'était pas la fin du monde.

Puisqu'il m'aimait.

J'avais envie d'envoyer promener Betterave, la prof de maths, et de courir tout de suite chez Antoine. Au diable Miss Mathématiques!

Betterave a les cheveux presque mauves, striés de mèches aux reflets rouges, et elle porte toujours des robes d'une autre époque aux couleurs mal assorties à sa tignasse. Sur une autre silhouette, ça ferait psychédélique et plutôt *cool*, mais dans son cas, c'est strictement inesthétique.

J'ai attendu patiemment la fin du cours. Ce n'était pas le temps d'être doublement délinquante. Le plan de ce soir suffisait pour aujourd'hui. La cloche a finalement sonné.

J'étais libre. Enfin! Pas d'autobus, pas de parents. Et Antoine qui m'attendait…

Je ne sais pas ce qui m'a pris. Cinq minutes plus tard, j'étais devant le Salon Charmante. J'avais envie de voir ma mère avant. Sans raison. C'était fou, mais je n'y pouvais rien.

Fernande ne m'a pas vue tout de suite. Mme Laprise m'a souri dans le miroir. Maman me tournait le dos. Elle aspergeait d'un liquide brun les cheveux d'une Mme Laprise déguisée en extraterrestre.

C'est comme ça pour certaines mèches. Il faut mettre un casque de caoutchouc troué et faire sortir de petites touffes de cheveux en les tirant à l'aide d'un crochet. J'avais cinq ans la première fois que j'ai vu ça. Mon père m'avait emmenée au salon voir maman, et je m'étais mise à crier en baragouinant une histoire à propos d'une Mme Monstre. Ma mère et Gaëtanne étaient mortes de honte.

— Salut !

Ma mère s'est retournée. Elle a dû imaginer une catastrophe, car elle s'est renfrognée.

— Que fais-tu ici, Marie-Lune ? Il est arrivé quelque chose ? Tu devais être chez les Jalbert !

— Tu paniques pour rien. Tout est parfait. Mme Jalbert ne part pas avant dix-sept heures. J'ai le temps de flâner un peu. Je venais juste te dire bonjour.

Son visage s'est illuminé. Elle avait l'air franchement ravie.

— J'en ai pour cinq minutes. On pourrait boire un Coke ensemble... Veux-tu ?

Je ne pensais pas rester, mais je n'arrivais pas à dire non.

Je me suis assise devant le miroir. Et j'ai vu mon bouton. L'horreur ! Je l'ai tâté un peu pour mieux l'examiner. Évidemment, il avait grossi. J'ai sans doute fait une grimace. Ma mère devait m'épier. Elle a éclaté de rire. Un bon rire. Vrai. Franc. Ça faisait des siècles qu'elle n'avait pas ri comme ça.

— Tu es belle quand même, tu sais.

Ça aussi, on aurait dit que ça venait du fond du cœur.

Finalement, on n'a rien bu. Une cliente sans rendez-vous est arrivée à la dernière minute. J'ai embrassé ma mère à la sauvette et je suis sortie.

Antoine habite une rue presque déserte, sans arbres. C'est près de chez les Jalbert, mais sur une autre planète. La maison des Jalbert a trois étages, cinq chambres à coucher, un jardin immense, une piscine creusée et des tas de plantes toujours bien taillées. La maison d'Antoine est petite et laide. La peinture pèle sur les vieilles planches de bois et les carreaux des fenêtres sont crottés. La maison semble fragile et terriblement fatiguée.

Ça m'a donné un coup. Antoine a l'air fort et solide. Comme les sapins géants au bord du lac. Les tempêtes s'abattent, le froid grignote tout, le vent fouette les bouleaux et tord dangereusement leurs branches, mais les sapins bougent à peine.

Je ne m'étais jamais demandé où Antoine pouvait habiter. Sa maison ne lui ressemble pas.

J'avais imaginé qu'à mon arrivée, Antoine me soulèverait en me serrant dans ses bras. Mais on s'est simplement regardés comme deux imbéciles, et il m'a dit d'entrer.

On s'est écrasés sur le divan fané. La télé était allumée. Un jeu stupide. Une grosse madame venait de gagner une petite voiture rouge tomate. Elle sautillait sur place en battant des mains comme une enfant. J'ai ri. Ça allait mieux. Tout dans cette maison respirait la misère, mais Antoine sentait encore l'automne. C'était rassurant. Il portait sa chemise à carreaux. Celle que j'aime.

Du coin de l'œil, je l'ai observé. Il était soucieux. Ou fatigué. Ou les deux. Son regard était triste derrière le voile d'indifférence.

J'aime ses yeux. On y plonge comme dans une forêt. Secrète et silencieuse. Vaste et enveloppante. Terriblement vivante.

Je me suis rapprochée de lui tout doucement. Comme si je pouvais l'effrayer. Et je l'ai embrassé délicatement. Sur la joue.

Il m'a regardée. J'ai vu les larmes immobiles dans ses yeux. Prêtes à couler. Il m'a entourée de ses grands bras, et tout est redevenu comme avant.

Pendant qu'on préparait des sandwiches au similipoulet, Antoine m'a tout raconté. Hier, son père est rentré. Il était parti depuis lundi. Quatre jours sans donner signe de vie. Pierre Fournier sentait le gros gin et il avait les yeux vitreux, à son retour. D'habitude, l'alcool le rend seulement idiot. Il dit des sottises, rit pour rien, pleure aussi facilement et s'endort n'importe où en ronflant comme un moteur de Boeing 747. Cette fois, il était furieux.

Pierre Fournier gueulait contre le monde entier. Antoine n'a pas été épargné. Son père l'a traité de tous les noms, de « grand insignifiant » à « christ de débile » en passant par tout ce qu'on peut imaginer. Antoine a encaissé pendant un bout de temps. Puis il s'est levé et il a frappé son père.

— C'est arrivé tout seul. C'est la première fois que je fais ça. Même si j'ai souvent eu envie… Je ne l'ai pas frappé fort. Un coup de poing sur l'épaule. Mais il était tellement soûl… Il est tombé à terre. J'ai voulu l'aider. Il s'est vite relevé. Comme si, d'un coup, il était dégrisé. Il n'avait plus l'air fâché. Il avait l'air seul au monde. Perdu. Il est parti.

Je n'ai rien dit. Je ne savais pas quoi dire. Antoine n'avait pas dormi de la nuit. Ce matin, il m'avait écrit le message et l'avait donné à Jacques Ledoux qui l'avait remis à Sylvie. Puis il s'était couché. Nos sandwiches au similipoulet, c'était son premier repas de la journée.

On était presque joyeux. Ça faisait drôle d'être seuls dans une maison. Comme un vrai couple. Antoine a engouffré trois énormes sandwiches et bu autant de verres de lait. Ensuite, on est sortis marcher. L'air était doux et le ciel, peuplé de milliards d'étoiles. C'est romantique, les étoiles. On n'y peut rien.

Au retour, avant d'ouvrir la porte, Antoine m'a soulevée et il m'a portée dans ses bras jusqu'au salon. Les nouveaux mariés font toujours ça dans les anciens films.

J'ai ri. Lui aussi. Il a failli m'échapper.

J'ai échoué un peu brutalement sur le vieux sofa. Le pauvre a grincé. J'étais allongée, je ne riais plus, et mon chandail était tout de travers. Antoine regardait la dentelle de ma camisole et la bretelle fine sur mon épaule. J'aurais pu tirer sur mon chandail, mais j'étais hypnotisée.

J'avais peur et, en même temps, j'aurais donné la lune pour qu'il m'embrasse. Partout. Sur la bouche. Dans le cou. Sur l'épaule. Sur un sein peut-être…

Antoine devine toujours… Ses lèvres ont effleuré ma bouche. À peine. Un bec de papillon. Puis elles ont couru sur mon cou, glissé jusqu'à l'épaule. J'ai eu un grand frisson. Dans mon corps, la terre a tremblé. Parfois le plaisir et la peur se ressemblent. Antoine s'est arrêté. Je ne savais plus si j'étais déçue ou soulagée.

— Je t'aime.

C'est lui qui l'a dit.

— Moi aussi.

J'avais la gorge nouée, les jambes molles. Envie de rire et de pleurer. J'avais peur de bouger. Comme si je risquais de me réveiller.

Il m'a embrassée. Longtemps. Longtemps. Je courais dans sa forêt. À toute vitesse. Du plus vite que je pouvais. J'étais étourdie, essoufflée. J'avais envie de me noyer dans sa forêt. C'était chaud et humide. L'air était grisant. J'entendais son cœur battre comme un fou. Il courait, lui aussi. Aussi vite que moi.

Ses mains se sont mises à danser sur mon corps. Des caresses d'oiseau. Légères comme l'air. C'était tellement bon. Mon chandail était ouvert. Antoine a descendu doucement les bretelles de ma camisole.

— Non ! Je veux pas !

C'est sorti comme un cri. J'étais déjà debout. J'étais fâchée, sans trop savoir contre qui ni pourquoi.

On avait couru trop vite. Ou trop longtemps. Je ne savais plus où j'étais.

Quelques minutes plus tard, j'étais dehors. L'air était glacé. J'ai couru jusque chez les Jalbert.

Mon père était là. Dans sa vieille Plymouth. Il attendait. Il était furieux.

Chapitre 4
Le cri du pélican

— Je ne comprends toujours pas.

— Il n'y a rien à comprendre !

— Bon… Mais il a dit quoi, Antoine, quand tu es partie ?

— Il n'a pas eu le temps de parler. Je suis partie trop vite. Il faut que je raccroche, Sylvie. Mon père est déjà fâché parce que sa lasagne refroidit. Je te rappelle plus tard. Si je peux…

Le mercredi soir, Léandre prépare le repas. Et on sait 2000 ans d'avance ce qu'on va manger. La lasagne suit le pâté chinois et les petites boulettes. Une semaine avant le spaghetti, sauce à la viande. Mon père n'a jamais compris que les bouchers vendent autre chose que du bœuf haché.

Et Sylvie, elle, n'a pas compris qu'il vaut parfois mieux se taire. Depuis cinq jours, elle me pose sans arrêt les mêmes questions. Je serais ravie de lui retirer ses piles.

Depuis vendredi, tout va mal. Du village jusqu'au lac, Léandre n'avait rien dit. Il avait garé l'auto derrière la maison, coupé le moteur et s'était retourné vers moi. Si j'avais tué ma mère, ses yeux n'auraient pas lancé plus d'éclairs.

— Tu as menti !

C'était vrai, et je n'étais pas à un mensonge près.

— Non… Je devais garder avec Sylvie. Si vous m'aviez laissée garder à partir de treize ans comme elle, j'aurais des contrats, moi aussi. Antoine a téléphoné pour que je l'aide dans ses mathématiques, et je n'ai pas eu envie de refuser.

— Je ne suis pas né de la dernière pluie !

Quand mon père dit ça, c'est mauvais signe. Ç'a l'air poétique, mais ça signifie simplement : « Ne me prends pas pour un idiot ! »

— Ta mère a téléphoné à dix-neuf heures. Sylvie prétendait que tu étais occupée. Ta mère a insisté pour que tu donnes signe de vie. Une heure plus tard, pas de nouvelles. J'ai rappelé. Sylvie s'est excusée. Elle avait oublié de faire le message, et tu étais partie prendre un peu d'air. Mon œil ! J'ai pris mes clés et je suis allé te chercher.

Notre plan n'était pas parfait. Pendant notre promenade, Sylvie ne pouvait plus m'alerter.

Maman était couchée quand on est arrivés. Je savais qu'elle ne dormait pas. Le lendemain, notre maison était gaie comme un salon funéraire. Je n'ai pas fait de plans pour la soirée. Même si c'était samedi.

Léandre aurait refusé de jouer au chauffeur de taxi. De toute façon, je serais sortie avec qui ? Antoine était sûrement fâché. Avec raison. J'étais partie en furie trois minutes après qu'il m'eut dit : « Je t'aime. »

Je ne sais pas ce qui m'a pris. Je ne pensais pas qu'on irait aussi loin. Qu'on se toucherait. Qu'on se déshabillerait. Qu'on ferait l'amour, peut-être…

Enfin, j'y avais pensé… J'ai souvent essayé d'imaginer Antoine sans vêtements. Et chaque fois, je me dis que je le trouverais beau.

Mais dans ma tête, on faisait l'amour beaucoup plus tard. Un futur vague et éloigné. Chez lui, d'un coup, j'ai senti que c'était terriblement facile.

J'avais tellement envie qu'on ne s'arrête pas. Soudain, j'ai eu peur. Et honte. C'est bête, mais c'est vrai.

Antoine l'avait-il planifié? Sur une porte des toilettes des filles à l'école, quelqu'un a écrit, ou plutôt égratigné : « Les gars sont tous des cochons. » Ça m'agace chaque fois que je lis ça. Léandre et Fernande pensent un peu la même chose. Tous les adolescents seraient des loups affamés de sexe et prêts à bondir pour m'avaler tout rond.

Antoine, un loup! Qui serait assez fou pour penser ça?

J'ai revécu au moins mille fois la soirée de vendredi dans ma tête. Et une fois sur deux – ce qui donne quand même cinq cents fois! – on faisait l'amour. À ce rythme-là, je pourrais donner des cours dans quelques jours.

Les premières fois, on faisait l'amour comme des fous. Vers la cinquantième reprise, j'ai pensé aux pilules et aux condoms. J'avais eu le temps de faire assez de bébés pour fonder un village.

Le problème avec les pilules, c'est qu'on ne peut pas en traîner une dans sa poche juste en cas d'urgence. Il faut en prendre tous les jours et y penser d'avance. Les condoms, ça paraît bien dans les annonces à la télévision. Mais quand tu ne sais pas trop comment on fait l'amour, la scène du condom en plus, c'est presque héroïque.

Lundi matin, Antoine n'était pas sous le tilleul. Je m'y attendais, mais ça m'a quand même donné un coup.

En arrivant à la maison, en fin d'après-midi, je me sentais lourde comme un ciel d'orage. L'auto de Léandre était là.

Pourtant, il n'était que seize heures. Maman travaille jusqu'à dix-sept heures et d'habitude, Léandre la prend au salon en passant.

Avant même d'ouvrir la porte, j'ai senti l'électricité dans l'air. J'ai tourné la poignée très lentement. Il y a eu un grand bruit de vitre fracassée. Et j'ai entendu Fernande crier :

— Je n'en peux plus ! Endormez-moi ! Tuez-moi ! Faites quelque chose. Je ne veux plus continuer. J'ai mal, Léandre. Je suis fatiguée. Tellement, tellement fatiguée.

Sa voix était écorchée. Forte, mais brisée. La porte de la salle de bains était fermée. J'ai reconnu les pas pesants de Léandre. Il était là, lui aussi. Puis il y a eu des sanglots. Étouffés. Comme lorsqu'on pleure la tête enfouie dans les mains ou au creux de l'épaule de quelqu'un.

J'ai filé vers ma chambre. Deux minutes plus tard, Léandre cognait à ma porte.

— Ta mère est simplement fatiguée…

Je n'ai rien dit. J'étais un peu soulagée. Au moins, il ne disait pas que tout était à cause de moi.

— C'est sûrement la ménopause. Tu sais à l'âge de ta mère, les femmes…

— Oui, oui. Je comprends.

J'avais surtout hâte qu'il disparaisse. Mon père n'est pas très doué pour jouer les psychologues, et c'est terriblement gênant pour tout le monde.

J'avais un devoir de français qui risquait de me coûter la soirée au complet. Vendredi, il faut remettre le résumé critique d'un livre. En plus de résumer l'histoire, il faut dire ce qu'on en pense. Ce qu'on aime et ce qu'on n'aime pas. Ce qu'il faudrait changer. C'est quand même drôle ! Colombe, notre prof, répète sans cesse qu'on ne sait pas écrire, et voilà qu'il faut expliquer ce que les grands auteurs auraient dû faire.

Samedi, j'ai choisi un livre pour adolescents de 408 pages à la bibliothèque municipale du lac Supérieur. *Le Héron bleu.* J'ai pensé que ça meublerait mon week-end.

Je l'ai lu en deux jours et une demi-nuit !

C'est un très beau livre. Étrange et envoûtant. Il y a un passage où Jeff, le héros, se sauve sur une île. Tout va mal dans sa vie. Il est chaviré. Soudain, il aperçoit un héron bleu. C'est un grand oiseau, mince et magnifique. Bizarre aussi… Ça lui donne un coup au cœur ! L'oiseau semble seul au monde. Comme lui. Perdu dans un pays immense.

Après avoir lu ce passage, des images et des mots se sont mis à me trotter dans la tête. On aurait dit que j'avais déjà vu cet oiseau. Avant même d'ouvrir ce livre. Je connaissais un oiseau étrange et beau. Grand et émouvant. Mais ce n'était pas un héron.

J'ai compris tout à coup. Mon oiseau à moi, c'était un pélican. Et je ne l'avais jamais vu. Sauf dessiné par des mots.

Je l'avais trouvé dans la cave. Pas l'oiseau, mais le vieux recueil de poèmes de ma mère. Elle l'avait reçu à l'école. Le nom de Fernande était écrit à l'encre verte sur la première page. J'avais mis presque une heure avant de tomber sur la bonne page.

Quand j'étais petite, ma mère me lisait des poèmes dans ce livre-là, le soir, au lieu de me raconter *La Belle au bois dormant.* Fernande a toujours adoré les mots. Elle aurait aimé étudier la littérature ou quelque chose comme ça. Mais Max est mort, et Flavi a eu besoin d'aide au dépanneur.

Il y avait des tas de poèmes plutôt ennuyeux dans le vieux livre de Fernande. Mais l'un d'eux était très beau. Le héron bleu a réveillé des mots dans ma mémoire.

Lorsque le pélican, lassé d'un long voyage

Dans les brouillards du soir retourne à ses roseaux

Ses petits affamés courent sur le rivage

Après, je ne savais plus. Je n'étais même pas sûre que ce soit le début. Le poème raconte que le pélican va chercher de la nourriture pour ses enfants et revient blessé, sans rien à manger. Je me souvenais aussi de quelques mots éparpillés. *Aile au vent, cri sauvage* et *rivage...* Je les ai retrouvés à la page 166.

Alors il se soulève, ouvre son aile au vent

Et, se frappant le cœur avec un cri sauvage,

Il pousse dans la nuit un si funèbre adieu,

Que les oiseaux des mers désertent le rivage

Les mots dont je me souvenais sont les plus beaux. Mais j'ai lu tout le poème plusieurs fois. Il s'intitule : « Le pélican. » C'est Alfred de Musset qui l'a écrit, il y a plus de cent ans.

Dans un court paragraphe au-dessus du poème, on raconte qu'Alfred de Musset était « le poète de l'amour ». J'ai pensé arracher la page et l'envoyer à Antoine. Mais il ne comprendrait pas, et j'aurais l'air idiote. De toute façon, il ne m'aime peut-être plus. Déjà.

Chapitre 5
Je t'aime encore plus qu'avant

C'est arrivé cette nuit. Il a neigé pendant six heures. Sans arrêt.

En me réveillant, j'ai tout de suite deviné. Une lumière blanche, toute joyeuse, se faufilait derrière le store et inondait toute la chambre. J'ai chaussé mes bottes et je suis sortie. Il faisait doux. La neige fondrait sûrement. En attendant, c'était tellement beau. J'avais envie de voir le lac.

Les grands sapins m'ont frappée tout de suite. La neige molle écrasait leurs branches. Le poids semblait énorme. Pourtant, ils se tenaient bien droits. Bravement.

J'ai décidé de parler à Antoine aujourd'hui.

Avant d'éclater.

Tant pis s'il ne m'aimait plus. S'il me trouvait ridicule et stupide. Je l'aimais encore, moi. Et je me sentais tellement seule. Il fallait que je lui dise…

Léandre m'a déposée à l'école avant d'aller travailler. J'avais inventé une histoire de projet à terminer à la bibliothèque. Je voulais arriver plus tôt. Avant Antoine.

La bande à Dubé était déjà dans la cour, derrière la polyvalente. Les gars jouaient au soccer dans la neige. Au printemps, ils jouent au hockey. Et ils mangeaient avec leurs oreilles pour se rendre intéressants.

J'ai filé vers le tilleul. Et j'ai attendu.

Vingt fois au moins, j'ai failli me sauver. Il le savait bien, Antoine, que j'étais malheureuse. Et il ne disait rien. Depuis des jours.

Dans le ciel, les nuages formaient des moutons et des géants, des oiseaux aussi. J'avais froid.

Soudain, je l'ai vu arriver. Il m'a aperçue de loin. Il s'est arrêté. Et il s'est dirigé vers moi. Plus il approchait, plus mon cœur battait fort. J'avais peur. J'avais hâte.

Il était maintenant tout près. Je ne voyais plus que ses yeux. Ils prenaient toute la place. J'avais déjà remarqué qu'ils changeaient souvent de couleur. Ce matin, ils étaient pleins de miettes d'or. Ils brillaient de loin. J'ai couru jusqu'à lui.

On s'est embrassés longtemps. Et on est restés enlacés plus longtemps encore. Sans dire un mot.

Plus tard, la cloche a sonné.

Betterave était absente aujourd'hui. Mario Levert en a profité. On peut toujours compter sur lui quand on a des remplaçants. Ce matin, c'était un nouveau sorti on ne sait d'où. Il n'avait pas l'air d'un pauvre diable échoué sur une île infestée de fauves. Il avait l'air baveux, tout simplement.

— Voici. Je suis monsieur Beaulieu et ne suis pas ici pour perdre mon temps.

— Juste le nôtre, je suppose.

Claude Dubé était fier de son coup. Beaulieu est devenu rouge. Puis mauve. Enragé. Il serrait ses mâchoires tellement fort que sa tête tremblait, et les veines de son cou se gonflaient dangereusement.

— Allez vous expliquer chez le directeur, monsieur l'insolent.

Tout le monde n'adore pas Dubé, mais Beaulieu réagissait trop vite et trop sévèrement pour un remplaçant. La guerre était déclarée. C'était au tour de Mario de jouer.

Mario a le don d'exaspérer les profs. Sournoisement. Il n'est pas très subtil : il rote, il pète, il tousse et il éternue. Ce matin, en prime, il a simulé une crise d'appendicite aiguë. On était crampés.

J'ai vu Antoine à la cafétéria ce midi. De dos seulement. Il avait le nez plongé dans un grand évier. J'aurais aimé qu'il se retourne un peu. Il aurait pu sourire ou me faire un signe. J'ai fait exprès pour parler un peu plus fort. Peine perdue.

Mme Lirette m'a tendu une assiette de rat en souriant drôlement. J'ai compris pourquoi une fois assise devant mon plat. Un bout de papier, collé avec du ruban adhésif, dépassait sous l'assiette.

JE T'AIME ENCORE PLUS QU'AVANT.

Ce n'était pas signé, mais ce n'était pas nécessaire.

Sylvie aussi l'a lu. Elle me l'a presque arraché. Elle était très excitée.

— *Wow!* Ça, c'est beau. Vas-tu l'encadrer ?

J'ai failli me fâcher. Parfois, j'aimerais que Sylvie se mêle de ses affaires. Je l'aurais gardé pour moi, ce billet-là. Comme un secret, entre Antoine et moi.

Demain, c'est ma fête. Quinze ans. Enfin !

Ce soir, maman était presque gaie. Il était temps ! Quand j'ai la grippe, elle dit toujours qu'il ne faut pas trop s'écouter, qu'il faut se secouer, mais elle, elle se vautre dans sa ménopause. Léandre a dû acheter un nouveau miroir pour la salle de bains.

— As-tu des plans pour demain soir, chérie?

Je n'y avais pas pensé. Cette semaine, je n'avais qu'Antoine en tête. J'avais presque oublié ma fête.

— Non... Je ne crois pas...

— Je travaille demain soir. Je suis désolée. J'aurais aimé t'emmener au restaurant, mais le vendredi soir, on est tellement occupés au salon... Je ne pouvais pas demander congé.

Ma mère n'est pas vraiment l'être humain avec qui je souhaitais célébrer ma fête, mais ça m'a fait un peu de peine. Un anniversaire, c'est un anniversaire. Et une mère, une mère. Quand même!

— Si tu veux, on peut sortir ensemble, Marie-Lune...

Quoi! Seule avec mon père? Pour parler des nouvelles batteries d'autos vendues chez *Canadian Tire*? Pas question!

— Merci, papa... mais Sylvie serait fâchée si je n'étais pas avec elle le soir de ma fête. On écoutera de la musique...

— Ça tombe bien. La mère de Sylvie t'invite à manger demain soir. Elle est passée au salon aujourd'hui.

Quelle fête à l'horizon! Pas très olé olé.

Je donnerais la lune pour être avec Antoine demain soir.

Chapitre 6
L'oiseau de bois

Je n'avais pas sitôt enlevé mes bottes que Sylvie me faisait grimper quatre à quatre les marches de l'escalier.

— Viiiite! Accélère! Je veux te donner ton cadeau.

C'est quand même bon d'avoir une amie. Je pensais que ma fête s'était terminée ce matin, avant l'école, quand Fernande et Léandre m'avaient offert mon jean et mon chemisier.

Je les portais aujourd'hui. Antoine a dit que j'étais sexy. Ça m'a un peu gênée. C'était la première fois qu'un gars utilisait cet adjectif en parlant de moi. Je nous ai revus chez lui.

— Je t'aime.

J'ai réussi à le regarder droit dans les yeux en disant ça.

Antoine est imprévisible. Il a baissé les yeux. Il a pris ma main. Et il y a déposé un baiser. Au bout des doigts. Léger, léger.

La chambre de Sylvie ressemble à une vaste poubelle. Il y traîne souvent une pointe de pizza séchée, quelques vieux cœurs de pommes et des tas de boulettes de papier.

Au bout de quinze minutes, elle a fini par déterrer mon cadeau dans tout ce désordre. Une boîte minuscule, emballée dans un papier bleu et doré. J'ai mis un temps fou à l'ouvrir. C'était bardé de ruban adhésif. La boîte était légère. Il n'y avait qu'un bout de papier à l'intérieur :

DESCENDS AU SOUS-SOL.

Bon ! Ça y est : Sylvie est retombée en enfance. Une course aux trésors à notre âge ! Sylvie semblait s'amuser follement. Tant mieux pour elle !

La maison était sombre et tout à fait silencieuse. En ouvrant la porte de la cave, j'ai entendu un bruit. Comme un cri de moineau, suivi d'un éclat de rire. Les lumières se sont allumées d'un coup et une vingtaine de fous m'ont assaillie en hurlant des BONNE FÊTE ! à tue-tête. Il y avait Josée, Valérie, Gaétan, Mario, Isabelle, Johanne, Mathieu et beaucoup d'autres.

Et un peu à l'écart, il y avait Antoine.

J'ai sauté dans les bras de Sylvie. Et je me suis mise à pleurer. Les chutes Niagara, c'est de la petite pluie à côté de mes larmes. Quand Marie-Lune Dumoulin-Marchand fabrique des larmes, attention, ce n'est pas au compte-gouttes !

Je pleurais parce que j'étais trop contente. Parce qu'il était là. Parce que tout le monde était là. Parce que c'était la première fête surprise de ma vie. Et un peu aussi parce que je m'en voulais d'avoir négligé ma meilleure amie depuis qu'Antoine était entré dans ma vie.

— Merci, la vieille !

— Vieille toi-même ! Tu remercieras ta mère aussi quand tu la croiseras. L'idée vient d'elle. Mais attention ! Je n'ai pas été inutile : si ton grand truc blond est ici ce soir, ce n'est sûrement pas grâce à elle…

— Tu es pleine de défauts, Sylvie. Et tu n'as vraiment pas d'allure… Mais je t'adore !

Les parents de Sylvie ne nous ont pas trop dérangés. Gaston est descendu une fois, au début, pour saluer tout le monde et expliquer les règlements.

— Amusez-vous, lâchez votre fou ! Ceux qui veulent fumer, allez geler dehors : ma femme et moi, on est allergiques à la cigarette. Pas de drogue non plus dans ma maison : ça me donne des boutons. Embrassez-vous, si vous voulez, ce n'est pas péché. Mais ne vous arrangez pas pour que les pouponnières soient débordées dans neuf mois. Les becs, ça suffit. Compris ?

C'était clair. Et sympathique.

Tous les gars m'ont invitée à danser. On aurait dit qu'ils faisaient exprès pour agacer Antoine. Mon grand blond se faisait discret. Il attendait son tour.

Finalement, on s'est retrouvés. Et comme par hasard, c'était sur une chanson des T.B., notre chanson, celle du party d'Halloween. Sans trop le savoir, j'attendais ce moment depuis des semaines. C'est ce que je voulais le plus au monde. Danser avec Antoine. Comme la première fois. J'étais un coureur de fond enfin arrivé à destination. Je ne voulais plus bouger. Pendant au moins deux ou trois milliers d'années.

Ma tête s'est creusé un nid contre l'épaule d'Antoine. Ses bras m'ont enveloppée tendrement. Le paradis doit ressembler à ça.

J'ai pensé à ma mère. Encore. Elle écoute souvent une chanson d'amour de Barbara. C'est une chanteuse française qui a un nez énorme. La musique est affreuse, et la voix de la fille encore pire, mais les paroles sont plutôt belles. Cette chanson m'est revenue :

Elle fut longue la route mais je l'ai faite la route
Celle-là qui menait jusqu'à vous

J'avais fini mon voyage
Je déposais mes bagages
Vous étiez venu au rendez-vous...

J'enlèverais les *vous*. On n'est pas au Moyen Âge ! Mais le reste est parfait. Ça disait exactement ce que je ressentais. Ça prouve peut-être qu'à quinze ans, l'amour, ce n'est pas vraiment différent. C'est aussi grand, aussi fort, aussi important.

On dansait en respirant tout juste. On ne bougeait presque pas. Sa grande main a pressé mon dos. Nos corps se sont rapprochés. Je me sentais brûlante. De la tête aux pieds. On s'est embrassés.

Monique est descendue avec une assiette grande comme un navire prêt à sombrer sous le poids des sandwiches. J'ai reconnu les petits sandwiches ronds que Fernande prépare pour les grandes occasions.

Antoine m'a regardée. J'ai compris tout de suite.

Dehors, il neigeait. Une neige folle et fine. De minuscules papillons tombaient mollement en nous chatouillant le nez de temps en temps. On a fait à peine quelques pas avant de se coller contre le mur de pierres froides.

— Bonne fête, beauté !

Il disait ça avec des yeux espiègles.

— Si je l'avais su avant, je t'aurais acheté un beau gros cadeau.

J'ai ri. Même s'il l'avait su dix ans avant, Antoine n'aurait pas eu d'argent.

— Tiens ! J'ai trouvé ça dans une poubelle, ce matin.

Les poubelles, je n'ai jamais trouvé ça romantique. Même quand le plus beau gars du monde fouille dedans. Antoine me tendait un petit sac de papier brun fermé comme une pochette avec un bout de ruban.

— Ne t'inquiète pas, ça ne sent pas trop la poubelle.

Il m'avait fait marcher. J'ai défait le ruban. Le vent l'a tout de suite emporté. Tant pis. Sinon, je l'aurais gardé. À l'intérieur du sac, il y avait un tout petit oiseau sculpté dans du bois. Je n'aurais pas pu deviner l'espèce. Mais c'était un oiseau bien vivant. Prêt à s'envoler. Pas un héron. Ni un pélican. Peut-être un peu les deux à la fois.

Antoine est dans ma classe de bio. Avant-hier, on a parlé d'oiseaux. Lenoir nous a demandé de nommer les espèces qu'on saurait identifier. J'ai parlé du pélican. Il était un peu surpris. Il m'a demandé si j'en avais déjà vu un. J'ai bafouillé un peu. C'était gênant. Surtout parce qu'Antoine était là. Antoine à qui je n'avais pas parlé depuis presque une semaine.

Finalement, je me suis lancée. J'ai tout raconté. J'ai même récité les plus beaux vers du poème d'Alfred de Musset. Personne n'a ri.

Lenoir a dit que c'est parfois dans les œuvres de fiction qu'on trouve les meilleures descriptions de certains animaux. Il a ajouté que les artistes – les peintres, les poètes, les écrivains – pouvaient nous aider à découvrir la nature.

Je regardais le petit oiseau au creux de ma main. J'étais émue. C'est ce qui me fascine chez Antoine. Il parle si peu. Mais il écoute beaucoup. Chacun de ses gestes devient extrêmement important. Ça vient toujours de loin.

— Je t'aime.

Je me suis blottie contre son corps. Il m'a serrée très fort. J'avais un peu froid. On était sortis vite. Mon manteau était grand ouvert. Il m'a frictionné le dos, puis il s'est mis à attacher mes boutons un à un en commençant par ceux du bas. J'ai ri.

À mi-chemin, il s'est arrêté. Ses mains ont glissé autour de ma taille. Lentement, elles m'ont caressé le ventre avant de se poser sur mes seins. Elles tremblaient un peu. J'ai senti mon corps se tendre comme un arc. Mais je n'avais pas envie de lancer des flèches. Je n'avais pas peur. Je n'avais pas le goût de faire l'amour non plus. J'avais seulement envie de lui dire : « Je t'aime. » Des millions de fois.

Une portière a claqué. J'avais cru entendre une voiture arriver. Le moteur a démarré en trombe. Les pneus ont crissé.

Ma mère était au volant.

Fernande était venue embrasser sa fille et jaser avec Monique. Mais elle ne s'était même pas rendue jusqu'à la maison de Sylvie.

Cette fois, ma fête était vraiment finie. Je voulais rentrer maintenant. Je devinais ce qui m'attendait. Merde !

Chapitre 7
Crises, enfer et catastrophe

— C'est comme ça que tu nous remercies, ton père et moi? On a tout fait pour t'élever comme du monde. On ne mérite pas ça. Tu n'as pas le droit de te jeter dans les bras du premier venu. As-tu compris, Marie-Lune Dumoulin-Marchand?

Ma mère était déchaînée. C'était pire que tout ce que j'aurais pu imaginer. Et elle pleurait. Un véritable torrent! Je me disais que l'actrice en mettait trop. Mais elle était convaincante. De grosses larmes grises roulaient sur ses joues. Elle s'était maquillée un peu. C'est rare. Et le trait de crayon sous ses yeux salissait ses larmes. Ma mère faisait presque pitié.

— Tu sauras, ma petite fille, que la première fois que j'ai embrassé un garçon, c'était ton père. Et ce n'était pas comme ça. Je vous ai vus! Il te touchait...

— C'est vrai! Et j'aimais ça.

Sa colère est tombée d'un coup. Elle était saisie. Elle m'a regardée avec ses grands yeux verts, et j'ai eu un choc, moi aussi. Ses yeux sont verts comme les grands sapins, verts comme les yeux d'Antoine. Je ne l'avais jamais remarqué avant.

— Je l'aime, maman. Pour vrai. Il ne veut pas abuser de moi. Il ne veut pas me manger tout rond. Quand on s'aime, on veut se toucher. C'est normal. Tu m'avais dit quelque chose comme ça, le jour où tu m'avais expliqué ce que c'était faire l'amour. Je le savais déjà depuis longtemps, mais je les trouvais beaux, tes mots.

— Tu mêles tout! Tu as quinze ans. Tu ne vas quand même pas prendre la pilule à quinze ans! Tous les psychologues disent qu'il ne faut pas brûler les étapes. Si ça continue, tu seras déjà vieille à dix-huit ans.

— Tu es bouchée! Si le père d'Antoine ne faisait pas si dur, je me demande si tu ferais un tel drame. Tu es snob! C'est tout.

— Non! Je ne suis pas snob. Mais j'ai une fille ingrate. Et insolente. Ton Antoine, je le connais depuis qu'il est bébé. Sa mère était à l'asile, la moitié du temps. Et son père a toujours empesté le gros gin. Pour faire pousser des bons légumes, il faut du bon engrais. Antoine n'est pas un mauvais diable, il fait même pitié, mais ce n'est pas un gars pour toi.

— Mange de la *marde!*

Cette fois, c'est moi qui pleurais. Je la détestais. J'avais envie de lui sauter au visage. Elle n'avait pas le droit de salir Antoine comme ça. C'était fou. Méchant. Et tellement stupide, son histoire de légumes. Ma mère est snob. C'est tout.

J'ai couru jusqu'à ma chambre. J'ai claqué la porte et je me suis jetée sur mon lit. J'étais crevée. Je suis tombée endormie en pleurant dans mon oreiller.

Samedi soir, Sylvie est allée à la discothèque, à l'école. Antoine était là. Il m'attendait. D'habitude, je vais à toutes les danses comme à toutes les activités organisées par l'école. Pour Fernande et Léandre, l'école est une police d'assurance. Tout ce qui se passe entre les murs de cet édifice est béni d'avance. S'ils savaient…

— Il faisait pitié, ton Roméo.

— Pitié, mon œil! Allez-vous arrêter de dire qu'il fait pitié! C'est peut-être moi qui fais pitié. Je ne suis pas allée à la discothèque, moi. Je n'avais personne avec qui danser.

J'étais furieuse, au téléphone.

— Calme-toi! Je devine ce qui t'énerve. Antoine n'a pas dansé non plus. Tu es contente? Il n'arrête pas de parler de toi. Même que, franchement, ça commence à me fatiguer. Je t'aime bien, mais comme sujet de conversation, je pourrais imaginer autre chose!

— Excuse-moi, Sylvie. C'est l'enfer ici! Viens-tu faire un tour?

— Je voudrais bien, mais on passe la journée chez mon parrain. C'est la fête d'Émilie, sa petite peste de deux ans. Ça promet...

J'ai enfilé mes bottes et mon manteau et je suis allée marcher. Je pensais faire le tour du lac à pied. Deux heures de randonnée, ça devrait me calmer. En passant devant l'église du lac, j'ai entendu chanter. L'abbé Grégoire chante comme un crapaud enrhumé, et sa chorale ne vaut guère mieux, mais la chaleur de leurs voix me faisait du bien.

L'église du lac est jolie. Derrière l'autel, on voit l'eau, les falaises, les montagnes. Il y a quelques années, j'allais souvent à l'église, maintenant je me contente des messes de minuit.

La porte a grincé quand je suis entrée. Le prêtre buvait du vin. Je ne me souvenais plus si c'était avant ou après la communion, ce bout-là. Je me suis assise. J'étais bien. Il fait toujours chaud dans l'église. C'est silencieux, mais c'est vivant en même temps. Peut-être parce qu'il y a des gens.

J'étais assise complètement à l'arrière. J'aurais pu m'étendre sur le banc, lire un livre, faire n'importe quoi. Personne ne m'observait. Je me suis agenouillée. Pour une fois, j'en avais vraiment envie. J'avais le goût de me ramasser en boule pour penser. Mais sans m'en apercevoir, j'ai prié.

C'était quand même drôle parce que je ne crois plus en Dieu depuis quelques années. Je pense qu'on meurt comme les chats. On raidit, on refroidit et puis on engraisse la terre. Ça fait presque mon affaire. C'est moins angoissant que l'idée de vivre éternellement. Surtout qu'au paradis, si j'ai bien compris, il n'y a pas grand-chose à faire.

Prier, c'est un bien grand mot. Disons que j'ai parlé dans ma tête. À quelqu'un qui n'existe probablement pas. Mais tant pis.

Je lui ai dit que j'avais mon voyage. Que ma mère n'était plus comme avant. Et que moi aussi, j'avais changé.

Je lui ai confié qu'en ce moment, je me sentais comme les feuilles tombées que le vent pousse de tous côtés. Elles n'ont rien pour s'agripper.

Je lui ai raconté que j'aimais quelqu'un. Beaucoup. Mais que l'amour laissait de grands trous dans ma vie.

À l'école, le lendemain, Antoine m'a demandé si mes parents me laisseraient sortir samedi prochain. Ça m'a fâchée. On était bien, en paix sous notre arbre. Pourquoi commencer à planifier ? À s'inquiéter ?

Au cours de maths, mercredi, Betterave m'a attrapée à copier. Je n'avais pas étudié. La veille, Fernande avait lancé un verre contre le mur de la cuisine. De toutes ses forces. Pour rien. C'est sa façon à elle de hurler, je crois. On ne sait même pas pourquoi. Elle a maigri. Elle a vieilli. Elle se promène avec un air de cimetière et de temps en temps, elle fait éclater du verre. Ce n'est pas très gai au 281, chemin du Tour du lac.

J'avais décidé que j'avais assez de problèmes dans ma vie sans m'en inventer avec des chiffres. C'est pour ça que je n'avais pas préparé l'examen de Miss Mathématiques.

— Puisque vous aimez copier, mademoiselle Marchand, nous allons vous gâter. Avant le prochain cours, copiez-moi cent fois : « À l'avenir, je ne copierai pas. »

L'imbécile. Elle se trouvait drôle.

Le cours de maths était le dernier de la journée. J'attendais l'autobus en compagnie d'Antoine quand un homme s'est dirigé vers nous. Il marchait lentement, et ses jambes semblaient si molles que chaque pas devenait un exploit. Ses yeux étaient trop rouges et sa barbe trop longue.

— Salut, mon petit gars ! Ton père est venu te chercher. Tu diras pas que je m'occupe pas de toi. Si t'es fin, je vais t'acheter un bon cornet au dépanneur.

Le père d'Antoine était très soûl. Il devait s'imaginer que son fils avait cinq ans, et qu'on était en plein été. Ça fait deux mois que le dépanneur ne vend plus de crème glacée.

Antoine était très gêné. J'avais mal avec lui.

— Je pense que je vais y aller.

C'est tout ce qu'il a dit avant de partir. Son père l'a suivi en criant de l'attendre.

Fernande n'était pas à la maison quand je suis rentrée. C'était pourtant son jour de congé. Flavi m'attendait dans la cuisine. Elle portait un long tablier et roulait des cigares au chou.

— Ta mère est à l'hôpital…

La voix de Flavi était bizarre. Mal ajustée.

— On lui fait un traitement…

Sa voix était meilleure. Elle a souri.

— Ne t'inquiète pas, Marie. Ta mère avait mal au ventre depuis un bout de temps… Ils vont essayer de régler ça. Avec un peu de chance, ça devrait bien aller.

Un peu de chance ! Ça veut dire quoi ? Et s'ils ne réussissent pas ?

— As-tu faim ? Je vous prépare un bon repas…

J'ai embrassé Flavi et j'ai filé dans ma chambre faire mes devoirs.

Flavi est restée jusqu'à vendredi. Ce soir-là, j'ai encore demandé à Léandre de m'emmener avec lui à l'hôpital. Depuis mercredi, il refusait que je l'accompagne.

— Attends encore un peu, Marie-Lune. Ta mère prend des calmants. Elle dort presque tout le temps. Demain, peut-être qu'elle se sentira mieux.

Il m'a répété ce qu'il m'avait dit la veille et l'avant-veille. Il m'a aussi prévenue qu'il rentrerait très tard. Un dernier article à écrire pour l'édition de samedi.

Antoine est venu. Il a fait de l'auto-stop jusqu'au chemin Tour du lac et il a marché jusque chez nous. Je me suis rappelé combien je l'aime quand je l'ai vu, le manteau couvert de neige, les joues glacées et les yeux pleins de lumière.

Pauvre Antoine ! Au lieu de l'inviter à entrer, j'ai sauté dans mes bottes et je l'ai entraîné jusqu'au lac. Au bord de l'eau, il y a un grand banc de bois. J'ai balayé la neige avec mes mitaines.

— Je voulais voir le lac avec toi. On ne restera pas long-temps. Juste quelques minutes…

Antoine a ri. On s'est enlacés. Autant parce qu'on s'aime que pour se réchauffer. Il faisait déjà noir. Des tas de petits bruits trouaient la nuit. Ils venaient du vent, de l'eau, des oiseaux et des bêtes cachées que la lune réveillait. J'aime cette musique, lourde de silences.

— Viens...

Antoine s'est levé en m'attirant vers lui. Ses bras m'ont emprisonnée, et il m'a embrassée.

Je n'arrivais plus à entendre les sons de la nuit. Mon cœur s'est mis à battre plus fort. Mais je ne ressentais ni plaisir ni désir. Seule l'angoisse montait en moi. C'était la voix de Fernande que j'entendais. Des miettes de phrases, de tristes petits bouquets de mots. Et des cris étouffés. Comme des appels au secours.

Antoine a senti que je n'étais pas avec lui. Mais il n'a pas compris.

— Ça t'a refroidie de voir mon père cette semaine, hein? Dis-le. Je comprends ça...

Quelque chose en moi s'est rompu. Antoine aussi était loin de moi maintenant. J'étais vraiment seule sur mon île. Comme Jeff, dans *Le Héron bleu*.

J'avais envie de hurler, de pleurer, de courir jusqu'au bout du monde. Mais sur une île, le bout du monde n'est jamais bien loin.

— Je m'en sacre de ton père! Et du mien. Et de ma mère. Et de TOI! Je veux juste la paix!

Antoine est reparti. Aussi gelé que lorsqu'il était arrivé.

Pendant la nuit, j'ai fait un cauchemar. Je marchais tranquillement sur la route autour du lac. Antoine était avec moi.

Il me tenait la main. Le temps était magnifique. Le soleil s'accrochait aux mottes de neige sur les branches des sapins.

Soudain, un camion a foncé sur nous. J'ai crié. Antoine m'a poussée vers la forêt. Le camion a frappé Antoine. Son grand corps a volé avant de rebondir sur le pavé.

J'ai eu le temps de voir le chauffard. C'était Fernande.

Je me suis réveillée en hurlant.

Léandre est venu. Il était gêné. Il n'a pas l'habitude de me consoler. Je tremblais comme un bouleau battu par le vent. J'étais incapable d'arrêter.

Je ne lui ai rien raconté. Mais il m'a pris dans ses bras. C'était doux et chaud. Mon père doit être à peu près grand comme Antoine. C'est un peu pareil dans ses bras. Ça m'a calmée.

Chapitre 8
Fernande est partie

J'ai dormi très tard. Et je me suis réveillée avec la drôle d'impression d'être en retard. Pour rien, puisqu'on était samedi matin. Sans réfléchir, j'ai enfilé rapidement un vieux costume de jogging. De gros bas de coton. Mes espadrilles. J'ai donné trois coups de peigne dans mes cheveux. Je me suis brossé les dents.

J'étais prête. J'ai su pourquoi en vissant le petit capuchon blanc sur le tube de pâte dentifrice.

Il fallait vite réveiller Léandre. Depuis quand dormait-il aussi tard? Je voulais voir Fernande. Et pas cet après-midi. Ce matin.

Tout de suite.

La chambre de Léandre était vide. Les couvertures du lit déjà tirées.

Sur le comptoir de la cuisine, il m'avait laissé un message.

PARTI À L'HÔPITAL.

J'ai attrapé mon manteau. Tant pis. Je marcherais jusqu'au dépanneur et de là, je trouverais quelqu'un qui descendrait au village.

Dehors, j'ai remarqué que j'avais oublié de mettre mes bottes. Tant pis. J'ai fait quelques pas dans la neige dure. L'auto de Léandre est arrivée.

Je me suis arrêtée.

Il est sorti.

— Elle est morte.

C'est tout ce qu'il a dit.

Chapitre 9
Le désert de pierres

Antoine est venu au salon. Sylvie aussi. Toute la classe est venue. Même des profs que je ne connais pas.

Ce n'est pas épeurant, un mort. Ce n'est pas épeurant, parce que ça n'a pas l'air vrai. Ça ressemble aux statues du musée de cire. Le bout des doigts est mince, aplati. Et la peau trop dure, trop sèche. On voit le maquillage épais. On dirait un déguisement.

On reconnaît la personne, mais en même temps, on a envie de dire :

— Ce n'est pas elle. Vous vous êtes trompés.

Je n'ai pas pleuré une seule fois. Mario a même réussi à me faire rire. Sans se forcer. Je le regardais et j'avais le fou rire. C'est idiot, mais ça l'a gêné. Il n'est pas resté longtemps.

Antoine non plus. Il est venu le premier soir. Il avait l'air d'un homme dans son costume du dimanche. Je me demande où il l'a pris. Il a donné une poignée de main à Léandre et lui a offert ses condoléances.

Mon père m'a surprise. Il a pressé Antoine contre lui, comme s'ils étaient de vieux amis. Antoine avait les yeux mouillés quand il m'a enfin regardée. Il m'a enveloppée dans ses bras. Et il m'a murmuré à l'oreille :

— Je t'aime. Je suis là. Appelle-moi quand tu voudras.

Puis il est parti.

Je ne l'ai pas rappelé. Je n'ai peut-être pas eu le temps. J'étais comme une toupie au salon. Tout le monde m'étreignait en disant des sottises.

— Pauvre petite chatte.

— Elle a bien du courage.

— Mon Dieu, qu'elle ressemble à sa mère !

C'est pareil dans les zoos. On parle des animaux devant eux. Comme s'ils n'étaient pas là. Comme s'ils n'entendaient pas.

Ça pue, les salons. Pourtant, j'aime les fleurs. Mais ici, les fleurs sont comme les morts. Elles n'ont plus l'air vraies.

Lundi, c'était pire. On était tous tassés autour d'un trou. J'ai pensé à Camille, ma grosse chatte grise. Un matin, elle est rentrée en boitant. Une bête sauvage l'avait mordue. Elle pleurait comme pleurent les chats. De grands sifflements désespérés. Léandre l'avait enveloppée dans une serviette de bain et on avait filé jusqu'à Saint-Jovite chez le vétérinaire. C'était trop tard.

C'est toujours trop tard. L'an dernier, Léandre m'avait menti. C'était une tumeur maligne que les médecins avaient découverte dans le corps de Fernande. Ils l'ont enlevée, mais une autre est apparue. Fernande n'avait pas de problèmes de ménopause. C'est le cancer qui la grignotait.

Tout le monde le savait.

Sauf moi.

Léandre m'avait aidée à la mort de ma chatte Camille. On avait monté la côte à Dubé ensemble. Camille avait l'air de dormir, bien emmaillotée dans la grande serviette. Le Dr Lavoie lui avait fait une injection. Pour qu'elle puisse mourir plus vite. Pour qu'elle ne souffre pas.

Ma mère a-t-elle connu le même sort ?

Je me demande souvent si elle a beaucoup souffert.

Tout en haut de la côte à Dubé, il y a une cascade. L'eau gicle sur les grosses pierres lisses. C'est plein de vie, un torrent. On avait enterré Camille près de là. C'était triste. Mais pas trop. Léandre avait creusé un petit trou. J'y avais déposé ma chatte. Léandre m'avait aidée à la recouvrir de terre.

Les cimetières n'ont rien à voir avec les torrents. J'avais envie de hurler.

— NON ! ARRÊTEZ ! Vous vous êtes trompés. Fernande ne veut pas ça. Elle aime la vie. Le lac, la montagne, les sapins fouettés par le vent. Les chutes, les sources, les rivières, les torrents. Vous n'allez pas l'emprisonner ici !

Ils descendaient la grande boîte de bois au fond du trou. Je les trouvais tellement idiots. Camille était bien sur son matelas de terre. C'est tellement plus doux que du bois.

Un oiseau a crié. Il devait être loin, car il n'y a pas d'arbres au cimetière. C'est comme un désert. J'ai senti quelque chose débouler en moi. Une chute terrible. Un choc atroce.

J'ai crié. Plus fort que les oiseaux sauvages. Léandre n'a pas bougé. Il criait peut-être, lui aussi, mais en silence.

Paul, le frère de ma mère, a voulu m'étreindre pour me consoler.

— Lâche-moi ! Va-t'en ! Ne me touche pas !

Je criais, je hurlais. Je le frappais le plus fort que je pouvais.

Il le méritait. On n'essaie pas de consoler une bête prise au piège. On la libère. Ou on se tait.

J'avais envie de tout détruire. De faire voler en éclats ce grand désert de fausses pierres. Et tous ces imbéciles, plantés autour d'un trou.

On ne sait jamais combien de temps durent les ouragans. Tout redevient calme d'un coup.

Léandre était maintenant près de moi. On est rentrés à la maison. J'étais épuisée. Mais je ne pleurais pas. Je n'avais pas versé une larme depuis que Fernande était morte.

J'ai souvent pensé à Antoine. Au salon. Au cimetière. Et souvent depuis. Il n'a pas fait l'imbécile, lui. Il n'est pas allé à la mascarade.

— Je t'aime. Je suis là. Appelle-moi quand tu voudras.

C'est tout ce qu'il a dit. C'est tout ce qu'il y avait à dire.

Chapitre 10
L'amour qui tue

J'ai passé la journée sans rien faire. Un long samedi vide. Aussi morne que chacun des jours de la dernière semaine.

Hier, Léandre est retourné au journal. Pour la première fois depuis. J'irai à l'école lundi. Pour la première fois depuis.

Mon jean neuf est déjà trop grand. Je mange juste un peu. Pour faire plaisir à Flavi. Je ne fais pas exprès. On dirait que j'ai un estomac de souris. Trois bouchées et j'ai fini.

Sylvie n'est pas venue aujourd'hui. Elle allait voir Les Détraqués, à Montréal.

— Viens donc! Ils sont tordants.

J'ai refusé. Je me sens assez détraquée comme ça.

Léandre a travaillé au journal toute la journée. À dix-sept heures, il a téléphoné pour annoncer qu'il rentrerait très tard.

Flavi est retournée à Montréal avec Sylvie et Monique, en fin d'après-midi. J'ai dû lui promettre de mieux manger.

La maison était vide. Pendant les deux premières minutes, je me suis sentie heureuse d'être seule. J'ai ouvert la radio. On jouait une nouvelle chanson des T.B. Je ne comprends pas toujours l'anglais. Surtout sur de la musique. Mais certains mots revenaient souvent : *Killing love*. L'amour qui tue. C'était probablement le titre.

Ils avaient lancé leur nouvel album cette semaine. J'entendais cette chanson pour la première fois. La musique était belle. Puissante. Poignante. Un peu affolante aussi. Le soleil fondait tranquillement derrière les montagnes. J'avais un peu faim. J'étais presque bien. J'ai étalé un linge sur la table à café du salon et j'ai allumé des bougies. J'avais envie de me gâter. Je me suis préparé un sous-marin et j'ai trouvé une bouteille de vin dans le fond du frigo. Je m'en suis servi un grand verre et j'ai pique-niqué seule en regardant le soleil disparaître.

Je ne me souvenais plus si la bouteille de vin était pleine quand je l'avais prise. À la dernière bouchée de mon sous-marin, elle était vide.

Je ne me sentais ni gaie ni fatiguée. Je me sentais seule. Affreusement seule. J'aurais enlacé un grand sapin glacé juste pour sentir quelque chose d'un peu vivant contre moi.

J'ai composé le numéro. Le téléphone a sonné trois fois. Pendant une seconde, j'ai eu peur que son père réponde. Non. C'était bien Antoine. Je reconnaissais sa voix.

— Marie-Lune ? Qu'est-ce que tu fais ? Où es-tu ? Ça va ?

— Tu m'avais dit que je pouvais t'appeler. Tu n'es plus fâché, hein ?

— Je t'aime. Tu le sais.

— Je peux aller chez toi ?

Il y a eu un silence. Il allait dire non.

— Non. Attends-moi, je monte au lac. Tu ne peux pas venir comme ça… À moins que ton père te conduise.

— Léandre travaille. Mais je ne veux pas que tu viennes. Je veux sortir. Je veux être chez toi. Comme la dernière fois.

J'ai raccroché. Je me suis habillée chaudement. Veste, tuque, mitaines, double paire de bas. Tout le tralala.

J'ai marché jusqu'au dépanneur. J'étais assez habillée pour visiter le pôle Nord et pourtant, j'avais froid. Ça faisait exprès. Pas d'auto. Personne. J'ai continué à marcher. Tant pis. J'étais prête à faire vingt kilomètres à pied.

Des phares se sont approchés. Un gros camion. J'ai levé mon pouce. Je n'avais jamais fait ça. J'ai pensé à Fernande. Si elle me voyait, son cœur flancherait.

S'il battait encore.

Le camion a ralenti. J'ai sauté sur la petite marche, sous la portière. Le conducteur était plutôt vieux. Sûrement pas dangereux. Il faisait chaud à l'intérieur.

— T'as quel âge, toi?

Tu parles d'une façon d'aborder les gens. Je suis peut-être jeune pour faire de l'auto-stop mais lui, il est plutôt vieux pour conduire un douze roues. On est quittes.

— Dix-sept ans.

Je lui ai servi mon sourire le plus angélique.

— Je n'ai pas l'habitude de faire du pouce, mais mon père est malade. Et les taxis coûtent cher.

Il m'a regardée avec l'air de dire : «Ne me prends pas pour un idiot», mais il s'est tu. Il m'a laissée à l'entrée du village.

Il faisait encore plus froid. J'ai couru. En tournant au coin de la rue, je me suis trouvée nez à nez avec Antoine.

— Tu es folle, Marie-Lune! J'étais tellement inquiet.

Je ne l'ai pas laissé parler. Je l'ai embrassé. J'avais envie de me noyer dans ses bras.

Tout était propre et rangé chez lui. J'ai enlevé mon manteau, mes bottes et plusieurs pelures. Je portais la chemise bleue du père de Sylvie.

— As-tu faim ? As-tu froid ?

J'ai dit non. Je l'ai embrassé encore.

— Ça va, Marie-Lune ?

C'est fou. Je l'embrasse et il s'inquiète. On était debout. J'ai déboutonné mon chemisier. Antoine me regardait. Il ne disait rien.

Le chemisier est tombé sans faire de bruit en formant une petite flaque bleue à mes pieds.

Antoine m'a enlacée. Enfin. Il sentait encore la forêt d'automne, les feuilles mouillées et la terre. Tant pis pour l'hiver. Antoine sent l'automne, lui. Il est plus fort que les saisons.

Sa chemise était rude sur ma peau. Je l'ai déboutonnée. On s'est retrouvés nus devant la fenêtre du salon sans rideaux. Antoine m'a guidée jusqu'à sa chambre. Le matelas s'est creusé sous mon poids. J'étais bien. Comme dans un nid.

Je n'ai pas eu mal quand il a plongé en moi. C'était bon. Nos corps voguaient, secoués par de hautes vagues ; la mer dansait autour de nous.

Mais le temps a brusquement changé. Ça tanguait trop. J'avais peur. Je voulais rentrer. M'étendre doucement sur la plage. Sans bouger.

La tempête s'est abattue sur nous. La mer était déchaînée. Les vagues allaient nous avaler.

J'ai crié. Trop tard. On a chaviré.

La mer allait m'engloutir. Tout était noir. J'étouffais.

J'ai crié encore. J'ai aperçu la forêt. Deux grandes taches vertes. Je me suis accrochée au regard d'Antoine, sinon j'allais me noyer. C'était ma seule bouée.

Il m'a caressé le front, les joues, le cou. Longtemps. Jusqu'à ce que les vents s'apaisent. Puis il m'a aidée à me rhabiller. Sans dire un mot.

J'ai vu qu'il pleurait.

Il a téléphoné à la maison. Puis au *Clairon*. Léandre ne répondait pas. Monique est venue me chercher. Elle n'a rien dit.

Au lac, Léandre ronflait sur le sofa du salon. Il n'avait pas enlevé son manteau, et la neige de ses bottes fondait sur l'imprimé fleuri. Il avait bu, lui aussi.

Monique m'a ramenée chez elle. J'ai dormi dans le lit de Sylvie.

Chapitre 11
Deux Miss Marathon

— Allez! Secoue ta carcasse, Marie-Lune la lune. Viens voir comme c'est beau. Il a neigé toute la nuit. Veux-tu faire du ski?

Je venais tout juste d'ouvrir un œil. De comprendre où j'étais et pourquoi j'étais là. De me souvenir d'hier…

— Tu ne me demandes pas ce qui est arrivé hier soir?

— Euh!… Si tu veux… Mais je sais où tu étais…

— Tu sais aussi que j'ai fait une crise. Monique t'a dit autre chose?

— Non… Pas vraiment…

Sylvie aime les défis. Les compétitions, les marathons et les longues randonnées de ski de fond. L'an dernier, elle m'a presque tuée. On a parcouru tous les sentiers du parc du Mont-Tremblant. Rien ne l'arrête. Elle s'est gelé les oreilles, seule sur les pistes un après-midi où il faisait 20 au-dessous de zéro.

Son lobe gauche est devenu tout blanc. Puis il a enflé, il a viré au noir et il est tombé. Pas tout d'un bloc. Un petit bout. Depuis, Sylvie a l'oreille gauche plus fluette que la droite. Pour la faire enrager, Claude Dubé l'appelle Zoreille. Ça marche à tous coups.

— C'est vrai qu'il fait beau. Penses-tu que les sentiers du parc sont déjà ouverts?

Monique a téléphoné. Toutes les pistes étaient skiables. C'est plutôt rare au début de décembre. On avait eu seulement trois tempêtes. Mais la neige n'avait pas fondu.

— O.K. Je te suis. Mais pas de singeries.

— Ne t'inquiète pas. Le pire qui puisse t'arriver, c'est que tu te gèles le nez. On t'appellera Narine. Penses-tu qu'Antoine t'aimerait quand même?

Antoine? Antoine qui? J'ai senti une onde de chaleur me courir le long des jambes et me monter à la tête. La nouvelle chanson des T.B. m'est revenue. Elle jouait à la radio, hier soir, pendant qu'on faisait l'amour. *Killing love.* L'amour qui tue. Des mots horribles. C'est là que j'avais paniqué. Les paroles de la chanson avaient déclenché la tempête.

Si Antoine n'était pas entré dans ma vie, Fernande serait-elle morte?

Le cancer, ça se dompte, je pense. On peut ralentir le cours des maladies. Mais quand l'inquiétude nous grignote les tripes, on devient vulnérable. C'est comme les animaux blessés : les loups sautent dessus.

Robert, notre patrouilleur-secouriste préféré, nous a accueillies au Centre communautaire du lac Monroe. C'est là que les skieurs doivent s'enregistrer avant de s'élancer sur les pistes. Robert est un peu mère poule. Il voulait s'assurer qu'on choisirait les bons farts.

— C'est du bleu aujourd'hui, les filles. Mais emportez du vert aussi. Ils annoncent du mauvais temps en fin d'après-midi. Ne traînez pas sur les pistes.

Miss Marathon a décidé que nous prenions La Mallard. Presque vingt kilomètres. La plus longue piste. Seule La Poisson est plus difficile. Un peu moins longue, mais plus traître. Le sentier de La Poisson monte à pic pendant plus d'une heure. La descente est terriblement casse-cou.

Les patrouilleurs ont l'habitude de grimper en motoneige jusqu'au sommet en tirant leur traîneau-civière pour ramener les blessés. Les accidents sont fréquents. Une bonne dizaine par année. C'est pour ça qu'entre nous, cette piste-là, on l'appelle La Diable, pas La Poisson.

La neige était bien froide. Nos skis glissaient comme des patins entre les conifères. D'habitude, Sylvie doit souvent m'attendre. Mais là, je filais à toute allure. Sylvie était contente. Nous avions atteint le premier refuge en moins de quarante minutes. Elle a proposé qu'on entre pique-niquer.

Miss Marathon a englouti deux sandwiches au beurre d'arachide, miel et confiture en croquant des cornichons. Ça me donne des frissons. Elle insistait pour que je goûte à tout : sandwich, fromage, noix, chocolat, biscuits. J'obéissais sans broncher. J'étais même prête à manger des cornichons pour avoir la paix et retourner au plus vite sur les pistes. Tant que j'avançais, je ne pensais à rien. J'étais bien.

J'ai pris les devants. Je skiais rapidement. Le vent me soûlait. C'est encore mieux que le vin. En me gelant les joues, il m'anesthésiait aussi le cerveau.

Je pensais : Antoine. Rien. Le vide. Des nuages. Mon cœur ne battait ni plus vite ni moins vite.

Je pensais : Fernande. C'était pareil. De l'air. J'avais la cervelle creuse. Et je voulais qu'elle reste comme ça.

Arrivées à La Cache, le deuxième refuge, Sylvie a proposé une pause chocolat chaud. Elle était essoufflée. Moi aussi. Mais je n'avais pas envie d'arrêter.

La Cache est perchée sur un sommet. De là, on descend longtemps. J'ai décidé de foncer. Les arbres défilaient à toute vitesse. Le vent me fouettait le visage, et la neige blanche m'aveuglait. Mes skis ont dérapé sur une plaque de glace. Et j'ai fait une culbute avant de me réveiller sur le dos, les quatre fers en l'air.

— Qu'est-ce qui est arrivé ? Tu saignes !

Sylvie avait vraiment l'air inquiète. Je me suis frotté la joue. Puis la tête. Je me suis levée et j'ai secoué mon pantalon. Ma jambe saignait. Ma mitaine blanche était tachée de sang. En tombant, je m'étais enfoncé la pointe d'un bâton dans la jambe droite. Je n'avais rien senti.

— Ce n'est rien. Viens !

— En arrivant au Centre communautaire, il faudra nettoyer ça. Après, on verra. Tu auras peut-être besoin d'une injection contre le tétanos. Tu files trop vite, Marie-Lune. Je suis plus en forme que toi et je suis crevée. Ce n'est pas bon, au début de la saison. C'est comme ça qu'on se blesse. Tu le sais pourtant.

En apercevant le toit du grand chalet du lac Monroe, j'ai paniqué. Je ne voulais pas rentrer. Je ne voulais pas me remettre à penser. Tant que je skiais, je me sentais bien.

Le stationnement était presque vide. Le soleil descendait doucement. Trois patrouilleurs fartaient leurs skis, prêts à fermer les sentiers.

— Salut, les filles ! Rien à signaler avant qu'on fasse le ménage ?

Sylvie a rougi. Les patrouilleurs, c'est son genre. Musclés, bronzés et pétants de santé. Ils allaient inspecter les refuges et s'assurer que plus personne ne traînait sur les sentiers.

Le ski de fond en montagne, ça peut être dangereux. Il suffit d'une spatule brisée, et on ne peut plus avancer. Sans skis, nos pieds enfoncent dans la neige. En quelques heures, la nuit tombe, et on gèle. Parfois, les skieurs paniquent et se perdent. Certains meurent d'hypothermie.

Moi, ce n'est pas le froid, mais les bêtes qui me font peur. Il y a des renards et des lynx dans la forêt. Des loups aussi. Le froid dévore lentement ; il me semble qu'on doit avoir le temps de se sauver. Sinon, on s'endort lentement et on meurt sans s'en apercevoir. Les animaux sont plus sauvages. Ils bondissent sur leur proie.

— J'espère que maintenant j'ai droit à mon chocolat chaud ? a demandé Sylvie.

— On peut le prendre au Centre communautaire. Il y a des sachets. Ce sera meilleur et plus chaud que le vieux fond qui reste dans ton thermos.

— Bonne idée ! Mais avant, va nettoyer ta blessure. Le sang me coupe l'appétit.

— À vos ordres, madame !

J'avais du mal à paraître joyeuse. Les conversations amicales sont épuisantes quand le tonnerre gronde dans notre ventre. Quand tout dérape. Quand il grêle dans notre tête.

J'ai skié lentement jusqu'aux toilettes. Devant la porte, je me suis penchée pour libérer mes pieds des fixations.

Le vent hurlait. J'aimais sa musique. Elle enterrait tout. Lorsqu'on fonce dans un vent fou, plus rien n'existe. Il n'y a que notre corps qui avance et le vent qui souffle. C'est comme quand on danse sur une musique très électrique. La terre arrête de tourner. Il ne reste que des gestes et des sons.

Je me suis relevée. Les bottines de Monique étaient encore bien ancrées dans leurs fixations. J'ai décidé d'avancer. La Diable était devant.

Chapitre 12
Tempête sur la Diable

Du lac Monroe, le sentier des Falaises grimpe sur un dos d'âne, une bonne butte aux versants à pic. C'est très beau. On a l'impression de franchir une passerelle. Au loin, les falaises sont noires et mystérieuses. L'an dernier, Robert nous a raconté que des hérons bleus nichent au faîte de la montagne l'été. Ils s'installent presque toujours sur de vieux pins mourants.

Tout en haut, après des kilomètres de pentes abruptes, la vue est magnifique. En route, on peut reprendre son souffle à La Perdriole.

Pour oublier la fatigue, il faut se laisser envoûter par les falaises. La glace épaisse accrochée aux flancs brille sous le soleil. C'est fascinant. Les reflets bleus et verts se teintent de violet parfois.

J'avançais rapidement. C'est toujours facile de glisser dans des traces fraîches.

Robert était devant. Je l'avais vu filer vers La Diable.

De nouveau, j'étais bien. Pas besoin de parler. Pas besoin de penser.

Mais il faisait froid. Pendant les quelques minutes d'arrêt au lac Monroe, devant le Centre communautaire, mon corps s'était refroidi, et mes vêtements humides de transpiration étaient rapidement devenus glacés. Il fallait que j'avance vite pour me réchauffer. Que j'avance vite aussi parce qu'il était tard. En partant derrière un patrouilleur, j'avais enfreint le règlement.

AUCUN DÉPART APRÈS 14 H 00

C'est bien écrit au Centre communautaire. Vers quatorze heures trente, les patrouilleurs plongent dans la forêt pour fermer les pistes. Ils ramassent les skieurs en panne ou trop fatigués. Au début de l'hiver, la nuit tombe vite. Elle avale tout, d'un coup, en quelques minutes. À seize heures trente, il fait déjà noir. Ceux qui partent trop tard risquent de se faire prendre par la nuit.

Je savais que Sylvie serait inquiète. Au début, elle croirait que j'avais eu du mal à nettoyer ma blessure. Ensuite, elle me chercherait un peu partout. Elle mettrait un bon moment avant de comprendre que j'étais repartie. Comment savoir sur quel sentier? En skiant vite, j'avais peut-être le temps de rentrer avant qu'elle s'affole complètement. J'arriverais à boucler la piste en moins de deux heures. Avant la noirceur.

C'était bête de faire ça à une amie. Je le savais. J'aurais pu simplement revenir sur mes pas. Rentrer sagement. Mais à l'idée de cesser d'avancer, de recommencer à vivre avec les rafales dans ma tête et les volcans dans mon ventre, j'avais envie de hurler.

Les conifères agitaient furieusement leurs branches. De vrais cinglés. Le vent soufflait la neige un peu partout. Une pluie de confettis glacés me fouettait le visage.

Autant, cet après-midi, la forêt était pleine de vie, autant les bois étaient maintenant de plus en plus gris. On n'entendait plus criailler les geais et les sittelles. Les mésanges placoteuses s'étaient tues. Les piverts devaient ronfler déjà.

J'avais l'impression de grimper depuis des heures. J'avançais maintenant comme un robot. L'effet euphorique du vent faiblissait. Je me sentais de plus en plus fatiguée. J'avançais mécaniquement. De plus en plus péniblement. À ce train-là, je ne serais jamais au Centre communautaire avant dix-sept heures.

Lentement d'abord, puis de plus en plus fort, la tempête s'est levée en moi. J'étais prise dans un ouragan, ballottée aux quatre vents. Des mots refaisaient surface.

Lorsque le pélican, lassé d'un long voyage

Dans les brouillards du soir retourne à ses roseaux

Ses petits affamés courent sur le rivage

C'était moi, ce grand oiseau. J'étais tellement fatiguée. Mais je n'avais pas fini mon voyage.

Qu'est-ce que c'est, des roseaux? Je ne suis pas sûre. Est-ce comme les quenouilles?

Il n'y a pas de quenouilles l'hiver. Il n'y a rien l'hiver. Seulement de la neige.

Et puis je n'ai pas d'enfants, moi, comme la mère pélican. Je n'ai même plus de mère.

Alors il se soulève, ouvre son aile au vent

Et, se frappant le cœur avec un cri sauvage,

Il pousse dans la nuit un si funèbre adieu,
Que les oiseaux des mers désertent le rivage

Il hurle, le pélican. Il souffre, le pélican. Il n'en peut plus. Mais personne ne l'entend.

Ce n'est pas moi, le pélican. Je suis seulement son enfant. La fille d'un oiseau mort.

D'une pauvre bête que je n'ai pas vue partir. D'un grand oiseau que je n'ai pas pu embrasser. D'un grand oiseau qui est mort fâché.

Je l'entends maintenant, le cri du pélican. Un grand cri de mort crevant le ciel, déchirant les montagnes. Un long gémissement. À fendre l'âme. Il n'est pas funèbre, le cri du pélican. Juste désespéré.

J'ai soif. Pouah ! La neige est dure et glacée. Elle m'égratigne la gorge.

Je ne m'arrêterai pas vraiment. Une mini-pause. Le temps de me coller contre un sapin géant.

Son écorce est rude. J'y presse mon oreille. Comme si je pouvais entendre son cœur battre.

C'est Antoine. Sa chemise est rude, mais son corps est doux et chaud. J'ai envie d'enlever mes vêtements pour mieux le sentir contre moi.

Est-ce qu'on a vraiment fait l'amour ? Faire l'amour, ce n'est pas la même chose que faire naufrage. On allait faire l'amour pour la première fois. Et puis, on s'est trompés. On a fait naufrage. C'est tout. On n'est sûrement pas les premiers. Il n'y a pas de quoi fouetter un chat.

Il fait noir et il fait froid. Il faut avancer. Fernande voudrait que j'avance. Antoine aussi, je pense.

Mais je vois mal. On ne sait jamais si le sentier va tourner ou pas. Je devrais déjà être au sommet. Où sont les falaises glacées?

La neige semble plus chaude. Plus enveloppante. Une grosse douillette. Épaisse. Moelleuse. On se glisse dessous. Puis on dort. Le lendemain, tout va mieux.

Je n'ai pas d'oreiller, mais tant pis. En camping, il ne faut pas se plaindre.

Je pense que je vais mourir.

Mourir, ce n'est pas grave. Qui sait? Peut-être que ce n'est même pas douloureux. Fernande est peut-être très heureuse. Elle se dit peut-être : « *Wow!* J'aurais dû mourir avant. »

Peut-être qu'elle crie :

— Viiiiiiens, Marie-Lune! Viiiiiite! Dépêche-toi. Mourir, ça ne fait presque pas mal. Ça ne dure pas longtemps. Ensuite, on est bien.

J'ai mal à la jambe. Mais ça ne saigne plus.

J'aimerais qu'Antoine soit ici. Il me réchaufferait. Mais Fernande se fâcherait, je crois.

Elle ne voulait pas mourir. Elle m'en veut. Elle en veut à Antoine aussi. On l'a poussée vers le précipice. On l'a fait mourir plus vite. Mais on ne le savait pas.

— Comprends-tu ça? ON NE LE SAVAIT PAS.

Ça fait du bien de crier.

— COMPRENDS-TU ÇA? ON NE LE SAVAIT PAAAAAAS!

Et puis non. C'est trop fatigant. Le mieux, c'est de fermer les yeux.

Il n'y a plus qu'un voile bleu. Léger, léger.

J'aime le bleu.

Le vert aussi. Le vert doré des yeux d'Antoine. Et de Fernande.

J'aime le violet. Sur les falaises glacées.

Et l'ombre noire des montagnes.

J'aime le gris doux des ailes d'oiseaux.

Et le blanc lumineux de la première neige.

J'aime les champs blonds, juste avant.

Et l'or blanc des étoiles sur un ciel d'encre.

Mais ça ne compte pas. Tant pis.

Je n'aime plus la vie.

Chapitre 13
Trois lettres

C'est drôle ! Le ciel est blanc et les étoiles noires. Elles ne clignotent même pas.

Non. Ce ne sont pas des étoiles, mais des trous. Des milliers de petits trous.

Je comprends ! Ce n'est pas le ciel, mais un plafond au-dessus de ma tête.

Si je suis dans un cercueil, je suis dans la Cadillac des boîtes de bois. Très confortable. Juste assez mou. J'ai deux draps blancs et une grosse couverture jaune. Je ne savais pas qu'ils nous enveloppaient comme ça.

Mais non ! C'est ridicule. Ce n'est pas un cercueil, le plafond est cent fois trop haut. À moins que j'aie ratatiné en mourant.

Je pense que je ne suis pas morte.

Ce n'est pas grave. C'est peut-être mieux ainsi.

— Bonjour, beauté !

Je me relève tranquillement. Ouille ! J'ai mal à la tête.

Un homme me soulève un peu, cale un oreiller dans mon dos.

C'est Robert ! Et je suis à l'hôpital. La preuve ? J'ai un bracelet de plastique autour du poignet. Rien de très élégant.

— Salut, Marie-Lune! T'as failli voyager dans le firmament. Je vais dire aux infirmières que t'es réveillée…

— Non. Attends! S'il te plaît…

— *Ben* sûr…

— Qu'est-ce qui est arrivé?

— Ça serait plutôt à toi de raconter… Je venais d'atteindre La Perdriole… Je skiais vite parce qu'il faisait un froid de canard. C'est là que j'ai entendu quelqu'un crier. Je me suis dit que c'était impossible. Que j'avais dû rêver. Il fallait être fou pour traîner derrière moi par un temps pareil. J'ai continué d'avancer, mais ça me tracassait. Je suis redescendu un peu pour voir.

C'était chouette d'entendre Robert. Il racontait une histoire. J'écoutais comme si je ne connaissais pas la suite.

— J'ai failli te manquer. T'étais sortie du sentier. Heureusement que tes skis sont orange. J'ai aperçu une spatule entre les branches. C'est comme ça que je t'ai trouvée. Un petit paquet gelé.

Il s'est éclairci la voix en grognant un peu.

— T'aurais pu mourir… Tu le sais?

Je l'ai regardé droit dans les yeux.

— Oui. Je le sais.

Il a continué.

— Là, j'ai décollé. Dieu merci, je suis assez en forme. J'ai descendu au lac Monroe d'une traite. Sans piquer de plonge. Une chance! Les patrouilleurs avaient déjà accroché des traîneaux aux motoneiges. Mais ils partaient à l'aveuglette. J'ai demandé à André de m'aider, et on est venus te chercher.

Il parlait vite. Lui aussi avait eu peur.

— Il y avait un peu de sang sur ton pantalon. Et sur tes mitaines. Rien de grave. Mais tes lèvres étaient bleues et tes doigts blancs. Ton nez aussi.

J'ai ri. Robert avait l'air de penser que j'étais complètement marteau.

— Ils vont m'appeler Narine !

J'ai expliqué à Robert l'histoire de Zoreille et de Narine. Il semblait soulagé.

— Ne t'inquiète pas, va ! Ton nez est beau. Mais tu vas peut-être perdre un ou deux orteils… Si ton chum ne t'aime plus, il ne te méritait pas. Moi, si j'avais quinze ans, je te trouverais belle même sans orteils.

J'ai dû faire une grimace. J'avais vraiment mal à la tête.

Il m'a embrassée gentiment sur le front. Je me suis soudain sentie terriblement triste. J'ai attrapé son bras.

— Merci…

Il m'a lancé un clin d'œil et il est parti.

Ils m'ont vite assaillie. Léandre, Sylvie, Monique. Je leur bâillais au nez ; je voulais seulement dormir. Alors, ils m'ont embrassée, minouchée, dorlotée et ils ont disparu.

Léandre n'a pas parlé de sa brosse. Ni de la mienne. Ni de La Diable. Ni de Fernande.

— Ça va aller, ma chouette ! C'est une grosse côte à remonter. Mais on est deux.

C'est à peu près tout ce qu'il a dit. J'ai failli répondre que les côtes, j'en avais assez.

Flavi aussi est venue. Seule. Ce matin. Elle se tenait bien droite. Elle ne semblait pas gênée comme tous les autres. Elle en a vu d'autres, Flavi. La mort, la folie, la furie, ça ne l'impressionne plus.

— Ça va, Marie?

Elle était la première à me le demander. Les autres répondaient d'avance pour moi. Ils juraient tous que j'allais bien. Qu'est-ce qu'ils en savaient?

Flavi m'a laissé une grande enveloppe contenant trois lettres.

De Fernande.

— Je triche, Marie. J'avais promis de te les remettre beaucoup plus tard. Ta mère voulait attendre que tu aies vingt ans. Mais je pense que tu es prête. Prends ton temps pour les lire. C'est à toi.

Je n'ai pas ouvert l'enveloppe. J'attends. Je reprends des forces. Ce midi, j'ai même mangé les pois. Quand j'étais enfant, je refusais d'avaler ces petites billes dégueulasses. Je disais que c'étaient des crottes de poules malades.

En pensant aux poules, j'ai ri. L'infirmière m'a regardée bizarrement. Je me demande ce que les infirmières racontent à mon sujet lorsqu'elles bavardent ensemble au bout du corridor.

Demain... Peut-être... J'ouvrirai l'enveloppe. Ensuite, j'attendrai. Quelques heures ou quelques jours. Pour m'habituer à ces petits morceaux d'elle. Les lettres portent peut-être son parfum. Je sens qu'il faudra les apprivoiser.

J'ai décidé de marcher un peu avant de dormir. Dans le corridor, une infirmière m'a fusillée du regard.

— «Prends ça cool! Je n'ai pas mes skis...»

C'est ce que j'avais envie de lui dire. Mais je suis polie.

J'avais déjà arpenté deux étages quand je l'ai aperçu... Antoine! Que faisait-il ici? Ma chambre n'était pas dans cette aile, ni à cet étage. Pourtant, il avançait sans hésiter, comme s'il savait où il allait.

Il s'est arrêté devant une porte. Il a frappé doucement et il est entré.

Je m'attendais à ce qu'il ressorte tout de suite. Il verrait bien que Marie-Lune n'y était pas.

Mais il est resté. Longtemps.

Je me suis approchée. Antoine me tournait le dos. Il tenait la main d'un homme.

Son père !

Mon Dieu, que je suis bête ! Sylvie ne m'avait pas donné de nouvelles d'Antoine. Léandre et Monique non plus. Et je n'en avais pas demandé. Il aurait pu lui arriver des millions de choses pendant tout ce temps. Il aurait pu déménager à Tombouctou, gagner la Super Loto. Ou mourir. Son père aussi.

— Antoine !

Il s'est retourné. Il a rougi.

— Marie-Lune !

C'est moi maintenant qui étais gênée.

— Je t'ai vu. Je marchais. Je pensais que tu venais me voir… Excuse-moi…

— Non. Attends ! Ne te sauve pas. Mon père a eu une crise de foie. Je voulais te voir… Mais je ne savais pas si je devais. Je t'ai fait assez de mal comme ça…

— Quoi ? Pourquoi ?

Son père dormait. Mais les trois autres malades dans la chambre nous écoutaient. Tant pis.

— Je n'aurais pas dû, Marie-Lune. Je m'excuse. Je savais que tu étais en miettes. Mais quand je t'ai vue à moitié nue…

J'ai oublié… Ça faisait longtemps que je t'imaginais comme ça. Tu es encore plus belle que je pensais.

Il a pris mes mains et les a délicatement emprisonnées dans les siennes. Comme la première fois.

J'ai fermé les yeux. Je voulais partir. Tout de suite. Pour passer la nuit avec ce doux souvenir.

Je craignais que l'ouragan ne s'éveille en moi. Qu'il gonfle et se déchaîne. J'avais peur d'éclater. Mais avant de quitter Antoine, j'ai réussi à réunir suffisamment de courage pour sourire. Bravement. Afin qu'Antoine ne se sente pas trop seul. Afin qu'il sache que j'avais compris. Que ça allait. Que j'étais peut-être en miettes, mais bien vivante.

Avant de m'endormir, j'ai ouvert la grande enveloppe brune. Je ne pouvais plus attendre. Les trois enveloppes à l'intérieur étaient blanches et plus petites. Fernande avait écrit sur chacune d'entre elles « À Marie-Lune », suivi d'une date :

23 novembre 1976

28 octobre 1991

30 novembre 1991

Elles avaient l'air bien mystérieuses, ces lettres.

J'ai fermé les yeux. Demain… Peut-être…

Chapitre 14
Tu es née ce matin, ma belle

— Allô !

Je me suis réveillée avec un Martien à côté de moi.

— La madame a dit que je pouvais te visiter… T'es pas dangereuse. Ni contagieuse. T'as juste essayé de mourir.

Un drôle de petit bonhomme était installé sur la chaise à côté de mon lit. Son crâne presque chauve était hérissé de quelques poils d'un blond roux. Il portait un pyjama rayé avec des tas de dinosaures rouges, bleus et verts. Et ses grands yeux caramel me dévoraient comme si c'était moi, l'extraterrestre.

— C'est vrai que tu voulais mourir ? Les infirmières disent que c'est pas si sûr…

— Un instant, monsieur ! Ça ne serait pas plutôt à moi de poser les questions ? C'est ma chambre ici. Non ? Comment t'appelles-tu ?

— Bruno.

— Bon ! Bonjour, monsieur Bruno. Oui, oui, vous pouvez entrer. C'est gentil d'avoir frappé avant…

Il a éclaté de rire. Un beau rire pétillant. Clair et léger. Plein de bulles.

— Que faites-vous à l'hôpital, monsieur Bruno ? Amygdalite ? Appendicite ?

Il riait encore.

— *Ben* non! J'ai le cancer, voyons.

Un grand frisson m'a parcourue. Du bout des orteils jusqu'à la pointe des cheveux.

— T'es drôle, toi! D'habitude, le monde devine. J'ai perdu mes cheveux. C'est la chimo qui fait ça.

— La chimio. Pas la chimo.

— Tu vois. Tu connais ça. C'est à mon tour, là?

— Ton tour de quoi?

— De poser les questions, voyons. C'est vrai que t'es partie dans la forêt quand c'était presque la nuit? Le savais-tu que c'était dangereux? Voulais-tu mourir?

— Trois questions d'un coup, c'est beaucoup! La prochaine fois, une seule suffira. Disons que c'est une exception.

Il me regardait comme si j'étais le père Noël. Ou Superman. Quelqu'un de grand et d'important, en tout cas.

— Je suis partie en skis trop tard. Je le savais. Mais je ne voulais pas mourir. Voyons donc!

— T'es sûre?

Il était petit mais pas nono.

— Au début, oui. Je voulais simplement continuer à skier. Parce que ça m'empêchait de penser. Après... peut-être que j'ai voulu mourir.

Ça faisait drôle de m'entendre dire ça. Mais c'était vrai. C'est plus facile de parler aux extraterrestres.

— Tu voulais mourir? Pourquoi?

Il est devenu tout rouge. J'ai pensé que ça le gênait de parler de ça.

— Euh!... *escuse!* Je pense que j'ai posé deux questions, là... Hein?

J'ai éclaté de rire et j'ai ébouriffé les quelques poils roux sur son crâne.

— Je voulais mourir parce que ma mère est morte. Elle est morte très vite. Je ne savais pas qu'elle avait... une maladie grave. J'aurais dû m'en douter. Peut-être que je ne voulais pas le savoir. Elle est morte quelques minutes avant que je puisse aller la voir à l'hôpital. Et quelques jours après une grosse chicane... .

— Ouin... T'es pas chanceuse, chanceuse. Qui va te consoler?

Je n'étais pas sûre de la réponse.

— J'ai mon père, des amis. Un amoureux...

— Un AMOUREUX? Moi aussi, j'ai une amoureuse! Anne-Marie. Mais elle est plus grande que moi. Mon ami Guillaume dit qu'on ne pourra jamais se marier à cause de ça. Toi..., qu'est-ce que tu penses? De toute façon, Anne-Marie ne sait pas que je l'aime...

Il s'est arrêté pour reprendre son souffle.

— Je peux monter dans ton lit?

— Si Anne-Marie te voyait, elle ne serait pas fâchée?

Il n'a pas répondu. Il s'est glissé sous les couvertures. Son petit corps était chaud.

Cinq minutes plus tard, il était endormi.

J'ai pris la première lettre. La plus vieille.

23 novembre 1976

À Marie-Lune,

Tu es née ce matin, ma belle.

Je voudrais te dire tant de choses. Mais je suis fatiguée et je ne suis pas très douée pour l'écriture.

J'aimerais que tu lises cette lettre dans vingt ans. Ou quand tu auras des enfants. On verra.

Je ne sais pas du tout ce qui va nous arriver. Qui je vais devenir ni qui tu seras. Mais c'est le plus beau jour de ma vie.

Ça fait mal accoucher. Je ne pensais pas que ça faisait aussi mal. Dans les cours prénatals, on nous enseigne qu'en respirant bien, c'est possible de contrôler la douleur.

C'était atroce. Pourtant, je respirais exactement comme on me l'avait enseigné. Il y a eu des secondes, des minutes peut-être, où j'ai presque regretté de t'avoir fabriquée.

Je me demandais dans quelle galère je m'étais embarquée. J'avais l'impression que mon ventre allait éclater.

Pauvre Léandre – c'est ton père ça –, chaque fois que je criais, il pâlissait. Si tu n'étais pas sortie, je pense qu'il serait devenu transparent.

J'ai repris courage quand ils m'ont annoncé qu'ils voyaient tes cheveux. Tu t'en venais! Je ne savais pas si tu étais une fille ou un garçon. Ça ne me dérangeait pas. Du moment que tu étais là.

Je savais que tu n'aurais probablement pas de frère ni de sœur. C'était déjà un petit miracle que tu sois là. Je te raconterai ça une autre fois…

Mais, ma petite bonjour, tu me faisais mal en creusant ton chemin. À un moment donné, le Dr Lazure a lancé : « Arrêtez de pousser, Fernande. » Je l'aurais étripé! Ça paraît qu'il n'a jamais accouché, lui. C'est facile à dire, ça : « Arrêtez de pousser. » Mais ce n'était pas moi, c'était toi qui poussais. Tu étais déjà toute là. Avec ton petit caractère, tes désirs et tes idées.

Je me suis dit : « Au diable le beau docteur. Elle veut sortir, elle va sortir. » Je t'ai aidée. J'ai pris une grande respiration et j'ai poussé comme si j'avais une montagne à déplacer.

Soudain, je t'ai entendue. Tu n'étais pas grosse, mais tu en faisais, du vacarme ! Tu ne pleurais pas, tu beuglais. Ça me faisait peur. J'ai pensé que quelque chose n'allait pas.

Tu avais peut-être un cordon enroulé trois fois autour du cou. Je n'avais pas le courage de regarder.

L'infirmière a crié : « C'est une belle fille ! »

Au ton de sa voix, je savais que tout était parfait.

Mais les bébés, moi, je ne connaissais pas ça. Tu étais toute rouge et tu hurlais. J'ai cru que je ne saurais jamais comment faire. Trouver les bons gestes, les bons mots. Qu'est-ce qu'on fait avec un petit paquet de chair qui hurle à ébranler les maisons ?

Ils t'ont déposée sur mon ventre mou. J'ai failli crier : Non ! Attendez ! Montrez-moi comment faire avant.

Tu étais encore gluante. Mais tu avais un nez mignon, une belle petite bouche et deux grands yeux qui me regardaient comme s'ils me connaissaient. Tu étais toute chaude. Moi aussi. On avait fait tout un marathon ensemble.

C'est là que je me suis aperçue que tu ne pleurais plus. Depuis que nos corps s'étaient touchés. Un vrai miracle.

Tu ressemblais à un petit oiseau affamé avec ton bec qui cherchait mes seins. Je t'ai aidée. Tu faisais presque pitié, tellement tu avais faim. Déjà. Ou peur. Je ne sais pas.

Pendant que tu tétais, je ronronnais.

C'est à ce moment-là que j'ai compris qu'on était unies pour la vie. Ce qu'il y avait entre nous, c'était déjà plus fort que tout.

Je ne sais pas ce qu'on va devenir, Marie-Lune. J'espère que je serai une bonne mère.

Quand je ne saurai plus, tu m'aideras. Mais je serai toujours là. C'est sûr.

Je t'aime, Marie-Lune.

Bonne vie !

Ta mère

Bruno dormait toujours à côté de moi. Sa présence m'aidait. Une infirmière est venue avec un plateau d'œufs brouillés et de jambon. Ça sentait bon.

— Chut !

Je lui ai fait signe de se taire, en désignant Bruno. Elle a souri et elle est repartie avec son plateau. Tant pis, je mangerais plus tard. Je ne voulais pas le réveiller.

Sitôt fermée, la porte s'est rouverte en coup de vent.

— Salut, ma cocotte ! Je passe vite. Je ne peux pas rester. Monique avait une course à faire à côté…

Sylvie s'est arrêtée d'un coup. Elle venait de voir une autre tête sur mon oreiller.

— Qu'est-ce que c'est ça ?

— Un chimpanzé !

— Ne fais pas la drôle…

— Excuse-moi. J'étais gênée de te le dire : « C'est un orignal ! »

Bruno était réveillé. Et mort de rire.

— Allez, Bruno, brame. Si j'ai bien appris mes leçons de français, c'est ça, le bruit d'un orignal. Si tu ne *bramasses* pas, mon amie va penser qu'on se paie sa tête. Vite, brame !

Il riait tellement qu'il s'étouffait. Sylvie aussi. Ensuite, j'ai fait les présentations.

— Je pense que je vais le dire à son amoureux. Il ne sera pas content de savoir qu'elle le trompe.

— Je le sais qu'elle a un amoureux. Il s'appelle comment ?

— Antoine...

C'est moi qui ai prononcé son nom. Ça me faisait du bien de le dire.

L'infirmière est entrée. Marielle Ledoux. La même que tout à l'heure. Avec le même plateau. Et elle avait l'air de dire : « Cette fois, tu manges, ma fille. »

— Je pense que tu nous quittes demain, Marie-Lune...

Elle voulait seulement faire la conversation. Mais Bruno a frémi sous les couvertures.

— Non, j'ai changé d'idée.

Sylvie a failli s'étouffer avec sa gomme. Garde Marielle m'a regardée, l'air de dire cette fois-ci : « Tout le monde a raison : elle est folle ! »

— Je ne peux quand même pas laisser mon mari seul. Il va trop s'ennuyer. Alors, je reste.

En parlant, j'avais entouré Bruno de mes bras. Et il s'était collé contre moi. La bouche fendue jusqu'aux oreilles.

Marielle a tout saisi.

— Je comprends très bien, madame. Mais, vous savez, votre mari aura droit à des visites. Tous les jours, si vous voulez. Normalement, on visite les gens en s'assoyant *à côté* du lit. Pas dedans. Mais si vous trichez un peu, on n'en fera pas tout un plat. Venez visiter votre mari en pyjama, si vous y tenez. Ou en maillot de bain, tiens. Pourquoi pas ?

Bruno riait. J'étais contente.

— Votre mari a-t-il faim, madame ? Je pourrais peut-être apporter son plateau ici ?

Chapitre 15
Les sapins dansent dans la tourmente

Je voulais lire une autre lettre aujourd'hui. J'ai attendu d'être seule. L'après-midi, dans les hôpitaux, c'est comme dans les garderies. Tout le monde fait la sieste.

28 octobre 1991

Marie-Lune,

Je pense qu'ils ont tous tort. Tu devrais le savoir. Mais je n'ose pas.

Si je me trompais… Si c'était pire de savoir…

Je vais mourir. C'est sûr, maintenant. L'an dernier, j'ai trouvé la petite bosse sur mon sein, trop tard. Depuis, le cancer s'est répandu.

J'ai peur.

Le pire, ce n'est pas de mourir. C'est de mourir au mauvais moment. J'aurais aimé que tu sois plus vieille. Mariée peut-être. Avec des enfants, si possible. Je sais que ça fait ancien, mais je partirais moins inquiète. Depuis hier, j'ai encore plus peur. Tu es revenue de ta danse d'Halloween, le cœur en feu. Le corps aussi.

Ce n'est pas le temps de tomber amoureuse. Mais tu ne le sais pas. Ce n'est pas de ta faute.

Si j'avais toute la vie devant moi, je m'inquiéterais moins. Je pourrais te suivre pas à pas. Même quand tu ne veux pas.

Mais je suis à court de temps, et toi, tu cours trop vite.

C'est vrai qu'il est beau, ton Antoine. Je ne suis pas aveugle. Et il n'a pas l'air méchant pour deux sous. Il a de grands yeux doux...

Mais je connais sa vie. Sa mère, son père.

Je ne veux pas prendre de risque. Je voudrais que tu attendes. Que tu en choisisses un autre. Plus tard.

Hier soir, malgré ma peur, je trouvais ça beau de t'entendre. Tu étais tellement heureuse. Tu flottais. Ça se voyait.

Ça m'a ramené une grosse pelletée de souvenirs.

La nuit dernière, j'ai rêvé de ton père. À nous, il y a presque vingt ans. Le jour où on s'est rencontrés. Je ne te l'ai jamais raconté...

Au dépanneur, chez Flavi, il y avait deux ou trois tables et des chaises. On servait du Coke et du café. Un matin, Léandre est entré. Je l'avais déjà vu. De loin, seulement. Ton père n'est pas né ici, tu le sais. Il vivait dans le Nord depuis seulement quelques mois.

Il s'est assis, il a commandé un Coke. Je me rappelle chaque mot, chaque geste.

— As-tu du Coke, ma belle noire?

J'ai rougi jusqu'aux orteils.

Je pense que je l'ai aimé tout de suite, passionnément. Sans le connaître vraiment. Je savais que c'était lui, l'homme de ma vie.

Ce soir-là, à l'heure où on range tout avant de fermer le dépanneur, je l'ai vu arriver. Il m'attendait. Il m'a invitée à aller marcher avec lui. Il faisait un froid de canard, mais j'ai accepté.

Je ne l'ai jamais dit à personne. Même pas à lui. Mais j'ai su ce soir-là qu'on se marierait.

Ne ris pas. Je te jure que c'est vrai. Je l'aimais déjà. Et lui aussi m'aimait. Je le savais.

Dans sa façon d'être beau, on voyait qu'il était bon aussi. Je ne peux pas te donner plus d'explications.

Un an après, on était mariés. Onze mois plus tard, tu es née.

Mais tu aurais pu naître avant...

Flavi n'est pas au courant. Je ne sais pas si les mères racontent ces choses-là à leurs filles quand elles sont plus vieilles... Mais je n'aurai pas la chance de me reprendre. Et je veux te le dire.

C'est arrivé un soir de tempête. Flavi était partie passer deux jours à Montréal. Son père avait eu un accident. Il fallait que je reste dans le Nord. À cause du dépanneur.

Léandre est venu ce soir-là. Tard. Après son ouvrage. Il travaillait déjà au journal. Je fermais le dépanneur. Il ne savait pas que Flavi était partie.

Quand on s'est retrouvés seuls, chez nous, j'ai su tout de suite qu'on allait faire l'amour. Il y avait de l'électricité dans l'air.

Je ne l'ai jamais dit à ton père, mais je pense qu'il a deviné : je n'ai pas tellement aimé ça, la première fois.

Faire l'amour, pour moi, c'était un peu la fin du monde.

Aujourd'hui, je sais que ça peut être grand, et beau, et magique. Mais pas chaque fois...

Et pas toujours la première fois.

Après ça, j'ai eu peur. On allait se marier dans quelques mois, et je me demandais presque si je l'aimais. Je me disais que si on s'aimait vraiment, ç'aurait dû être merveilleux tout de suite. Dès la première fois. Je serais partie en Boeing pour le septième ciel.

C'est Léandre qui m'a aidée à me retrouver. À le retrouver. Il a senti que quelque chose n'allait pas. Mais il ne me poussait pas, il ne me pressait pas. Il m'aimait. Tout simplement. Je le sentais tout le temps.

Petit à petit, j'ai compris que c'est l'amour qui compte. Le reste, ça s'apprend. Ça s'apprivoise. La nuit où on t'a fabriquée, quelques mois plus tard, on était déjà des vrais pros...

Je te souhaite d'aimer quelqu'un, Marie-Lune. Très, très fort. Et qu'il t'aime, lui aussi. Aussi fort. C'est tout ce qui compte dans le fond.

Je ne sais pas qui ce sera, ma chouette. Le pire, c'est que je ne le saurai jamais. Ça me fait tellement mal quand j'y pense.

La lettre n'était pas signée. Les derniers mots étaient mal tracés. L'encre avait coulé... Fernande avait pleuré.

Mon cœur battait trop fort. Il se fracassait contre le mur de mon corps.

J'ai ouvert la dernière enveloppe sans même m'en apercevoir.

30 novembre 1991

À ma Marie-Lune,

Hier soir, je leur ai dit que je voulais être un peu plus lucide pendant quelques heures ce matin.

Je ne souffre pas beaucoup. Il faut que tu le saches. On me donne des injections qui me font flotter. Mais ce matin, j'ai refusé l'injection.

Je pensais t'écrire mes adieux en pleurant toutes les larmes de mon corps.

Mais ce n'est pas ça... Je suis bien, Marie-Lune.

C'est triste de partir. C'est sûr. J'aimerais mieux rester...

Mais je me sens comme les voiliers qui glissent sur le lac, l'été, par temps clair. Ils dérivent doucement. Poussés par le vent.

Je pensais que je te ferais des adieux, mais je n'avais rien compris. Je ne pars pas vraiment, Marie-Lune. Je le sais maintenant. J'en suis certaine. Hier après-midi, Flavi m'a apporté une lettre que je t'avais écrite le jour de ta naissance. Je ne l'avais jamais relue.

En relisant la lettre, j'ai compris.

On est un peu la même personne. Moi, je t'ai fabriquée. Toi, tu m'as transformée. En quinze ans, on a fait tellement de choses ensemble. De toutes petites et de très grandes. J'ai dû attacher au moins un million de fois les boutons de tes chemisiers, de tes manteaux, de tes robes et de tes pantalons. C'est impressionnant, quand on y pense...

Et entre les boutonnages, il s'en passait des choses. Toutes les fois que je t'ai consolée. Tous les sourires que tu m'as donnés.

Tes caresses, tes sourires, tes mots gentils transformaient ma vie. Ils me donnaient confiance en moi. Tu me souriais, et je me sentais unique au monde.

Quand je serai partie, Marie-Lune, je veux que tu fouilles un peu en toi. Tu verras : je serai là. Toujours. À chaque instant.

Au creux de toi.

À bientôt, Marie-Lune,

Je t'aime,

Fernande

Le barrage a sauté. D'un coup. Le mur a volé en éclats. L'eau a tout défoncé. Elle n'en pouvait plus d'être emprisonnée. Elle coulait librement. Enfin.

Je n'aurais jamais cru que c'était si bon de pleurer.

C'était la première fois. Depuis.

L'orage a duré longtemps. Très, très longtemps. Jusqu'à ce que je sois bien à sec.

J'étais épuisée maintenant. J'allais m'endormir quand j'ai vu Antoine. Il était là. À trois pas. Il hésitait. Il avait l'air gêné, à moitié caché derrière la porte.

— Viens.

Il s'est approché lentement et il a caressé tendrement mes cheveux emmêlés sur l'oreiller.

J'ai fermé les yeux.

Je revoyais Antoine dansant avec Nathalie Gadouas, le soir de l'Halloween. Soudain, sa grande forêt verte réapparaissait devant mes yeux. Nous dansions sous le tilleul. Il m'embrassait pour la première fois. Nous courions dans la tempête, puis nous faisions l'amour comme on fait naufrage. Nous étions maintenant étendus sur la plage. Fatigués, perdus, blessés…

— Je t'aime, Antoine.

Je ne l'avais pas dit très fort. Alors, j'ai répété :

— Je t'aime, Antoine.

Il n'a pas répondu.

— Je ne sais pas si on sera capables… Si c'est possible. Je suis vivante. Plus forte aussi. Mais les tempêtes vont revenir.

La preuve, c'est que j'avais envie d'éclater.

— J'ai peur, Antoine. Tellement, tellement peur.

Sa forêt. Mon Dieu que j'aime ses yeux !

Ses yeux me répondaient. Qu'il serait patient. Qu'il avait peur, lui aussi. Qu'il était prêt à partir sur tous les ruisseaux, les lacs, les rivières et les mers. Avec moi. Sans savoir où ça mènerait. Tant pis, si ça ne menait nulle part.

On ne pouvait s'empêcher d'essayer.

Les grands arbres n'ont pas peur des tempêtes. De la neige, de la pluie, de la grêle. Ils se tiennent droits dans le vent. Hauts et puissants. Leurs longs bras ploient sans craquer. Ils dansent, eux, dans la tourmente. Leurs gestes sont souples. On sent qu'ils sont résistants.

Les grands sapins ne tombent pas. Ils attendent d'être très vieux. Secs et usés. Des centaines d'années. Et jusqu'à la fin, ils restent droits.

Partie 2
Les grands sapins ne meurent pas

Chapitre 1
Le ciel croule

Mon père ressemblait à Charlie Brown avec son sapin. Il disait l'avoir abattu, mais à mon avis, c'était de l'euthanasie : ce sapin-là n'aurait jamais passé l'hiver. Un petit bout d'arbre maigre et crochu aux branches chichement éparpillées et aux épines roussies.

Je n'en revenais pas. Pourquoi vivre dans le bois, au bout du monde, si à Noël on ne peut même pas se payer un vrai sapin de carte de souhaits ? De beaux sapins, il y en a plein sur notre terrain. Et autant chez les voisins, partis à Montréal – les chanceux ! – jusqu'à l'été prochain.

Léandre semblait fier de son arbre ridicule. Comme Charlie Brown dans un film de Noël. Charlie arrive avec un sapin tellement mal foutu que quand il le plante, celui-ci perd toutes ses épines. Tout le monde rit et Charlie est malheureux.

J'ai ri moi aussi. C'était trop bête. Léandre m'a regardée, l'air de revenir d'une lointaine planète. Il a contemplé son arbre. À croire qu'il le voyait pour la première fois ! Et il a éclaté en sanglots.

C'est là que j'ai compris tout à coup. Mon père l'avait probablement cherché longtemps son sapin malade. Son pauvre sapin tordu. Il voulait un arbre qui ressemblerait à son cœur. À ses souvenirs. À sa douleur. Un arbre ami. Aussi mal foutu que lui.

C'est notre premier Noël sans Fernande. Ma mère est morte le mois dernier. Les gens disent que je suis en deuil. C'est faux ! Je suis en désastre. La mort, c'est contagieux. Quand quelqu'un près de nous meurt, on se sent mourir avec lui.

Heureusement, j'ai Antoine. Quand je plonge dans ses bras, j'ai moins mal. Quand il me caresse le cou, je suis presque bien. Et quand il m'embrasse, j'oublie tout.

Avant-hier, j'ai eu un choc terrible. Comme si le ciel croulait et que la terre se lézardait. Je cherchais mon cahier de maths 434 dans ma case en désordre quand je suis tombée sur un étui de tampons hygiéniques. Je l'ai renvoyé dans le fond de la case en continuant de farfouiller et, soudain, j'ai cru que la fin du monde venait d'arriver.

« Je suis enceinte ! »

Heureusement que j'étais seule dans le corridor parce que j'avais crié. Je me suis vue, grosse comme une baleine. En dix secondes, je suis passée des Caraïbes au pôle Nord : une grosse bouffée de chaleur suivie d'un grand frisson.

Depuis trois ans, Marie-Lune Dumoulin-Marchand (c'est moi !) est réglée comme un cadran. Tous les vingt-huit jours, pouf ! Un bouton me pousse au coin du nez, j'ai deux douzaines de crampes au ventre et j'ai envie de tuer tout le monde. Je suis menstruée ! En trois ans, le calendrier ne s'est jamais trompé. Jusqu'à aujourd'hui.

J'ai attrapé mon agenda scolaire et j'ai couru jusqu'aux toilettes. Là, enfermée dans ma cabine, j'ai cherché le calendrier à la fin de l'agenda. J'encercle toujours en rouge la date du premier jour de mes dernières menstruations. Le 23 novembre ! C'était bien ce que je pensais. Je m'en souvenais parce que c'était aussi le jour de ma fête.

Un peu plus loin, un chiffre était souligné : le 21 décembre. La date du premier jour de mes prochaines menstruations. Hier ! J'ai recompté plusieurs fois jusqu'à vingt-huit en commençant à la case du 23 novembre. Rien à faire. Je tombais toujours sur le 21 décembre.

J'étais en retard dans mes menstruations pour la première fois de ma vie. Et pour la première fois de ma vie, j'avais fait l'amour aussi. Deux semaines avant. Environ. Après la mort de Fernande. Ce soir-là, j'étais un ouragan. Un vent furieux. J'avais couru jusque chez Antoine pour étouffer ma tempête dans ses bras. Effacer la douleur.

On avait fait l'amour comme on fait naufrage. Je ne me souviens même plus des gestes. J'étais perdue dans ma peine. Je sais seulement qu'à un moment, j'ai crié et tout s'est arrêté. Je braillais comme un veau qu'on vient de sevrer. Antoine m'a longuement consolée et Monique, la mère de mon amie Sylvie, est venue me chercher pour me ramener chez elle.

J'étais enceinte et Léandre allait me tuer. Depuis que j'ai dix ans, mon père passe son temps à me servir de longs discours sur les adolescents, ces gros méchants loups prêts à me croquer. Pauvre Léandre ! S'il savait. Je n'ai pas été attaquée : c'était moi le loup.

J'ai pris mon manteau dans ma case et j'ai couru jusque chez Antoine. Il n'était pas à l'école aujourd'hui. Je priais pour qu'il soit chez lui.

La sonnette était brisée, alors j'ai cogné à la porte comme si je voulais la défoncer. J'ai attendu longtemps. Mon cœur battait comme un fou. Mais Antoine n'est pas venu.

Je l'ai trouvé dans le jardin. Le soleil incendiait ses cheveux dorés. Son grand corps s'étirait bien droit puis se cassait d'un coup lorsqu'il frappait une bûche à fendre. Il ne m'a pas entendue, mais il a dû sentir ma présence. Quand il m'a vue, son visage s'est illuminé. Il m'a embrassée de ses grands yeux verts. Pendant quelques secondes, j'ai tout oublié. Je me suis dit que le ciel pouvait bien crouler. Tant pis. J'aimais Antoine.

— Marie-Lune ! Tu es blanche comme un drap. Qu'est-ce qui se passe ?

Je l'ai fixé droit dans les yeux.

— Je suis enceinte.

Antoine m'a regardée comme si je venais de parler en allemand ou en langue éléphant. Comme s'il devait traduire chacun des mots dans sa tête. Il a mis cinq ou dix secondes à réagir peut-être. Puis il a éclaté de rire.

Je l'ai détesté. J'avais envie de le griffer, de le rouer de coups. J'étais furieuse, insultée, désemparée. Il est venu vers moi et il m'a soulevée de terre.

— Voyons donc, Marie-Lune ! Tu ne peux pas être enceinte. À moins que tu me trompes…

Il avait son sourire doux. Mon préféré. Ça m'a un peu calmée.

— Je devrais être menstruée et je ne le suis pas. J'ai toujours été parfaitement régulière. Jusqu'à… hier. Tu sais très bien comment je suis devenue enceinte !

— Marie-Lune, calme-toi. Souviens-toi de ce que M. Martin a expliqué au cours d'éducation sexuelle. Le cycle des filles, ça se dérègle à rien. « Il suffit d'un choc émotif… » C'est ce qu'il a dit. Ta mère est morte il y a trois semaines…

— Et on a fait l'amour il y a deux semaines !

J'étais à nouveau enragée. Comment pouvait-il ne pas s'affoler ?

— Je vais avoir un bébé. Comprends-tu ça ?

— Non. C'est impossible.

— Comment ça?

— On n'a pas vraiment fait l'amour, Marie-Lune…

Antoine semblait triste et je me sentais perdue. Une vague de souvenirs m'a happée. Des bribes de tempête et d'orage. Qu'est-ce que je faisais avec Antoine au cœur de cette tourmente? Je n'arrivais pas à déchirer les voiles de brume dans mes souvenirs.

Antoine attendait. Il espérait que je comprenne toute seule. Il n'avait pas envie d'aller plus loin, d'en dire plus. Mais je ne comprenais pas. J'ai agrippé son t-shirt mouillé et je l'ai secoué.

— J'ai peur, Antoine. Dis-moi tout…

Il a desserré l'étau de mes mains et il m'a repoussée doucement.

— Il y a deux semaines, tu es arrivée chez moi les joues rouges, le cœur battant. Je ne voulais pas faire l'amour avec toi. Je veux dire que je le voulais depuis des semaines. Même que ça me rendait fou. Mais ce n'était pas le temps ce soir-là. Tu étais comme… je ne sais pas… comme un animal blessé qui court de tous bords tous côtés au lieu de s'arrêter.

Antoine avait raison. Je me souvenais.

— Je ne voulais pas faire l'amour… mais tu m'as embrassé. Et après, sans dire un mot, tu as enlevé ton chemisier. Là, c'est moi qui ai perdu les pédales. On a presque fait l'amour…

Antoine était gêné. Moi aussi.

— Juste avant que… que j'éjacule… tu t'es mise à crier. Je me suis retiré immédiatement…

C'était presque trop facile. Trop simple pour y croire. Antoine a dû lire dans mes yeux.

— Il faut du sperme pour faire un bébé! Je serais bien heureux d'en fabriquer un avec toi. Parce que je t'aime plus que tout au monde. Mais tu n'es pas enceinte, Marie-Lune. Je te jure.

Une montagne m'écrasait. Un poids terrible. Et Antoine me disait de le déposer. Je pouvais respirer normalement. Vivre normalement. La planète Terre se remettait à tourner. Je me suis blottie dans ses bras.

— C'est terrible, Antoine. Un bébé. Penses-y. Qu'est-ce qu'on aurait fait?

— On se serait mariés et on lui aurait fait un petit frère.

Il était sérieux. J'en avais le souffle coupé.

— Antoine! Tu es malade! J'ai quinze ans. Je ne veux pas avoir un bébé. Je me ferais avorter.

Son regard s'est durci; sa voix a changé.

— Des tas de femmes ont eu un bébé à quinze ans. Ce n'est pas la fin du monde. Si tu étais enceinte, je serais content. Même que je serais fou de joie. Je t'aime pour vrai. Pour toujours. Mais toi, tu m'aimes juste en attendant. Je ne suis pas assez bon, pas assez intellectuel, pas assez riche pour toi.

Je ne trouvais pas les mots pour répliquer. Le père d'Antoine travaille peu et boit beaucoup. Sa mère est morte dans un hôpital psychiatrique, il y a déjà longtemps. Antoine parle peu, mais parfois, lorsqu'il raconte ce qu'il vit, ce qu'il pense, ce qu'il veut, je le sens loin, très loin de moi. Est-ce qu'on peut s'aimer toute la vie même si on est nés sur différentes planètes?

Mon amoureux avait mal, je voulais l'aider, mais son discours m'avait émiettée.

— Je t'aime, Antoine. Je t'aime tellement! Mais je veux aller au cégep. Et à l'université. Je veux être journaliste... Tu le sais. Je veux faire des grands reportages en Afrique et en Amérique latine. Me vois-tu interviewer les descendants mayas avec un bébé dans les bras?

— Et moi dans tout ça?

— Toi? Tu m'aimerais. Tu m'attendrais... Je partirais seulement quelques semaines à la fois. On s'arrangerait. Et puis, tu travaillerais toi aussi...

— Justement. Je veux laisser l'école. Ils cherchent un nouveau pompiste au garage Talbot, tout près de la polyvalente. Le patron veut bien me prendre. Ce n'est pas super payant, mais à temps perdu, les gars m'enseigneraient un peu de mécanique. Je pourrais apprendre sur le tas.

J'aurais dû m'en douter. Antoine déteste l'école depuis la maternelle! Il pourrait sûrement avoir de bonnes notes, mais il n'étudie jamais. Il a doublé son secondaire I et je pense qu'il va couler son secondaire IV.

Si j'étais journaliste et Antoine, pompiste, est-ce qu'on s'aimerait quand même? J'avais honte de me poser la question. J'avais peur qu'il lise dans mes pensées.

— Tu ne devrais pas lâcher l'école. Si tu veux être mécanicien, finis ton secondaire et apprends la mécanique.

— C'est facile à dire pour toi, Marie-Lune. Ton père paie tes études, tes vêtements, tes sorties. Pas le mien. J'ai hâte de recevoir un chèque toutes les semaines. Je suis écœuré de bayer aux corneilles sur un maudit banc d'école. Depuis deux mois, j'y vais seulement pour te voir. Sinon, j'aurais laissé avant.

J'étais à court d'arguments, vidée par tant d'émotions. On s'est quittés. J'ai couru pour ne pas rater mon autobus scolaire, le seul à destination du lac Supérieur.

Dans l'autobus, j'ai pensé à Fernande. J'ai imaginé ma mère, qui aurait hurlé à tout vent si elle avait appris que sa fille était enceinte. Aurait-elle respecté ma décision si j'avais choisi l'avortement? Aurais-je trouvé les mots pour lui expliquer qu'un bonheur d'un mètre soixante, ça pèse plus lourd qu'un embryon de quelques millimètres de long? C'est fou de changer sa vie, de mettre ses rêves à la poubelle, à quinze ans, parce qu'un ovule microscopique a eu le coup de foudre pour une goutte de sperme de la taille d'une larme de maringouin.

La neige s'est mise à tomber. J'ai respiré mieux. Le ciel déversait des tonnes de flocons énormes. La neige recouvrirait tout. Je recommençais à zéro. Mon ventre était libre.

Demain, c'est Noël. Léandre et moi avons décidé de fêter comme si Fernande était là. On n'en a pas discuté clairement, mais on s'est distribué les tâches. Léandre a rapporté le sapin et installé des lumières rouges, dehors, autour des fenêtres. J'ai trouvé un gros poulet dans le congélateur et je l'ai mis au four en oubliant de retirer les petites horreurs – cou, gésier, foie, etc. Tant pis. Ce soir, Antoine sera là. Grand-mère Flavi aussi.

L'arbre de Léandre est bien déguisé. J'ai mis tellement de guirlandes, de boules, de petits lutins et de lumières qu'on devine à peine le malade dessous.

Une bonne douzaine de boîtes enrubannées forment déjà une petite montagne sous l'arbre. Sur les étiquettes, on peut lire : Marie-Lune, Léandre, Flavi… Antoine aussi.

Fernande n'est pas là.

Chapitre 2
Le choix de trois

La salle d'attente de la clinique du Dr Larivière était bondée. Rien d'étonnant. À la fin du mois de février, tout le monde tousse et renifle. En arrivant ici, j'étais en parfaite santé, mais au bout de quelques minutes, je me sentais déjà contaminée. Une autre demi-heure d'attente et j'allais repartir avec une double broncho-pneumonie.

Léandre ne savait pas que j'avais rendez-vous avec le Dr Larivière. Il aurait pourtant été bien content. J'ai perdu quatre kilos depuis novembre et mon père s'inquiète de ma santé. Pas moi! J'ai toujours rêvé d'être très mince, mais les régimes me rendent complètement marteau.

Depuis quelques semaines, c'est facile. J'ai peu d'appétit. Les rares jours où j'ai faim, mon estomac se révolte dix minutes après la dernière bouchée. Je préfère dormir. Entre un gigantesque sundae à l'érable et mon oreiller, pour la première fois de ma vie, je choisirais le paquet de plumes. Le sommeil est devenu un merveilleux refuge. Léandre dit qu'il n'y a que le temps pour guérir la peine.

Depuis le 1er janvier, Antoine est pompiste au garage Talbot à Saint-Jovite. Le jour de sa première paye, il était plus excité qu'un écureuil au printemps. C'était un vendredi. À la cafétéria de l'école, Mme Ouellette m'a refilé un petit billet en même temps que mon assiette. Antoine a déjà lavé la vaisselle à ses côtés et Mme Ouellette l'aime bien. Elle nous sert de facteur depuis qu'Antoine travaille au garage. Le billet disait :

Fais-toi belle, Marie-Lune. Ce soir on sort en grand.

ton prince charmant

C'était un soir de neige folle. Les flocons étaient énormes. On aurait dit des troupeaux de moutons tombant du ciel. Ils atterrissaient lentement sur nos manteaux et fondaient douce-ment, leur belle sculpture étoilée réduite à un minuscule miroir d'eau.

Nous avons mangé des lasagnes et bu du vin chez l'Italien. J'y étais déjà allée deux ou trois fois, le midi, avec Léandre et Fernande, pour célébrer la fête des Mères. Le soir, c'est différent. Les serveurs allument les bougies rouges sur les tables. C'est très romantique. Il n'y a pas de cris d'enfants, ni de gros rires gras. On dirait que seuls les amoureux ont droit au service.

Antoine portait son gilet neuf. Je le lui ai offert à Noël. La couleur est parfaite. Un mélange de verts, tendres comme l'herbe en mai et francs comme les feuillages d'un après-midi d'été. On aurait dit que la flamme de la bougie valsait dans le regard d'Antoine. Les paillettes dorées de ses grands yeux verts pétillaient, et ses lèvres brillaient dans la lumière.

Ce soir-là, Antoine m'a reconduite jusqu'au lac. Un copain du garage lui avait prêté sa voiture. Il était tard. Le ciel s'était calmé et des milliers d'étoiles avaient percé les nuages. Pour la première fois depuis la mort de maman, j'ai eu envie de faire l'amour avec Antoine. J'avais l'impression qu'on réussirait à s'aimer tout entier cette fois. Sans faire naufrage.

J'ai senti le corps d'Antoine trembler quand il m'a embrassée. Et je savais que ce n'était pas de froid. Il n'a rien dit, mais dans ses yeux, c'était écrit.

Le lendemain, j'ai décidé de prendre rendez-vous avec le Dr Larivière. La secrétaire m'a demandé si c'était urgent. J'avais un peu le fou rire. Une consultation pour des pilules contraceptives, est-ce urgent? J'ai répondu non sans parler des pilules. Le mari de la secrétaire du Dr Larivière est maquettiste au journal *Le Clairon* où papa est journaliste…

— Marie-Lune Dumoulin-Marchand!

J'ai sursauté en entendant mon nom. Le Dr Larivière m'a accueillie d'un grand sourire. Il a une tête de grand-père, ce qui n'arrange pas les choses. Disons que j'aurais préféré une jeune femme médecin aujourd'hui. Pendant quelques secondes, j'ai pensé me défiler. Inventer un gentil mal de gorge et repartir avec une boîte de vitamines.

— Tu as perdu du poids, Marie-Lune! Il faudrait te remplumer, hein?

— Je ne viens pas pour ça… Je ne suis pas malade… J'ai perdu deux ou trois kilos… mais c'était voulu…

— Ah! les femmes! Que puis-je faire pour toi, Marie-Lune?

— Je voudrais… euh… des pilules.

— Des pilules ou la pilule?

Le Dr Larivière avait tout compris. Je me sentais comme une enfant de cinq ans qui aurait commis une grosse bêtise. J'avais l'impression qu'il me jugeait. Et me condamnait.

— C'est juste au cas où… Je n'en ai pas besoin pour l'instant. Mais j'ai un ami… Peut-être qu'un jour… On ne sait jamais…

— Tu as raison. Est-ce que ton père est au courant? Pour la pilule?

— Non. J'aimerais mieux pas.

— As-tu déjà eu une relation sexuelle?

— Pas vraiment… pas… complètement…

— Hum… Viens, je vais t'examiner. Ce ne sera pas long et ça ne fera pas mal. C'est de la routine.

Il a tripoté mon ventre en fronçant les sourcils. Ce qu'il a fait après était plus douloureux. Plus gênant aussi. Il a plongé ses doigts gantés entre mes jambes. Et plutôt creux… Ses yeux se sont plissés davantage et ses sourcils se sont encore rapprochés.

— Tu n'as pas besoin de contraceptifs. Il n'y a pas de risques que tu tombes enceinte.

Sa voix était dure. J'essayais de comprendre. Je sentais l'angoisse prête à m'étreindre.

— Tu ne peux pas tomber enceinte : tu es déjà enceinte.

J'ai su tout de suite que c'était vrai. La terre venait de m'engloutir. J'étais seule au fond d'un trou noir, étroit et creux comme un puits. Il n'y avait pas d'issue.

Je savais d'instinct que le Dr Larivière ne s'était pas trompé. Peut-être le savais-je depuis le début. Depuis l'instant où j'avais découvert l'étui de tampons dans ma case. Mais c'était tellement facile de ne pas y croire. Antoine avait été convaincant, et mon amie Sylvie m'avait assuré qu'un arrêt temporaire des menstruations après un choc émotif, c'était archi-courant.

J'avais arrêté de regarder le calendrier à la fin de mon agenda scolaire. Je n'avais pas compté les mois. Je me disais que ça viendrait. Je ne m'inquiétais même pas : un tiroir de mon cerveau avait été verrouillé. À triple tour.

Je n'avais pas encore dit un mot. J'avais l'impression que ce silence suspendait le temps. Une sorte de répit avant de plonger dans la catastrophe. J'ai eu un dernier soubresaut d'espoir.

— Mon ami dit que c'est impossible. Il... il n'a pas éjaculé.

Je regardais le Dr Larivière droit dans les yeux, avec un air de défi. Il a eu un petit sourire triste. Puis, doucement, patiemment, il m'a expliqué.

Il suffit d'une goutte de sperme, minuscule, microscopique même. Il suffit d'une gouttelette, vaillante et décidée, pour fabriquer un bébé.

— Ton ami pensait s'être retiré à temps, mais c'était déjà trop tard.

Le Dr Larivière m'a demandé de faire un effort pour bien me souvenir de la date de mes dernières menstruations et de celle du fameux soir. J'ai répondu sans hésiter.

— C'est bien ce que je pensais, Marie-Lune. Ta grossesse est très avancée. Treize semaines! C'est dommage que tu ne sois pas venue avant... Il y a quand même trois scénarios possibles. Tu peux décider d'interrompre ta grossesse. C'est déjà un peu tard et ce sera un peu plus compliqué, mais je pourrais t'obtenir un rendez-vous dans une clinique à Montréal. On reparlera de tous les détails... Je veux seulement que tu réfléchisses. Si tu décides de poursuivre ta grossesse, tu pourras être la maman de ton bébé ou le confier à l'adoption. Tu auras plusieurs mois pour y penser. Mais si tu veux un avortement, il faut faire vite.

Trois possibilités? Mon œil! Elles sont toutes horribles. L'idée d'accoucher et de garder le bébé sonne un peu mieux, mais c'est ce que je désire le moins.

Je rêve d'un bébé depuis ma première poupée. Mais dans mon rêve, j'ai décidé d'avoir un enfant. J'ai hâte, je suis prête. Ça change tout, ça change tellement tout!

Je n'ai pas envie de devenir énorme. Je n'ai pas envie de voir mon corps se déformer. Je n'ai pas envie d'être une mère. Je n'ai pas envie de déménager chez Antoine. Pas tout de suite. Peut-être jamais. Je ne sais plus rien. Je voudrais que quelqu'un parle à cet intrus installé dans mon ventre. Le déloge, le chasse, l'expulse, l'envoie promener :

— T'as pas de billet et le train est déjà plein. Comprends-tu? Il n'y a pas de place pour les passagers clandestins. Descends tout de suite. Saute! Cours! Va-t'en!

Je pleurais. Les larmes coulaient lentement en silence. Le train avançait. Je n'y pouvais rien.

— Marie-Lune, tu devrais parler à ton père. Il pourra t'aider à voir clair. J'aimerais aussi que tu rencontres un travailleur social. Reviens me voir demain. À n'importe quelle heure. Seule ou avec Léandre. Ou avec ton ami, si tu veux.

Je l'ai regardé. J'aurais voulu qu'il me dise quoi faire. Il avait retrouvé sa tête de bon grand-père.

— C'est toi qui dois décider, Marie-Lune. Laisse parler ton cœur. C'est le meilleur guide. Ne t'affole pas. C'est très important. C'est une grosse décision. Tu vas devoir vivre long-temps avec ton choix. Quel qu'il soit. Écoute ton cœur.

Je suis repartie sans dire un mot.

À la maison, Léandre était déjà rentré. Il préparait un pâté chinois. Ça sentait bon dans la maison.

— Marie-Lune! Tu arrives tard… Qu'est-ce qui se passe? Tu as l'air malade…

Il paniquait déjà en pensant que j'avais la grippe. S'il avait su ce qui l'attendait…

— Je suis enceinte.

J'aurais voulu qu'il dise des choses du genre : « Non...
C'est impossible... Tu blagues... » La vérité aurait mis un peu
de temps à s'installer. Mais Léandre m'a crue tout de suite. Son
visage est devenu blême. Il continuait à brasser le bœuf haché
en train de rissoler. On aurait dit un automate.

Il y a eu un long silence. Un silence immense. Et soudain,
mon père a lancé la cuillère vers moi. Elle a ricoché sur le mur,
à quelques centimètres de mon nez, avant d'atterrir à mes
pieds.

— Va-t'en !

Il avait voulu crier, mais sa voix s'était brisée. Les mots
s'étaient fracassés sur le mur. Je n'ai pas eu le temps de bouger.
Encore moins de faire une valise. Léandre était déjà parti.

Il avait attrapé son manteau pendu à un crochet à côté de
la porte de cuisine et il s'était sauvé dehors, sans bottes, ni
gants, ni chapeau. Quelques minutes plus tard, le moteur de sa
vieille Plymouth démarrait.

J'ai donné rendez-vous à Antoine au dépanneur du lac. Je
n'avais pas envie que Léandre revienne et saute sur lui.

Au début, Antoine ne m'a pas crue. Je lui ai répété plusieurs
fois ce que le Dr Larivière m'avait expliqué. J'ai su qu'il avait
compris quand j'ai pu lire la peur dans ses yeux. J'avais envie
d'être sarcastique et méchante. De lui rappeler que quelques
semaines auparavant, il promettait d'applaudir si j'étais
enceinte. C'est toujours facile d'être romantique et courageux
dans un rêve flou. Tout change quand on a les deux pieds vissés
dans la réalité.

N'empêche. Je me souviendrai toujours de ses premiers
mots.

— C'est correct, Marie-Lune. Je t'aime. On va l'aimer.

Il y avait autant d'amour que de tristesse dans ses yeux verts. Antoine ne sautait pas de joie, mais il était prêt à tout. Parce qu'il m'aime. Je me suis blottie dans ses bras. C'était mon seul refuge. J'ai laissé ses grandes mains courir dans mes cheveux, flatter tendrement ma nuque puis frotter vigoureusement mon corps gelé.

— Antoine… je ne veux pas être enceinte. Je ne veux pas avoir un bébé. Je pense que je devrais me faire avorter.

Il m'a repoussée. Ses yeux couraient, effrayés et inquiets.

— Tu ne peux pas, Marie-Lune. C'est à nous. On s'aime. Tu m'aimes, non ?

Il criait déjà. J'aurais voulu être brave et forte. Répondre : je t'aime. Puis jurer d'adorer notre enfant et de veiller sur lui jusqu'à la fin de mes jours. Mais je ne me sens pas comme une mère. Je veux une mère.

Je voudrais que Fernande me berce lentement, longtemps, dans ses bras chauds et parfumés. J'ai envie qu'elle me chante la berceuse de la poulette grise qui a pondu un œuf dans l'église. À la fin de la chanson, je dormirais cent ans. Comme la Belle au bois dormant.

— J'ai vingt-quatre heures pour décider. Je t'aime, Antoine. Mais j'ai quinze ans et le cœur en miettes. Un bébé, c'est compliqué. Ça a besoin de plein de choses. Et moi, je peux rien donner. Je me sens vide.

La tempête était revenue. Je n'y pouvais rien. J'ai laissé les sanglots me secouer.

— Regarde-moi, Antoine ! Je pleure tout le temps. Je suis bourrée d'orages. Comment veux-tu que je console un bébé ? Je vais le noyer dans mon océan de larmes. C'est peut-être mieux de le garder. Mais je ne suis pas capable.

Les grandes mains d'Antoine ont balayé mes larmes. Il semblait fort, tellement plus solide que moi. Je me suis laissée glisser dans son regard ; j'ai couru dans sa forêt verte. Et je me suis dit qu'il avait peut-être raison. Peut-être qu'ensemble, on pourrait y arriver.

J'ai fermé les yeux. Et j'ai vu Antoine et Marie-Lune enlacés dans un lit plus grand qu'un navire, vaste comme une île. Une petite boule chaude et terriblement vivante dormait, blottie entre leurs corps. C'était beau et bon.

— Je suis là, Marie-Lune. On est deux. Je vais t'aider. Je vais te serrer dans mes bras jusqu'à ce que toute ta peine s'en aille. Ensemble, on est capables. Je travaille déjà. Je vais mettre de l'argent de côté. On va le gâter, notre bébé. Et puis, il va grandir. Plus tard, tu pourras y aller au cégep. Et même à l'université.

C'était pire qu'une demande en mariage. Comme une demande de vie.

— Je vais être un super bon père, Marie-Lune. Notre bébé va avoir tout ce que je n'ai jamais eu.

Il m'a embrassée. Mais mon cœur n'a rien senti. Il courait à côté de moi.

En route vers la maison, je suis arrêtée chez mon amie Sylvie. Elle était sortie. Monique, sa mère, a promis de lui faire le message de me rappeler. Demain, je parlerai à Sylvie. Demain, je déciderai.

Écouter mon cœur ? Mais justement, j'ai peur de ce qu'il veut raconter.

Chapitre 3
Les mots du cœur

— Wow ! Super, Marie-Lune ! Est-ce que je peux être la marraine ? Même si je n'ai pas de chum ? Oh ! J'ai une idée… Ton père sera parrain et moi, marraine. Léandre et Sylvie… Ça sonne bien ensemble.

Sylvie était emballée. Elle babillait à pleine vitesse. Une vraie tête de linotte. Une pure sotte.

J'étais furieuse. Mes yeux lançaient des poignards. Mais au téléphone, ça ne donne pas grand-chose. Alors Sylvie continuait de dire tout haut ce qui flottait dans sa cervelle de moineau.

— C'est comme tu veux, mais moi, à ta place, je ne me marierais pas tout de suite. À cause de la bedaine. Tu vas vite devenir énorme. Et… c'est moins romantique. Si tu penses accoucher à la fin août, marie-toi à l'automne. Oh wow ! La fin octobre ! Avec les feuilles et tout. Ce serait tellement beau !

— Mange de la marde !

— Quoi ?

— Mange de la marde !

— Qu'est-ce qui se passe ?

— Tu peux vraiment être idiote, Sylvie Brisebois.

Mon amie s'est contentée de toussoter. Ça m'a donné le temps de reprendre mes esprits.

— Écoute bien. Il me reste quelques heures pour décider de ce que je fais de ma vie. Alors, arrête de te regarder le nombril avec ces histoires de marraine. Je ne sais pas quoi faire. Comprends-tu ça ?

Elle a fait semblant de se calmer. Mais la vérité était criante : ma grossesse l'excitait. Pour Sylvie, tout est simple. Mon chum est beau comme un prince ; il m'adore ; il a déjà un emploi et il meurt d'envie d'être le père de mon bébé. Qu'est-ce qu'une fille peut demander de plus ?

Toute la nuit, je m'étais laissé torturer. D'un côté, l'envie folle de tout effacer. Redevenir libre. Tout de suite ! De l'autre, un désir immense et complètement maboule : inventer une famille. Fabriquer un nid. Avoir un petit oiseau, tout chaud, soudé à moi. Quand le soleil s'est montré le bout du nez, j'étais crevée et mon cœur épuisé ne disait plus rien.

Sylvie m'a proposé une session intensive de magasinage à Saint-Jérôme. La chanceuse a déjà son permis de conduire et l'auto de sa mère presque à volonté. D'après mon amie, dépenser est très thérapeutique. À son avis, on pourrait bannir les psychologues et les remplacer par des chèques-cadeaux.

J'ai dit oui. Le gazouillis de Sylvie m'empêcherait de penser. Au retour, elle me laisserait chez Antoine, et ensemble nous irions voir le Dr Larivière.

Sylvie est très systématique. Elle s'arrête seulement après avoir parcouru chaque mètre carré de tous les magasins. Notre itinéraire a débuté dans un rayon de vêtements pour hommes. Sylvie était en quête d'une chemise en denim pour son prochain chum, dont l'identité nous est encore inconnue.

— C'est ridicule, Sylvie ! Attends de savoir s'il sera grand ou gros !

Rien à faire. Sylvie vogue bien au-dessus de ces vulgaires considérations pratiques.

Au bout d'une heure, elle m'a entraînée dans une boutique de vêtements pour enfants. À peine entrée, elle a foncé sur les étalages pour nouveau-nés. J'avais le cœur en guimauve devant les pyjamas miniatures. Les bébés, c'est minuscule. À peine plus gros qu'un moineau. J'avais envie de bercer un pyjama dans mes bras.

Sylvie était d'accord avec moi. Le plus joli était brodé de lapins rose bonbon sur un velours bleu nuit. Il coûtait une fortune. Mais il était tellement mignon avec son petit pompon-queue-de-lapin à la hauteur des fesses... qu'on l'a acheté. C'était idiot, mais tant pis.

Après, je me suis mise à sortir le pyjama du sac toutes les deux minutes. J'essayais d'imaginer un bébé. Je caressais le tissu comme s'il y avait un petit ventre mou et rond sous les lapins brodés.

Sylvie a dû essayer vingt mille jeans. Devant les grands miroirs, j'ai eu un choc. Entre les os de mon bassin, il y avait bel et bien un renflement. Je ne l'avais jamais remarqué avant. À croire qu'il venait tout juste de pousser. Qu'il se forçait pour prendre de la place.

Il nous restait encore une bonne dizaine de boutiques à explorer quand j'ai senti la fatigue m'envahir. D'un coup. J'étais lessivée et mes jambes étaient en béton. On s'est arrêtées pour boire un Coke, mais j'aurais donné la lune pour être dans mon lit.

Tous les magasineurs s'étaient donné le mot pour prendre leur Coke en même temps. Il a fallu patienter un siècle avant qu'une serveuse vienne. Un enfant s'est mis à hurler.

C'était un petit garçon de trois ans environ. Sa mère semblait assez jeune. Vingt ans peut-être. Elle avait sûrement été jolie déjà, mais ses cheveux bruns défaits pendouillaient tristement sur ses épaules et son teint cireux trahissait sa fatigue. Nos regards se sont croisés. Ses yeux hurlaient de détresse. J'ai senti quelque chose se rompre en moi.

Elle caressait machinalement la tête de son fils impatient. Il avait sans doute soif, tout simplement. À côté d'elle, un enfant plus petit reniflait bruyamment. Il a épongé un peu de morve avec sa manche d'habit de neige. Le vêtement était sale et déchiré à plus d'un endroit.

La dame tripotait tour à tour l'un et l'autre, toujours de la même main. Des miettes de caresse pour les faire patienter. Elle balayait la pièce de son regard aux abois, en quête d'une serveuse. Ou d'un messie. En même temps, la jeune mère berçait son corps d'un mouvement régulier, de l'avant à l'arrière. Un petit paquet reposait au creux de son bras gauche.

C'était un bébé !

Je me suis levée d'un bond en attrapant Sylvie par le bras. La serveuse nous appelait, mais j'ai foncé vers la sortie.

Dehors, dans le silence enneigé, j'ai éclaté. Une vraie tempête de larmes.

Sylvie a su se taire. Attendre patiemment que mon ciel soit à sec.

— Qu'est-ce que tu veux, Marie-Lune ? Dis-le-moi. Je vais t'aider.

J'ai parlé à petits coups. Le souffle encore brisé par des sanglots.

— Je veux m'en débarrasser, Sylvie… Je ne me vois pas avec un bébé… J'ai peur… Aide-moi, je t'en supplie ! Je veux qu'il disparaisse. C'est moche mais c'est comme ça… Antoine a envie d'un bébé. Toi aussi. Mais pas moi… Une poupée, peut-être. Mais pas un vrai bébé.

Les mots ne sortaient pas assez vite. J'étouffais.

— Je ne veux pas l'annoncer au Dr Larivière. Je ne veux pas en discuter avec Antoine non plus. J'ai honte, comprends-tu ? Mais je veux m'en débarrasser.

Deux minutes plus tard, on roulait vers Montréal. L'année précédente, la sœur de Sylvie s'était fait avorter dans une clinique privée. En route, Sylvie a consulté un annuaire téléphonique dans une station-service. Puis elle a étudié une carte de Montréal.

Le soleil descendait. À quelle heure les cliniques d'avortement ferment-elles ? Sylvie roulait à toute vitesse en doublant presque toutes les voitures.

La clinique ressemble à une maison. J'étais persuadée qu'on s'était trompées d'adresse, mais une infirmière nous a accueillies avec un large sourire.

— Laquelle de vous deux a rendez-vous ?

Sylvie s'est mise à parler très vite. Ses propos étaient un peu incohérents, mais l'infirmière a fini par comprendre que j'avais quinze ans, que je voulais un avortement et que c'était urgent.

Elle s'est éclipsée pour revenir avec deux tasses de thé et des biscuits. Elle nous a installées dans un grand fauteuil et elle m'a promis que le Dr Marion me verrait bientôt.

Sylvie a pris ma main. Je l'ai embrassée tendrement sur la joue en tentant de sourire bravement.

Le Dr Marion m'a reçue dans un vaste bureau bien éclairé. Il voulait des dates. Comme le Dr Larivière. Je lui ai montré les chiffres encerclés sur le calendrier de mon agenda.

Il a froncé les sourcils. Comme le Dr Larivière.

— As-tu un endroit pour dormir cette nuit ? Il faudrait que j'installe des tiges laminaires… Ne t'inquiète pas, ça ne fait pas mal. Ce sont des algues. Ça fait dilater le col de l'utérus. Demain, on pourra pratiquer l'intervention.

J'ai senti l'angoisse monter.

Non. Je n'avais pas de place pour dormir. Et même si j'en avais… Il faudrait que j'avertisse mon père. Qu'est-ce que je dirais ? Je ne l'avais pas vu depuis la veille. Il m'avait laissé sur la table de cuisine une note annonçant qu'il serait au journal toute la matinée. Un samedi ! Il avait ajouté en post-scriptum : *Nous parlerons cet après-midi.*

J'ai réuni un peu de courage.

— Les tiges… est-ce que c'est… vraiment nécessaire ?

— Le problème, c'est qu'à treize semaines, ta grossesse est déjà avancée. Normalement, l'intervention est simple et…

Le Dr Marion parlait, parlait, mais je ne l'entendais presque plus. Le tonnerre grondait tout autour. Des poignées de mots perçaient le tumulte de temps en temps, mais on aurait dit que le médecin parlait à une autre. J'étais spectatrice. Tout cela se passait dans un film. Au début, on croyait que c'était l'histoire d'un avortement ordinaire. Mais le scénariste s'était amusé à tout compliquer. Au fond de l'utérus, la chose avait grossie. Trop pour être simplement aspirée. Il fallait « dilater le col ». Et quoi encore ? « Écraser la masse ? »

Plus rien ne bougeait sur l'écran. Les personnages étaient figés. Le médecin semblait attendre. La fille semblait perdue.

Parfois, au lac, la pluie s'abat d'un coup, avec une force terrible. Il n'y a pas de tonnerre, ni d'éclairs. Juste une pluie démente. Un ciel devenu fou. Je pleurais à verse.

Je savais que quelques secondes plus tard, l'actrice allait se lever et partir. Je savais aussi qu'elle se sentait prisonnière. De son ventre. Et je pleurais parce que la vie est salope. Il aurait suffi que la scène se déroule une ou deux semaines plus tôt pour changer le scénario. Personne n'aurait parlé de tiges et de masse à écraser.

Je suis partie sans savoir si j'étais brave ou lâche.

Sylvie a été parfaite. Elle n'a pas demandé d'explications. Nous avons roulé pendant deux heures. Sans dire un mot.

À la maison, un nouveau billet traînait sur la table de cuisine :

Avez-vous dévalisé toutes les boutiques? Je suis chez l'Italien avec Monique. Venez nous rejoindre si vous rentrez avant 19 heures.

Je t'aime, Marie-Lune,

Léandre

J'ai griffonné quelques mots au dos du message :

Je passe la nuit chez Sylvie.

Je t'aime moi aussi.

Pendant la nuit, j'ai fait un rêve. J'étais l'amie de ma mère et je tenais sa main pendant qu'elle accouchait. Nous étions seules à la maison. Fernande était allongée sur le divan-lit du salon. Par la fenêtre, derrière elle, je voyais le lac immobile. Ma mère était très calme. Elle ne gémissait même pas. À peine poussait-elle parfois de minuscules cris d'oiseau. Alors je caressais doucement son front.

Soudain, le vent s'est levé. Au bord du lac, les grands sapins se sont mis à fouetter l'air autour d'eux. On aurait dit des géants furieux. Le ciel a grondé et la forêt a tremblé. Puis le sol s'est lézardé. D'immenses fissures ont crevassé la neige.

Fernande a hurlé d'effroi. Un bébé gisait entre ses jambes.

Il ne criait pas, ne pleurait pas.

Il était bleu.

J'ai crié moi aussi. MAAAMAAAN.

Plus fort que les oiseaux sauvages.

Mais elle avait disparu.

Chapitre 4
Bien accroché

La ferme d'équitation de M. Lachapelle est à vingt minutes à pied de chez nous. Tout près de chez Sylvie. L'été, Louis Lachapelle loue ses chevaux vingt dollars l'heure aux touristes et il grogne tout le long du parcours lorsqu'il leur sert de guide. Louis Lachapelle adore ses grosses bêtes, mais les touristes l'embêtent. Il rêve du jour où il pourra nourrir ses chevaux sans devoir les louer. La plupart du temps, c'est Jean, son fils, qui promène chevaux et touristes sur les pistes.

À ses «amis du lac», Louis Lachapelle prête pourtant ses bêtes de bon gré, en refusant d'être payé. J'en profite souvent, l'été, depuis cinq ou six ans. M. Lachapelle me laisse sortir Caramel sans escorte. Il aimerait bien que je la monte aussi l'hiver, sur le chemin du rang, mais je suis un peu frileuse.

J'espérais qu'il soit dans la grange. Je n'osais pas frapper à la maison. Un dimanche à neuf heures! À mon départ, il y a quelques minutes, Sylvie ronflait.

—Tiens, tiens, tiens… De la grande visite! Qu'est-ce qui t'amène de bonne heure de même le matin?

— Rien de spécial… Je passais devant chez vous… J'ai dormi chez Sylvie. Je me disais aussi que Caramel avait peut-être envie de se dégourdir.

— Là, tu parles! Ben sûr. C'te grande jument a plus de diable dans le corps qu'un étalon. Viens, je vais t'aider à la préparer.

J'avais volé quelques cubes de sucre à Monique avant de partir. Caramel les a happés d'un coup de langue en me fourrant ses naseaux froids et humides dans le cou en guise de remerciements.

J'ai promis d'être prudente, de rester sur le chemin du rang et de ne pas la laisser galoper. Le soleil se décidait enfin à nous réchauffer. L'air était sec et bon. Deux geais bleus ont détalé en me frôlant presque le bout du nez.

Caramel a toujours eu un bon trot, régulier et confortable. Elle est affectueuse et pleine d'énergie. Il faut tenir fermement la bride, car elle est toujours prête à courir. L'été, je la laisse s'épivarder. Mais sur la route enneigée, c'est trop dangereux.

Nous avons trotté gentiment pendant un bon moment. J'avais follement envie de la laisser galoper. La vitesse grise, elle donne l'impression de voler. Et j'avais besoin de quitter le sol. De planer comme les geais.

Sans trop y penser, j'ai émis deux ou trois claquements de langue. D'un coup de tête, la jument a tiré sur les rênes. Et elle s'est élancée.

Était-ce la peur? La surprise? Je n'arrivais pas à m'accorder à son rythme. À chaque pas, mon corps s'écrasait brutalement sur le dos de la jument. C'était douloureux.

J'ai ramené brusquement les rênes vers moi. Au même moment, j'ai entendu une voiture approcher. Nous galopions au beau milieu de la route. J'ai donné un coup de bride de côté pour que nous quittions le centre de la chaussée.

Un des sabots a glissé alors que le cheval tentait de freiner et de pivoter en même temps. En deux secondes, Caramel a repris pied, mais j'étais déjà étendue sur la chaussée.

La voiture a freiné. Des bottes ont martelé la croûte glacée. Jean est apparu. Il m'a soulevée sans effort, comme si je pesais moins qu'un flocon. Ma tête frottait dans son cou. Je me suis détachée un peu, péniblement, et j'ai vu du sang.

Jean n'a rien dit. Il m'a étendue sur la banquette arrière et m'a ramenée à la ferme de son père. Louis a téléphoné à Léandre. Il a dû le réveiller, car il y a eu un long silence avant que M. Lachapelle se mette à parler. J'entendais des bribes de conversation : rien de cassé… crâne fendu… points de suture… urgence… La voix de M. Lachapelle était parfaitement calme. Soudain, le ton a monté.

— Quoi ? Enceinte ? Pauvre Léandre ! J'ai ben peur qu'elle ne le soit plus. Il faut se grouiller. Je pars tout de suite. Rejoins-nous à l'hôpital.

Je me suis mise à pleurer. J'avais honte. À cause du bébé. Mon histoire ressemblait drôlement à un avortement déguisé. Pourtant, je ne me souvenais pas d'y avoir songé.

J'ai regardé Jean. C'est un grand gaillard timide qui est en secondaire V. Des tas de filles le trouvent beau, mais on ne lui connaît pas d'amie. Sylvie croit qu'il préfère les garçons.

Il a soutenu mon regard. Le sien est vaste et sombre, comme le lac à l'automne lorsque les montagnes noires s'y mirent. Ses yeux sont d'un brun si profond que les pupilles se noient dans l'iris.

— Tiens bon, Marie-Lune. Ça va aller. Je te le jure.

Il y avait tellement d'assurance dans sa voix que j'y ai cru, sans même savoir ce qu'il entendait par ces quelques mots. Deux secondes plus tard, j'étais de nouveau dans ses bras. Il m'a encore étendue sur la banquette arrière, avec une épaisse couverture cette fois, et il s'est installé derrière le volant, son père à ses côtés.

À l'hôpital, une civière m'attendait. On m'a allongée sur un lit dans la salle de radiologie et quelqu'un a badigeonné une gelée froide et visqueuse sur mon ventre. J'ai frissonné.

La radiologiste a allumé un minuscule écran de télévision à côté de moi. L'image était brouillée. Elle a plaqué sur mon ventre un genre de moniteur de la taille d'un poing et s'est mise à racler la gelée translucide en promenant l'appareil sur ma peau.

Ils étaient trois maintenant, radiologiste, infirmière et médecin, à scruter l'écran.

— Il bouge! Il est vivant!

Il y avait du triomphe dans la voix. Au même moment, mon père est arrivé en coup de vent.

C'est idiot. Ils ne m'avaient rien expliqué. C'était pourtant mon corps. Et voilà qu'ils discutaient maintenant à voix basse avec Léandre. Des marteaux piochaient dans ma tête. J'étais trop faible pour me relever, mais je voulais qu'on m'explique.

Des larmes roulaient de nouveau sur mes joues. Léandre s'est approché pour les écraser du bout des doigts. Il m'a embrassée tendrement.

— Ton bébé est vivant, Marie-Lune. C'est presque un miracle après ta chute.

Il avait dit «ton» bébé. Et ça semblait presque logique. Une infirmière s'est approchée de moi. J'ai pu lire son nom épinglé à la pochette de son uniforme. Marielle Ledoux! Elle était là, quelques mois plus tôt, après mon accident en montagne.

— Rebonjour, Marie-Lune ! Tu es chanceuse, ma belle. C'est rare un bébé aussi bien accroché. Celui-là, il n'y a rien pour le déloger.

Ses paroles se sont incrustées lentement en moi.

— Le vois-tu à l'écran ?

— Non...

— Regarde.

Du doigt, elle a pointé une masse informe au centre de laquelle une tache un peu plus sombre, à peine plus grosse qu'un pépin, s'agitait furieusement.

— C'est son cœur ! La colonne vertébrale est ici, la tête, là. Pour un œil peu averti, c'est plus difficile de distinguer les bras et les jambes. Aimerais-tu entendre battre son cœur ?

J'ai fait oui de la tête. Le stéthoscope était à peine installé que j'ai entendu un vacarme terrible. Je m'attendais à un faible battement, timide, à peine perceptible, mais ce cœur-là cognait comme s'il voulait tout défoncer.

J'ai crié.

— Écoutez ! Vite ! Faites quelque chose. Il est malade... Ce n'est pas normal. Vite !

Je regardais l'écran. J'avais peur qu'il éclate. Qu'il se brise. Qu'il meure.

— Calme-toi, Marie-Lune. Tout va parfaitement bien. Le son est amplifié, c'est donc normal que ce soit bruyant. Et ça court toujours vite, un cœur de bébé.

Garde Marielle avait un bon sourire rassurant. J'ai fermé les yeux pour arrêter le temps, quelques secondes. Puis j'ai cherché le stéthoscope. Dans mon affolement, il avait glissé sur le matelas. Je l'ai repris. Je voulais réentendre.

Son cœur battait encore comme un dingue. Potoc… potoc… potoc… potoc… C'est toi ça ? T'es qui, toi ? Le moustique qui tient tant à la vie ?

Il répondait juste potoc… potoc… potoc… potoc… Il s'occupait d'être vivant.

C'est tout. Alors j'ai décidé de l'aider.

Écoute, le moustique. Je ne sais pas ce que je ferai de toi après, mais tu vas vivre. C'est promis. Je vais t'aider. À compter d'aujourd'hui, on est deux.

Chapitre 5
Une amie pour mon amie

Léandre disait toujours que c'est grâce aux fées. Deux ou trois fois par année, la forêt devient magique. Les arbres se transforment en sculptures de glace et les hautes herbes folles jaunies se givrent et scintillent comme si elles étaient étoilées de millions de minuscules diamants. Le lac nous brûle les yeux tant il brille au soleil.

C'est arrivé pendant la nuit. Léandre a ri lorsque j'ai dit qu'une fée était passée. Nous avons déjeuné en silence mais en paix. Après, on a parlé.

Léandre m'a demandé pardon pour les mots durs qu'il m'avait lancés en apprenant que j'étais enceinte.

— Je me sens coupable, tu sais. Depuis la mort de Fernande, je m'enferme dans ma peine en oubliant la tienne. Si je m'étais mieux occupé de toi, tu ne te serais pas jeté dans les bras du premier gars.

— Papa ! Tu oublies que je l'aime. Et qu'il m'aime. Il veut qu'on se marie…

Léandre a sursauté. Il n'avait même pas envisagé cette possibilité.

— Ne fais pas ça, Marie-Lune. C'est un bon gars, mais ce n'est pas un gars pour toi. Vous êtes trop… différents. Attends.

Si tu l'aimes encore dans trois ou quatre ans, je ne dirai plus rien.

— Papa, je veux rendre mon bébé à terme, mais c'est tout ce que je sais pour l'instant.

— Hier, j'ai parlé au Dr Larivière. Il a raison, Marie-Lune : tu devrais rencontrer un travailleur social. Quelqu'un qui pourrait t'expliquer en détail les différentes avenues et les ressources disponibles. On pourrait le voir ensemble... Et puis... j'ai pensé... Ici, au lac, on est isolés. Si tu veux, on pourrait déménager à Saint-Jovite. On serait plus près de tout. Des garderies, par exemple... Mais si tu préfères confier le bébé à l'adoption, c'est correct... Il paraît que tu pourrais choisir toi-même les parents adoptifs...

J'avais beau sonder son visage, je n'arrivais pas à deviner ce que Léandre préférait. J'aurais aimé qu'il me le dise. Clairement.

— Le Dr Larivière croit que c'est à toi de décider. Il dit d'écouter ton cœur.

Encore ! Il va falloir que j'explique au Dr Larivière qu'il est devenu sourd et muet, mon cœur. Il a trop hurlé au cours des derniers mois.

— Je respecterai ta décision, Marie-Lune. Et quelle qu'elle soit, je vais t'aider. De toutes mes forces. Si tu veux le garder, ton bébé, je vais l'aimer. C'est sûr. Je pourrais lui faire une belle chambre et coller du papier peint avec des oursons. Comme avant ta naissance. Qu'en dis-tu ?

Je me disais qu'il avait drôlement l'air de vouloir être grand-père...

Léandre m'a déposée devant l'école. J'aurais pu prendre congé, mais je n'avais pas envie de rester seule toute la journée à contempler le lac gelé. Mes six points de suture sont bien dissimulés par ma coiffure et je porte un chandail ample par-dessus mon jean. J'ai encore vomi ce matin. Je me demande où il prend ses calories pour grossir, ce bébé-là.

J'ai marché lentement jusqu'à la cour arrière. Les routes étant glacées, plusieurs autobus scolaires n'étaient pas encore arrivés.

J'ai eu un choc en l'apercevant sous notre arbre.

Antoine. Il m'attendait sous le tilleul. Il était là comme tous ces matins de novembre où nous nous sommes aimés sans bruit, sans gestes, en espérant que la cloche du début des classes ne sonne jamais.

L'arbre paraissait fragile sous le verglas et Antoine semblait perdu. Je me suis approchée lentement. Ses yeux étaient voilés d'eau. J'ai couru jusqu'à lui.

Il était venu au lac hier. Il m'avait cherchée. Il avait abouti chez Sylvie, où on lui avait raconté mon accident. Les nouvelles voyagent vite sur le chemin du Tour du lac. Sylvie n'avait pas mentionné notre visite à la clinique d'avortement. J'ai compris que cet épisode resterait toujours un secret, entre elle et moi.

Antoine était blessé. Il m'en voulait d'avoir risqué la vie de cette petite chose qu'il appelait « notre bébé ». J'aurais voulu qu'on ne dise rien. Qu'on oublie tout. Qu'il m'embrasse comme avant.

— Embrasse-moi, Antoine… S'il te plaît.

Le soleil s'est levé dans la forêt de ses yeux. Il m'a enlacée et il m'a embrassée. Nos corps étaient chauds sous les épais manteaux. J'avais envie de lui autant qu'avant.

— Je t'aime, Antoine.

C'était vrai. Même si quelque chose avait changé.

— Moi aussi, Marie-Lune. Je t'adore. Et j'ai peur de te perdre. Je n'ai pas dormi de la nuit. Ça fait au moins une heure que je t'attends ici. J'ai l'impression que tu me files entre les doigts.

Ça aussi, c'était vrai. Mais je n'y pouvais rien. Nous étions deux continents dérivant lentement. On ne peut pas freiner les continents. La petite boule de vie en moi avait ébranlé bien des choses en s'implantant. Antoine était encore plus triste lorsqu'il m'a quittée pour aller travailler.

Je sortais du cours de chimie. Je marchais vers la classe de Colombe, mon prof de français, en lisant les chiffres sur les plaques métalliques rivées aux cases. Devant le numéro 1018, j'ai vu Jean.

Il m'a souri, très discrètement. Je ne l'avais pas revu depuis hier. Louis et lui m'avaient abandonnée à la porte de la salle de radiologie.

Il a hésité. Une seconde tout au plus. Puis il a continué. Je savais qu'il ne dirait rien. Comme Sylvie. Un jour, bientôt, tous les élèves de l'école sauront que je suis enceinte. Mais en attendant, Jean ne dira rien.

Après l'école, je suis descendue de l'autobus chez Sylvie. Il faisait beau et je voulais marcher jusqu'à la maison. Je n'avais pas prévu m'arrêter, mais lorsque je suis passée devant la ferme Lachapelle, Arthémise a bondi sur moi. Elle est telle-ment lourde que j'ai failli tomber sur le dos. C'était bon de la revoir. Elle ne s'était pas montré le bout du museau depuis des semaines.

Arthémise est une énorme chienne noire avec de bonnes grosses pattes. Un pur labrador aux grands yeux doux ! Je l'adore. Non contente de m'avoir presque renversée, elle s'est mise à me lécher le visage de sa langue baveuse.

— Ouache! Tu as mauvaise haleine, Arthémise. Tu pues! Calme-toi donc.

Je me suis penchée pour lui frotter les oreilles et tapoter ses flancs. Elle gémissait de plaisir.

— Vieille folle, va!

J'allais repartir quand j'ai aperçu la lourde silhouette de M. Lachapelle. J'ai marché vers lui. Je voulais m'excuser… pour Caramel. Et m'assurer qu'elle allait bien. Il allait se réchauffer devant un café et il m'a entraînée gentiment avec lui.

Mme Lachapelle est immense. Elle a eu quatre garçons. Ils sont tous réservés, très travaillants et… beaux. Jean est le cadet. Le seul encore à la maison. Louise Lachapelle m'a servi une tasse de chocolat au lait sucré et brûlant avant de s'écraser sur une chaise.

J'étais bien avec eux. Mme Lachapelle m'a fait promettre de m'adresser à elle si jamais j'avais besoin d'aide. Elle n'a pas parlé de grossesse ni de bébé, mais c'est bien à ça qu'elle pensait. Louis m'a rassurée pour Caramel. Un voisin l'avait ramenée à bon port pendant que nous faisions route vers l'hôpital.

J'ai bu mon chocolat jusqu'à la dernière goutte. C'était délicieux.

— Je t'en promets un chaque fois que tu reviendras, Marie-Lune. Arrête plus souvent. Un beau visage de fille, ça fait du bien à regarder. C'est fatigant d'être toujours entourée d'hommes, tu sais.

M. Lachapelle a grogné pour la forme, comme s'il était insulté, mais ses yeux riaient. En sortant, je me suis retrouvée nez à nez avec Jean. Il a rougi. Heureusement, Arthémise s'est mise à aboyer en courant vers nous. J'étais contente de la diversion.

— Veux-tu voir ses chiots ?

C'était donc ça ! Voilà qui expliquait les semaines d'absence.

Jean m'a guidée vers une remise derrière la grange. Lorsque nous avons poussé la lourde porte, une marée noire a coulé vers nous. À six semaines, les chiots venaient tout juste d'être sevrés. Ils étaient tous mignons, mais l'un d'eux l'était encore plus. Sa queue frétillait à toute allure. Un vrai dingue. Il s'est dandiné jusqu'à moi et il s'est emparé d'un de mes doigts pour le téter.

J'avais oublié Jean. Je l'ai entendu rire et j'ai ri, moi aussi. C'était à la fois ridicule et émouvant de voir le chiot s'entêter à sucer mon doigt.

— J'ai des fourmis dans les jambes. Ça t'embêterait si je marchais un peu avec toi ?

On est voisins depuis dix ans, mais il ne m'avait jamais raccompagnée chez moi. Arthémise a trotté sagement avec nous et Jean m'a quittée au début du sentier menant au lac. Nous avions parlé sans arrêt. J'ai appris qu'il veut devenir vétérinaire. Louis doit être content ! Jean dit qu'il ne pourrait jamais vivre à Montréal.

— Mon pays, c'est le lac. Avec ses montagnes et ses falaises. J'étoufferais dans une ville. Et je gage que toi aussi, Marie-Lune. Il suffirait que tu passes un mois de juillet à Montréal pour comprendre. Tu reviendrais au lac en courant. Garanti.

Jean est un peu timide mais terriblement sûr de lui. On a envie de croire ce qu'il dit.

Léandre était rentré. En l'apercevant, j'ai eu une idée. Je lui ai expliqué et il a accepté. Quinze minutes plus tard, sa vieille Plymouth s'arrêtait devant la grille du cimetière.

— Vas-y. Je t'attends.

Le soleil était déjà très bas. Il faisait plus froid. Personne n'avait visité les morts aujourd'hui. La neige était intacte.

J'ai mis dix minutes avant de trouver la bonne pierre. Un bouton de rose jaune perçait la neige. Quelqu'un avait déposé un bouquet quelques jours plus tôt. Léandre peut-être…

C'était la première fois que je venais depuis l'horrible enterrement. J'aurais tant voulu que Fernande puisse dormir ailleurs. Bien loin de ce morne champ de pierres.

Mais elle était là. Je n'y pouvais plus rien.

Je ne voulais pas penser à son corps. Depuis que j'ai trois ans, on veut me faire croire que les âmes flottent après la mort. Qu'elles quittent dignement le vulgaire plancher des vaches pour planer bienheureusement dans l'au-delà.

Je n'en crois pas un mot. Et c'est dommage, car ce serait commode. Ce serait tellement plus facile si je croyais en Dieu et au ciel. Je pourrais parler à Fernande. Je saurais qu'elle est là, quelque part, vivante.

J'étais venue lui parler, mais je n'y arrivais pas. Ma meilleure amie m'a quittée. D'après l'inscription tombale elle se trouvait là, sous mes pieds. Mais je ne réussissais pas à y croire. Ni à trouver les mots.

Du regard, sans bouger, j'ai exploré les alentours. Quelques centaines de plaques grises, debout ou couchées, flanquées ici et là de croix et encombrées de bouquets fanés. C'était tout.

— MAAAAMAAANNN!

Le vent a émis un long sifflement.

Parfois, la nuit, quand j'étais petite, j'avais peur. Je courais jusqu'à la chambre de Fernande et Léandre et, le nez collé à la porte fermée, j'appelais :

— Maamaann… Maamaann…

Elle finissait toujours par répondre.

Je me suis allongée à plat ventre dans la neige et, de mes mains, j'ai creusé un trou jusqu'à l'herbe roussie. Et j'ai crié.

— MAAMAAANNN !

Dix fois, vingt fois, cent fois peut-être. Jusqu'à ce que les mots se tordent dans ma gorge.

Puis j'ai fermé les yeux. Et je lui ai parlé.

— Je t'aime, maman. Autant. Plus qu'avant. Depuis que tu es partie, je marche, je parle, je respire comme avant. Mais c'est de la frime. Plus rien n'est pareil. Il manque des bouts de moi. J'ai l'air d'un brave petit soldat, mais je crie en dedans. J'ai mal comme si une bombe m'avait arraché un bras.

Le vent s'était tu. Il écoutait lui aussi.

— J'ai un bébé, maman. Il grandit depuis des semaines déjà. Je n'y peux rien. Et le pire, c'est que je me sens vide quand même. À cause de toi.

La mort avait creusé un gouffre en moi. Un trou énorme que rien ne comblerait jamais. J'étais condamnée à porter toute ma vie cette immense absence.

De mes mains, j'ai repelleté soigneusement la neige. Je me sentais un peu mieux. J'étais contente d'être venue. En me relevant, j'ai su que je ne reviendrais jamais. Je savais où trouver Fernande maintenant. Elle serait toujours là, en moi, au cœur du vide et du silence.

Léandre avait sûrement entendu mes cris. Mais il n'était pas venu. Il me faisait confiance. Il a conduit plusieurs kilomètres en tenant le volant d'une seule main. De l'autre, il avait enserré la mienne.

Nous avons laissé la voiture au bord du chemin pavé pour le plaisir de descendre ensemble, à pied, jusqu'au lac. Les geais nous ont salués en criaillant. Lorsqu'ils se sont enfin calmés, j'ai cru percevoir une plainte. Des gémissements pas tout à fait humains.

Léandre aussi avait entendu. Nous avons couru jusqu'à la maison. La plainte provenait de la remise à côté. Lorsque nous avons ouvert la porte, une boule noire s'en est échappée en jappant. À peine l'avais-je cueillie qu'elle m'attrapait un doigt pour le téter.

Un petit carton pendait à la cordelette attachée à son cou. Jean avait écrit : *une amie pour mon amie.*

C'est bien une femelle. Je l'ai baptisée Jeanne.

Chapitre 6
La star à bedaine

Ça y est ! Je suis immense. Une bedaine terrible, des seins énormes. Je fuis tous les miroirs.

J'ai repris les quatre kilos perdus et trois autres en prime. En me pesant, hier, le Dr Larivière était ravi. Il m'a félicitée, comme si chaque gramme était un exploit. Après, il m'a donné trois millions de conseils et il a posé des tas de questions sur mes projets. Je devrais lui offrir le livre du psy qui dit qu'on doit croquer la vie un seul jour à la fois. N'empêche. Le Dr Larivière a raison. Je devrais rencontrer un travailleur social.

La semaine dernière, j'ai sauté les cours de gym. Tout le monde aurait vu ma bedaine. Depuis trois jours, la fermeture éclair de mon jean coince à mi-hauteur. Plus moyen de convaincre le bouton de rejoindre la boutonnière. J'utilise un bout de lacet pour attacher la ceinture. Heureusement que la mode est aux longs chemisiers amples. Tous les matins, je pige dans l'armoire de Léandre.

Aujourd'hui, j'ai pris mon courage à deux mains pour annoncer la nouvelle. Ça ne pouvait plus durer.

J'ai choisi le cours de formation personnelle et sociale. Au début de chaque leçon, Mlle Painchaud nous invite à « partager notre vécu ». Claude Dubé en profite toujours pour dire des niaiseries. Récemment, il a encore demandé la parole pour raconter un rêve supposément très symbolique, psychologique et hyperbolique. La pauvre Mlle Painchaud a dû l'interrompre au moment où il déshabillait Nathalie Gadouas. En rêve, bien sûr.

Gisèle Painchaud était bien surprise de voir ma main levée. Sylvie m'a lancé un clin d'œil d'encouragement. Elle était au courant.

J'ai marché jusqu'au pupitre de Mlle Painchaud. Je me tenais debout, bien droite, devant le tableau. D'habitude chacun reste à sa place pour parler, mais je voulais voir tout le monde. Plus tard, je me suis demandé dans quel tiroir oublié j'avais déniché tout ce courage.

— J'ai un secret à partager. J'aurais pu vous le confier il y a plusieurs semaines, mais je n'étais pas prête. Je vais avoir un bébé.

Il y a eu un long silence. Puis Claude Dubé a sifflé. Il a aussi lancé un « Cré Antoine ! » avant d'éclater d'un gros rire gras.

J'ai rougi. Mais pas de honte. J'étais furieuse.

— Ta gueule, Claude Dubé ! Tu aimes salir tout le monde, mais ça ne marchera pas avec moi. Ouvre bien tes deux grandes oreilles, Claude Dubé. Je vais avoir un bébé. Ce n'était pas planifié. Ç'aurait pu arriver à la moitié au moins des filles de la classe. Je ne me suis pas fait avorter, alors il pousse mon bébé.

Un nœud s'était formé dans ma gorge. J'ai dégluti pour tenter de le chasser.

— Il va grandir encore pendant cinq mois. Je ne demande pas d'aide, ni de pitié. Je voulais seulement l'annoncer. Je risque de grossir pas mal et je n'avais pas envie que vous vous cotisiez pour m'inscrire au club Weight Watchers.

Il y a eu quelques gloussements dans la classe. C'était correct.

— Quant à toi et à ta gang, Claude Dubé, je vous avertis : je ne veux pas que mon bébé soit dérangé. Alors, ne venez pas m'achaler. Pensez tout ce que vous voulez, je m'en sacre. Mais fermez vos gueules. Compris ?

J'ai regagné ma place avec trente paires d'yeux braqués sur moi. Mlle Painchaud n'avait encore rien dit. Lorsqu'elle a pris la parole, sa voix était ferme mais elle n'avait pas la même tonalité que d'habitude.

— Merci, Marie-Lune… J'avais autre chose au programme ce matin, mais si vous me le permettez, j'aimerais bien, moi aussi, partager avec vous un peu de mon vécu.

La classe était parfaitement silencieuse. On aurait pu entendre une souris soupirer. Je crois que nous étions tous un peu gênés. Les profs aiment bien qu'on dise nos émotions, nos pensées, nos projets, nos rêves. Mais la plupart d'entre eux ne nous confieraient même pas ce qu'ils ont mangé pour déjeuner.

Gisèle Painchaud nous a raconté qu'à seize ans, elle a épousé l'ami d'un de ses oncles, de douze ans son aîné. J'étais sidérée. Gisèle Painchaud, alias « la vieille fille », avait été mariée. Mieux ! Elle avait aimé passionnément un homme presque deux fois plus âgé qu'elle.

Quelques mois après les noces, il l'avait déjà trompée. Le jour de leur premier anniversaire de mariage, elle a marché jusqu'à la gare Centrale et elle a acheté un billet.

— J'ai abouti ici parce que le train du Nord était déjà en gare. J'avais juste assez d'argent pour me rendre à Saint-Jovite. Si j'en avais eu plus, c'est peut-être au Labrador que j'enseignerais aujourd'hui.

Quelques semaines plus tard, Gisèle Painchaud découvrait qu'elle attendait un bébé. Elle s'est fait avorter.

— Ça s'est passé il y a vingt-cinq ans. Seule avec un bébé, j'aurais eu du mal à trouver un emploi. Les filles mères avaient beaucoup de difficulté à l'époque. De toute façon, j'étais brisée. Je me sentais bien trop malheureuse pour avoir un bébé.

— Le regrettez-vous ?

La question venait du fond de la classe, là où Claude Dubé a installé ses quartiers.

— Non… Je ne crois pas. Mais en écoutant Marie-Lune, tout à l'heure, j'ai été émue. Elle a raison de faire taire les mauvaises langues. C'est trop bête de les laisser nous gouverner.

La cloche a sonné sans provoquer la réaction habituelle. Au lieu de foncer vers les portes comme si tous les pupitres étaient en flamme, les élèves ont ramassé tranquillement leurs cahiers et la plupart d'entre eux ont souhaité une bonne journée à Gisèle Painchaud avant de s'en aller.

Elle avait dit : « J'étais brisée. Je me sentais bien trop malheureuse pour avoir un bébé. » Et j'avais eu envie de hurler : « Moi aussi ! » J'ai quitté la classe en évitant de la regarder. Je me demandais dans quelle galère j'étais embarquée. J'avais besoin d'air. Tant pis pour le cours de chimie.

Dehors, le ciel était misérable. Un jour gris de fin mars. Je n'avais ni bottes ni manteau. Je voulais seulement sentir un peu le vent. J'ai aspiré un grand coup en balayant la cour d'un regard distrait.

Mon cœur a bondi. Antoine était là ! Pas seul sous le tilleul comme à l'habitude. Là, presque à côté.

Avec Nathalie Gadouas !

Je les ai revus, dansant devant moi, en octobre, cinq mois plus tôt. Antoine ne m'aimait pas encore. Je les ai revus et je me suis souvenue qu'ils étaient beaux ensemble.

Aujourd'hui, ils ne dansaient pas. Mais ils étaient collés l'un contre l'autre et j'avais mal partout. Ils me tournaient le dos, leurs corps un peu penchés vers l'avant.

— Antoine!

Il s'est retourné. Ses doigts tenaient une cigarette fripée. Une des extrémités était tortillée. Nathalie avait un briquet.

— Salut, Marie-Lune! Ne te fais pas d'idée… Je n'essaie pas de voler ton chum. On allait fumer un joint. En veux-tu?

— NON!

Antoine avait répondu pour moi. Il avait presque crié, mais il s'est vite ressaisi.

— Euh… Marie-Lune ne fume pas… Elle n'aime pas le goût… Tiens, Nathalie, prends-le. Je veux parler à ma blonde.

Antoine m'a poussée à l'intérieur. Je grelottais déjà. Il m'a frictionné le dos comme si j'étais une enfant de cinq ans fraîchement sortie du bain.

— Lâche-moi!

— Marie-Lune… Il n'y a rien entre Nathalie et moi. Voyons donc!

— Fais tout ce que tu veux avec Nathalie Gadouas. Je m'en sacre. Et si tu veux te droguer en plus, vas-y, ne te gêne pas. Prends-en pour moi, tiens. Je ne me drogue jamais enceinte.

Ça faisait du bien d'être méchante. Je ne savais pas ce qui m'enrageait le plus: le joint ou Nathalie Gadouas?

Peut-être qu'Antoine ne l'aimait pas. Mais elle était mince, elle. Je revoyais son ventre plat et ses petites fesses bien rondes dans son jean super serré. Et le reste n'était pas caché sous un chemisier! Nathalie préfère les chandails bien moulants.

Comme ceux qu'il m'arrivait de porter moi aussi, dans le temps où j'étais sexy. Avant l'époque baleine.

— Si c'est le joint qui te fait monter sur tes grands chevaux, prends ça cool. Je fume un peu. Ce n'est pas nouveau. J'en prenais déjà avec Nathalie bien avant de sortir avec toi. Elle a toujours un joint dans les poches. Et elle m'invite... Une petite puff, ce n'est pas un crime !

— Une fois gelés, qu'est-ce que vous faites ensemble ?

— Rien, Marie-Lune. Nathalie, ce n'est pas mon genre. Et elle sait que je t'aime. Tout le monde sait que je t'aime.

— La drogue, ça me pue au nez, Antoine Fournier. Tu ne penses pas que la vie est assez compliquée sans ça ?

— Oui... Tu as raison... Si tu veux, j'arrête...

Il avait l'air d'un gamin pris en faute. Je me suis souvenue qu'il m'aimait. J'y croyais de nouveau. Mais ça ne suffisait plus. La colère disparue, il restait le chahut. Un terrible désordre.

— Antoine... Je te sens loin de moi. De plus en plus. Toute la journée, toute la semaine presque, je suis seule avec ma bedaine pendant que tu pompes de l'essence. J'ai besoin de faire le ménage dans ma tête... de mettre de l'ordre dans mon cœur, pour décider de ce que je fais avec le bébé...

On aurait dit qu'il avait cessé de respirer. Ses yeux étaient vides. Muets. Puis il a éclaté.

— Et moi dans tout ça ? Tu penses que c'est facile ? Au garage, ce n'est pas un party. Tu as ta bedaine, mais moi je n'ai rien. Rien ! Comprends-tu ça ? Je ne sais plus quoi faire pour t'accrocher.

J'ai cru qu'il allait pleurer. Mais sa peine s'est changée en colère. Ses mains ont serré mes épaules et il m'a secouée.

— C'est à moi aussi, ce bébé-là. Tu n'as pas de cœur, Marie-Lune Dumoulin-Marchand. C'est ça, ton problème ! Tu ne m'aimes pas… Et tu n'as même pas le courage de l'admettre. Des joints, j'en prends au moins deux par jour depuis quelque temps. J'en ai besoin pour oublier que tu n'es pas sûre de vouloir garder notre bébé.

Je l'ai regardé, droit dans les yeux, et je l'ai repoussé. De toutes mes forces.

— Tu as peut-être raison. C'est bien possible que je n'aie plus de cœur. Il est probablement défoncé. Il a encaissé tellement de coups, ce cœur-là, depuis quelques mois, qu'il est tout aplati. Plus capable de pomper. Comprends-tu ça ?

Cette fois, j'étais déchaînée.

— C'est facile de regarder l'autre dans le blanc des yeux et de dire « Je t'aime, marions-nous. » Tout le monde peut rêver tout haut. Mais c'est plus dur de trouver les moyens après, hein, Antoine Fournier ? T'es-tu assis pour calculer comment on pourrait vivre avec ton salaire ? Es-tu rentré dans une pharmacie pour lire le prix sur les paquets de couches et les caisses de lait maternisé ? Je ne t'ai peut-être pas demandé de m'épouser, mais je suis allée faire un tour à la pharmacie et j'ai passé plusieurs nuits à jongler avec des chiffres.

Il faisait pitié. On aurait dit un enfant, debout dans la tempête, trop apeuré pour bouger. Il me regardait, stupéfait. Je sentais les arbres fragiles dans sa forêt. Ma voix s'est adoucie.

— Je n'ai rien décidé, Antoine. Si je ne t'aimais plus, ce serait plus simple et plus facile. Je n'ai peut-être pas de cœur, mais je rêve encore. Et dans mes rêves, une nuit sur deux, on est trois. Toi, lui et moi. Mais il y a aussi des nuits où je garde le bébé et tu n'es pas dans le portrait. Ça aussi, c'est vrai. Et il y en a d'autres où je me sauve en courant, les bras vides, tout de suite après l'accouchement. Je me réveille en hurlant et j'ai mal comme si une bête m'avait dévoré le cœur. Je n'ai pas encore décidé, Antoine, mais si tu m'aimes, tu vas respecter mon choix.

Il a répondu oui d'un faible hochement. Des bêtes hurlaient dans sa forêt. Je le savais, je les entendais. Mais je n'y pouvais rien. Antoine est parti sans me regarder.

Il pleurait.

À la cafétéria, ce midi, on me demandait presque mon autographe. La star à la bedaine ! La moitié des élèves de l'école sont venus me féliciter pour mes deux exploits : clouer le bec à Claude Dubé et cultiver un bébé. Lise Labbé m'a offert les vieux pyjamas de sa jeune sœur, Luc Proulx m'a proposé un landau « beau, bon, pas cher » et Sophie Tremblay a promis de garder le bébé les soirs où son chum joue au hockey.

J'étais soulagée quand l'autobus m'a enfin déposée au 281, chemin du Tour du lac. Jeanne a couru à ma rencontre en jappant de joie, sa queue frétillante fouettant l'air à toute vitesse. Je me suis penchée pour l'accueillir dans mes bras et en me relevant j'ai senti quelque chose.

C'était difficile à expliquer. J'avais eu l'impression d'un faible mouvement. Ce n'était pas un coup, ni même un battement. Un roulement peut-être.

J'ai marché lentement jusqu'à la maison. Léandre allait bientôt arriver et je voulais le surprendre avec un repas déjà préparé, mais avant, j'avais envie de m'étendre un peu.

J'allais m'assoupir quand la vague a roulé.

Depuis quelques jours, j'étais aux aguets. Le Dr Larivière m'avait prévenue que ça se produirait bientôt. Mais je m'attendais à un vulgaire coup de pied. Ce qui s'était produit était bien différent, comme une ondulation, un pas de danse. Une vague ronde culbutant doucement. C'était chaud. Et doux et bon.

Trois fois, la mer a dansé en moi. Trois petits cadeaux. Trois signes de vie. Trois saluts.

Je ne l'ai pas dit à Léandre. C'était trop magique, trop secret. Un jour, je le laisserai toucher mon ventre à marée haute. Pas tout de suite.

Avant de me coucher pour de bon, plusieurs heures plus tard, j'ai fouillé longtemps dans mes tiroirs en désordre. J'ai mis vingt bonnes minutes à dénicher ce que je cherchais. Fernande m'avait offert ce carnet fleuri trois ou quatre Noël plus tôt. Je l'avais trouvé trop joli pour en noircir les pages.

C'est un journal personnel. À l'époque, toutes mes amies en possédaient un. Sylvie passait des siècles à consigner tous les détails de ses journées dans le sien. Sur la page de garde du mien, j'ai écrit : *Lettres à mon fœtus*.

Chapitre 7
Cher moustique

Cher moustique,

J'aurais pu t'appeler pépin de pomme ou graine de sésame, mais depuis que je t'ai vu sur l'écran de la salle de radiologie, dans ma tête, tu t'appelles moustique.

Ce n'est pas une insulte… J'aime bien observer les maringouins l'été. Ils ont de très longues pattes, gracieuses et délicates, un tout petit corps duveteux et de belles ailes moirées.

Un maringouin, c'est bien plus joli qu'une fourmi. Moins travaillant peut-être, mais plus audacieux. C'est ce qui me fascine chez ces moustiques : leur cran. Leurs membres sont plus frêles qu'un cheveu et ils osent se poser sur nous, les géants, alors même que des millions d'humains ont déjà tué des milliards de maringouins. Remarque qu'ils n'ont peut-être jamais vu les cadavres de leurs copains.

Quand même ! Il faut du front.

Je ne sais pas si c'est scientifiquement possible, mais il me semble que les fœtus ont une personnalité. Toi, par exemple, tu as la tête dure. Quand tu veux quelque chose, tu es drôlement décidé. « C'est rare un bébé aussi bien accroché. Celui-là, il n'y a rien pour le déloger. »

J'aime bien me répéter les paroles de Marielle Ledoux. C'est drôle à dire, mais je suis fière de toi.

Je pense que tu es pas mal intelligent aussi. Tu devines des choses. Aujourd'hui, par exemple. J'ai promis de te tenir en vie, mais j'avais mon voyage. Comme si ma journée n'avait pas été assez mouvementée, l'espèce de tête de lard qui se dit prof de chimie m'a collé un douze sur vingt-cinq pour le dernier rapport de laboratoire. « Expérience ratée. Manque d'efforts. Où as-tu la tête ? » À bien y penser, j'aurais dû répondre la vérité : quelque part entre un cimetière et une pouponnière. Elle est là ma tête. Compris, cervelle de moineau ?

Ce n'est pas facile d'être enceinte et en désastre en même temps. Fernande me manque. Terriblement. Si tu savais ce que je donnerais pour qu'elle me prenne dans ses bras. Antoine est là, mais on dirait que tu crées un barrage entre nous. Je t'en veux souvent. Mais ne t'en fais pas. J'en veux à Antoine aussi. Et au monde entier.

Je m'ennuie de l'Antoine d'avant. Celui qui m'attendait tous les matins sous le tilleul. Il fumait peut-être un joint de temps en temps, mais je ne le savais pas. Il voulait déjà laisser l'école et il n'avait pas la moindre idée de ce qu'il ferait de sa vie, mais je ne le savais pas.

Je savais seulement que son corps était bon contre le mien. Qu'il sentait la terre mouillée et les feuilles d'automne. Que ses yeux étaient plus verts que la forêt, et qu'en courant dans mon dos, ses mains me donnaient des frissons.

Tout ça, c'était il y a cent ans. Avant que Fernande se sauve, avant que tu t'installes sans permission…

Je pense que tu es intelligent parce qu'aujourd'hui, tu as deviné qu'il était grand temps de me dire bonjour.

J'avais besoin de pouvoir m'agripper à quelque chose de vrai et de vivant. Je commençais à me demander si je n'étais pas gonflée d'air. J'en avais ras le bol, j'en avais plein le dos, quand tu m'as saluée. Enfin!

Merci...

C'est vraiment chouette quand tu bouges. C'est magique et mystérieux. Et très réel en même temps.

Bonne nuit,

Marie-Lune

J'ai retrouvé mon journal sous mon lit tout à l'heure, ce qui en dit long sur la qualité du ménage depuis que Fernande est partie. Au cours des trois dernières semaines, le plancher de ma chambre n'a pas vu l'ombre d'un poil de balai. De gros flocons de mousse flânaient tout autour de mon carnet.

Léandre m'a tendu une carte professionnelle ce matin : Josée Lalonde, travailleuse sociale. Plus moyen de remettre ça à demain. Surtout que le Dr Larivière m'avait déjà donné la même. J'ai donc promis de prendre rendez-vous.

La neige a fondu un peu cette semaine. Il pleut souvent, mais de nouveaux flocons tombent le lendemain. J'ai hâte qu'avril soit fini. Vivement le soleil de mai! J'envie Flavi. Depuis le 1er janvier, ma grand-mère se fait rôtir au soleil de Miami. Elle ne sait pas que je suis enceinte. Léandre et moi devions le lui cacher, car elle serait revenue.

Antoine est parti il y a deux semaines. M. Talbot construit un nouveau garage au lac Nominingue, à plus d'une heure d'ici. Antoine a sauté sur l'emploi. Il travaille sur le chantier. Depuis, il n'a pas téléphoné. Ni écrit.

La veille de son départ, il est venu au lac. Très tard. Je ne l'espérais plus. Je l'imaginais déjà avec une autre, mince et belle. Je croyais vraiment qu'il ne m'aimait plus.

Je sortais de la douche lorsqu'il est arrivé. Je devais ressembler à un énorme canard. J'avais tout juste eu le temps d'enfiler un peignoir. Antoine aussi était mouillé. Et gelé : il pleuvait encore.

Il a dit des tas de sottises qui ont chamboulé le semblant d'ordre dans mon cœur et dans ma tête. Des tas de merveilleuses sottises auxquelles j'avais envie de croire.

— T'es belle, Marie-Lune. On dirait que t'as un petit soleil dans ton ventre.

Des mots qui foutent le bordel. Qui virent tout à l'envers.

J'avais envie qu'il m'aime, qu'il reste. J'avais peur d'être seule. J'allais me réfugier dans ses bras lorsque j'ai revu dans ma tête les mots tracés au couteau sur la porte d'une cabine des toilettes des filles à l'école : *Marie-Lune la putain.*

Je ne sais pas ce qui m'a pris. J'ai dénoué la ceinture de mon peignoir et je l'ai laissé tomber. Sous le vêtement, il y avait une fille de quinze ans, qui rêvait d'être sexy mais se sentait grosse comme un éléphant.

— Regarde-moi bien, Antoine Fournier ! Et dis-moi que t'as envie de moi. Dis-moi que je suis aussi belle que Nathalie Gadouas.

À bien y penser, je crois qu'il a fui devant ma fureur. Il me trouvait peut-être vraiment belle, mais il a eu peur de ma rage.

Antoine est parti sans m'embrasser.

Souvent, le midi, à la cafétéria, je souhaite encore que Mme Ouellette me remette un billet d'Antoine en même temps que mon assiette.

C'est sûrement à cause de tous ces départs : Fernande, Flavi, Antoine... À cause des pluies d'avril aussi. On finit par se sentir perdu. Sinon, ce qui est arrivé ce soir ne se serait jamais produit.

Léandre m'avait avertie qu'il rentrerait tard. J'avais allumé un feu dans le foyer et je brossais le pelage de Jeanne lorsque j'ai entendu un craquement. Jeanne a aboyé. En relevant la tête, j'ai vu un homme. Il était là, dehors, à cinq mètres de moi. Le nez écrasé dans la fenêtre de la salle à manger, il me dévorait de ses yeux fous.

Je n'ai pas crié. Ça ne servait à rien. Le premier voisin habite à un demi-kilomètre. La porte de la cuisine était verrouillée mais pas celle du côté des chambres à coucher. J'ai couru pousser le verrou. À mon retour, l'homme était parti.

Je ne tremblais pas. J'étais figée, terrorisée.

J'ai vu le téléphone, juste à côté. Au journal, la ligne était occupée. J'aurais dû téléphoner chez Sylvie. Monique serait venue me chercher. Mais j'ai composé le numéro de M. Lachapelle. Louise a répondu.

Cinq minutes plus tard, Jean est arrivé. J'étais encore pétrifiée. Il n'a pas frappé à la porte. Il m'a appelée tout bas.

— Marie-Lune... Marie-Lune... C'est fini. N'aie pas peur. Viens m'ouvrir.

J'ai rassemblé suffisamment de courage pour me lever et tirer le verrou de la porte de la cuisine.

Je me suis jetée dans ses bras en pleurant à chaudes larmes. J'aurais réagi de la même façon avec M. ou Mme Lachapelle.

Jean m'a serrée très fort. Longtemps. J'ai deviné qu'il avait eu peur pour moi. Puis il m'a soulevée et il m'a portée dans ses bras jusqu'au salon. Ma tête n'avait pas quitté le nid chaud au creux de son épaule. Il était assis maintenant et j'étais roulée en boule, blottie contre lui.

Il lissait mes cheveux de sa main d'un geste doux, pour m'apaiser. Je ne pleurais plus. J'ai cherché ses yeux sombres.

Sylvie est dans les prunes. Jean ne préfère pas les garçons.

Son visage s'est penché vers moi. Ses lèvres ont effleuré mon front, ma joue, mon cou. C'est tout.

Je tremblais. Mon corps ne bougeait pas d'un centimètre, mais à l'intérieur tout s'agitait. Je suis poche en bio. J'oublie toujours tous les trucs qu'on a sous la peau. Mais ces choses-là se démenaient comme les dernières feuilles sous la première tempête.

Je devais rester immobile. Le moindre geste aurait pu déclencher l'avalanche. Qui sait ce qu'on aurait fait... Il a relevé la tête et j'ai fermé les yeux.

Quand Léandre est arrivé, nous dormions tous les deux. Je n'avais pas bougé. Ma tête était encore nichée dans la chaleur de l'épaule de Jean.

Chapitre 8
La dame aux hippopotames

Josée Lalonde, la travailleuse sociale, m'a laissé trois dossiers. Un bleu, un jaune et un vert. Trois possibilités. La quatrième, c'est moi.

Dans chacun des dossiers, il y a deux parents. Josée m'a remis leur histoire. Tout y est, sauf les noms et les visages.

Josée a beaucoup parlé. Moi, je n'ai presque rien dit. Ce que je veux? Je ne le sais pas. Rester enceinte toute ma vie, tiens. Rien décider. Elle dit que j'ai le choix. Mon œil! Garder mon bébé ou le donner! Quand les deux solutions sont tristes, ça ressemble moins à un choix. Je m'imagine promenant un landau pendant que mes amies courent les discothèques et j'ai envie de pleurer. Mais quand je me vois sortir de l'hôpital les bras vides, je me retiens de crier. Parce que ça risquerait de fendre les falaises.

La balle est dans mon camp maintenant. Je peux choisir les parents de mon bébé. Tout comme je peux encore décider de le garder. Avec Léandre peut-être... Antoine n'a toujours pas donné signe de vie. Mon numéro d'épouvantail a dû l'effrayer pour de bon.

J'essaie de ne pas penser à lui. Ni à Jean. Parce que c'est le fouillis en dedans.

Avant d'ouvrir les dossiers, j'ai fait un pacte avec moi-même. Si aucun de ces parents de papier ne faisait l'affaire, je garderais le bébé. Je me suis installée dans mon lit, bien au chaud sous les couvertures, pour lire ces histoires de vie.

En refermant le dossier jaune, j'étais furieuse. La dame a quarante ans, son mari quarante-deux. Il est ingénieur ; elle travaille en publicité. Ils n'ont jamais eu de bébé parce qu'ils étaient trop occupés à collectionner des liasses de billets verts. Soudain, à trente-six ans, madame s'est découvert un cœur de mère. Du jour au lendemain.

Le hic, c'est que sa machine à bébés avait déjà commencé à mal tourner. Son médecin lui a suggéré de se contenter de la publicité. Madame a jeté les hauts cris et quitté son emploi. Depuis, elle joue les martyres. Elle veut prouver au monde entier que son cœur de mère est en hémorragie. Toutes ses voisines doivent la plaindre.

Moi, ça me fait chier.

La travailleuse sociale a utilisé des mots neutres et réfléchis pour raconter leur histoire, mais j'ai deviné des tas de bibites chez ces gens-là. Quelques phrases, entre autres, m'ont piquée :

Ce couple plein de bonne volonté est persuadé qu'il peut donner à un enfant tout ce dont il aura besoin. Les X habitent un immense condo avec vue sur le fleuve. Monsieur et madame ont déjà acheté des certificats bancaires en prévision des études universitaires de leur enfant. Madame préfère une fille et monsieur un garçon, mais ce qui compte le plus pour eux, c'est de recevoir un bébé en bonne santé.

Ces deux idiots croient que dans la vie on achète tout. Les condos, les diplômes, les bébés. Ils se croient supérieurs parce qu'ils ont tout plein d'argent. Ils pensent que ça suffit pour être de bons parents.

Vous voulez un bébé en santé ? Eh bien tant pis ! Il n'y a rien de garanti. Un bébé, ce n'est pas un ouvre-boîte. On ne peut pas le retourner au magasin à sa première grippe. Imbéciles, va !

Jamais, jamais je ne vous laisserai toucher à mon bébé.

Avant de plonger dans le dossier suivant, j'ai fait un saut à la cuisine. Un grand verre de lait et trois biscuits au chocolat garnis de crème à la vanille allaient me calmer. Léandre sirotait un café. Je lui ai tout raconté à propos du couple au gros condo.

Je n'avais pas terminé qu'il éclatait de rire. J'étais un peu offusquée. C'est sérieux ce que j'ai à décider.

— Veux-tu savoir ce que je pense, Marie-Lune ?

— Mmmouais…

— Je pense que tu as raison. Ce couple-là n'est pas convaincant, disons. Mais je pense aussi que tu exagères beaucoup et que tu es furieuse parce que… parce que tu as envie de le garder, ton bébé. Tu l'aimes déjà…

— Aimer ! aimer ! C'est bien beau, mais ça ne règle pas tout.

Merde ! Juste à ce moment, le petit bonjour a bougé. C'était… flagrant. On aurait dit une pirouette. Quelque chose d'acrobatique. Un long mouvement ample.

— Que se passe-t-il, Marie-Lune ?

— Il se passe qu'il essaie de me parler. Tiens… touche…

Nous devions avoir l'air intelligents. Moi debout à côté du réfrigérateur, lui à genoux, les mains plaquées sur ma bedaine. C'est tout juste si on respirait.

— Oh! Ça y est!

Léandre était fou de joie. Jeanne a couru vers nous et s'est mise à aboyer, l'air de dire : «Moi aussi, je veux toucher.»

— Attends! Il le fait encore. Oh! Marie-Lune! Ça me rappelle quand c'était toi. Tu courais des marathons la nuit. À la fin de sa grossesse, Fernande n'arrivait plus à dormir. Je posais mes mains sur son ventre, comme ça, pour te calmer. Et ça marchait!

Je suis retournée dans mon lit et j'ai chanté la comptine de «la poule sur un mur qui picosse du pain dur» pour décider du prochain dossier à lire. Au «va» de «lève la queue et puis s'en va», mon index est tombé sur la chemise bleue.

Les deux de ce couple-là, je les ai baptisés Armand et Armande. Pourquoi? Je ne sais pas. L'histoire est un peu banale. Ils se sont connus à l'école. En cinquième année! Et ils s'aiment depuis. C'est gentil.

Ils ont sagement attendu d'avoir vingt ans pour se marier. Et ils ont travaillé dur, autant pour gagner leur vie que pour fabriquer un bébé. Armand est machiniste dans une usine de pièces d'automobiles et Armande fait un peu de tout : du ménage, des tartes, des rideaux, du pâté chinois… Elle sait aussi faire des bébés, mais Armand a plus de difficulté. Un problème de spermatozoïdes…

Franchement, je trouve qu'ils font pitié. Même que ce ne serait pas si mal s'ils avaient mon bébé. Ce qui me chicote, c'est qu'il n'y a rien dans ce dossier. Pas l'ombre d'une bête noire. Mais pas de magie non plus.

Quand la travailleuse sociale leur a demandé pourquoi ils tenaient tant à avoir un bébé, Armand a répondu : *C'est pas qu'on y tient tant. On est heureux quand même. Mais il me semble qu'avec un bébé, ça serait plus gai, plus vivant, ici. J'aime ma femme, mais à deux, à la longue, on s'ennuie. J'ai pas vraiment d'expérience avec les bébés, mais elle est l'aînée d'une famille de sept. Des couches et des biberons, elle a déjà vu ça.*

Ils veulent un bébé-rayon-de-soleil, mais on sent qu'ils l'aimeraient aussi les jours de pluie. C'est correct.

Mais ce n'est pas assez.

J'étais fatiguée. Je pensais attendre au lendemain pour lire le dernier dossier. Je l'ai ouvert seulement pour voir s'il contenait plusieurs pages. Une enveloppe bleue en est tombée. À l'intérieur, il y avait une lettre. Les mots avaient été tracés d'une écriture fine et gracieuse.

Chère amie,

Vous pourrez, bien sûr, lire mon histoire dans le dossier préparé par les Services sociaux, mais je tenais à vous la raconter avec mes mots.

J'ai déjà été enceinte, comme vous, il y a six ans. J'étais folle de joie. Mon mari aussi. Ça fait cliché mais c'est la vérité : nous aimons beaucoup les enfants.

J'ai une petite boutique de vêtements pour dames avec un rayon pour enfants à l'arrière. Je dessine et je couds moi-même les vêtements pour tout-petits. Ma boutique ressemble un peu à un zoo. J'adore découper des animaux dans de jolis tissus pour les broder ensuite sur les pyjamas, les tuniques, les jupes et les salopettes. Mes hippopotames sont vraiment très drôles…

J'ai ouvert le rayon pour enfants pendant ma première grossesse. J'étais très heureuse d'être ronde comme un ballon. Les neuf mois ont été magnifiques.

L'accouchement a été douloureux, bien sûr, mais tout se déroulait bien. Mon mari disait que j'accouchais comme une chatte. Je riais parce qu'il n'y connaît rien. Il n'avait jamais assisté à un accouchement avant. Il est ébéniste.

J'ai expulsé un bébé mort-né. Il bougeait en moi quelques heures avant, mais il n'a jamais respiré.

J'ai pleuré pendant des mois. Je travaillais beaucoup, pour oublier. J'ai continué à coudre des vêtements pour enfants parce que j'aime bien voir mes petits clients rire en pointant du doigt un crocodile, une souris ou un éléphant.

Tout au long de ma grossesse, j'avais parlé à mon bébé. Après le triste accouchement, j'ai continué à le faire. Nous habitons une érablière un peu à l'écart du village où je travaille. J'aime beaucoup la nature. Quand le temps change, quand les feuilles tombent ou que la sève monte, je le raconte encore à mon bébé.

Nous avons attendu deux ans avant de tenter l'aventure d'une nouvelle grossesse. Je ne voulais pas remplacer mon bébé mort, mais je voulais un autre enfant. Vivant cette fois. Je l'ai perdu au quatrième mois. Ce fut très douloureux. Le médecin m'a conseillé de ne plus essayer. La prochaine fois, c'est moi qui pourrais y rester.

C'est horrible de perdre un bébé. On l'aime déjà, mais on n'a pas de souvenirs à chérir. On se sent tellement vide…

Mon mari et moi voulons encore un enfant. Nous avons refait nos forces et nous nous sentons d'aplomb malgré tous ces drames. Nous serions capables d'aimer de tout notre être l'enfant que vous nous confieriez.

Nous ne sommes pas riches, mais nous vivons bien. Nous nous aimons beaucoup. Il faut être très amoureux pour survivre aux épreuves que nous avons connues.

Il y a des gens qui cherchent la gloire. D'autres, la richesse. Ce que nous voulons le plus au monde, c'est un enfant.

La lettre n'était pas signée, car les adoptions se font dans l'anonymat. Le dossier n'ajoutait pas grand-chose. La lettre avait dit l'essentiel. La travailleuse sociale avait rédigé son rapport dans un style un peu officiel, avec des mots bien pesés, mais l'enthousiasme perçait entre les lignes.

J'avais si peu à offrir à mon bébé. Ma candidature méritait-elle encore d'être retenue? Il existait quelque part des parents presque parfaits. Ils mouraient d'envie de tenir mon bébé dans leurs bras. Et ils le méritaient bien en plus.

Le drame, c'est que moi aussi, j'en avais envie. De plus en plus chaque jour. Malgré ma peur. Malgré ma peine. Malgré mes rêves d'avenir.

J'ai ouvert mon carnet et j'ai écrit, moi aussi.

le 12 mai

Cher moustique,

Je suis jalouse d'une dame merveilleuse qui voudrait t'adopter. Quoi qu'il arrive, il faudra que tu te souviennes qu'avant même ta naissance, des tas de gens auraient donné la lune pour toi.

Même moi... Il y a quelques mois, j'aurais bien voulu pouvoir me débarrasser de toi. Mais aujourd'hui, c'est différent. Je suis contente que tu sois si bien accroché, même si ça bouleverse ma vie. *Tu es mon ami. Ma petite boule bien vivante qui me tient chaudement compagnie. Grâce à toi je me sens moins seule au monde.*

Ton père n'est pas là. Il n'a pas lu les dossiers. Il ne sait rien de nous depuis des semaines. Et je lui en veux. Mais il a mal lui aussi. Il t'aime, lui aussi. J'en suis presque sûre.

Il s'appelle Antoine. Il est grand et beau. Et je l'aime encore, malgré tout. Il voudrait qu'on vive ensemble tous les trois. C'est peut-être encore possible... Mais quelque chose me dit qu'il ne faut pas. Même si, souvent, j'en meurs d'envie. Ce serait une erreur pour nous deux.

Ton père est une forêt, moustique. Invitante, changeante. Chaude, enveloppante. Mon corps tremble juste d'y penser. Mais c'est une forêt ravagée. Une forêt de dix-sept ans qui a vu tous les temps. La vie a écorché ton père, moustique. Il rêve beaucoup et il fuit souvent parce que sinon, ce serait trop pénible.

À première vue, la dame du dossier vert devrait te faire une bonne mère. Mais ça me fait mal de vous imaginer ensemble. J'aimerais bien, moi aussi, te tenir dans mes bras. Te caresser et te raconter la couleur du temps. C'est joli, les érablières, mais un lac, c'est bien plus beau.

Ma mère est morte, moustique. J'ai le cœur troué. Mais quand je pense à te quitter, mon cœur est prêt à exploser.

Il me reste encore quelques mois pour réfléchir. Quoi qu'il arrive, tiens bon! Reste accroché. Je t'en supplie. Ne fais pas comme le bébé de la dame aux hippopotames.

Je t'aime,

Marie-Lune

Chapitre 9
Cœur sous avalanche

Le lac a crevé ce matin. Il y a eu trois longs grondements sourds suivis de craquements plus courts. Léandre a pris ses jumelles. Et il a vu l'eau. Le printemps est arrivé. Enfin !

Dans l'autobus scolaire, Sylvie a babillé pendant quarante-cinq minutes sur le même sujet : Nicolas. C'est sa dernière flamme. Sa passion et sa raison de vivre depuis quatre semaines. Un record ! D'habitude, les amours de mon amie durent en moyenne une fin de semaine.

La journée a passé vite, peut-être à cause du printemps dans l'air. J'avais encore le cœur léger quand la cloche a sonné. J'ai ramassé mes livres rapidement. J'avais hâte d'être dehors, de sentir à nouveau le printemps.

J'ai eu un choc en poussant la lourde porte. Antoine était là. Il m'attendait. Ses yeux riaient. Le soleil de mai brillait en lui.

Quelqu'un en moi a crié : « T'es un écœurant, Antoine Fournier. Un sans-cœur. » Quelqu'un en moi l'a inondé d'injures. Mais pendant ce temps-là, mes jambes couraient jusqu'à lui. Les insultes ont fondu dans la chaleur de ses bras et les restes de colère se sont effrités avant de voler en poussière.

Il m'a fait tournoyer comme une toupie.

— Attention ! Tu pourrais m'échapper.

— Pas de danger ! Je ne t'échapperais pas pour tout l'or du monde.

Il était revenu. Il m'aimait encore.

J'ai respiré un grand coup. Je voulais m'imprégner de son odeur. Lorsqu'il m'a repoussée un peu pour admirer mon ventre, j'ai vu Jean. Il marchait d'un pas ferme en direction du centre-ville. Depuis septembre, il travaille à la clinique vétérinaire presque tous les soirs après l'école. J'ai senti un frisson courir dans mon dos. Depuis le fameux soir au lac, nous nous évitions.

Antoine m'a frictionné le dos. C'était presque une vieille habitude.

— Viens… Tu as froid.

Nous avons marché jusque chez lui. Son père n'était pas là. Je m'en doutais. Sinon, Antoine aurait choisi un autre endroit. Pierre Fournier n'est pas toujours d'excellente compagnie.

Nous nous sommes assis sur le vieux sofa. Une avalanche de souvenirs a dévalé en moi. Je nous revoyais, plusieurs mois auparavant, seuls ici pour la première fois.

Antoine s'est levé. Il s'est agenouillé à mes pieds et il a appuyé doucement sa tête sur mon ventre. On aurait dit qu'il voulait entendre ce qui se passait à l'intérieur. Pauvre Antoine ! J'aurais dû lui dire que les bébés bougent parfois mais sans bruit. Tant pis ! Je ne voulais pas briser la chaleur de notre silence.

Il s'est mis à caresser mon ventre. Puis il a soulevé lentement mon chemisier, détaché les lacets de mon jean et appuyé ses lèvres chaudes sur mon ventre.

Ses mains ont flatté la peau tendue de ma bedaine arrondie, puis elles ont massé ma taille et couru sur mes côtes avant de se poser sur mes seins. On aurait dit des ailes de papillon. C'était bon.

Depuis des mois, j'avais envie d'être aimée, d'être désirée. Je m'étais si souvent sentie grosse et laide. Sous les mains d'Antoine, je redevenais une princesse.

Nous avons fait l'amour. Pour vrai. Jusqu'au bout cette fois. C'était doux et bon. Lorsque Antoine s'est étendu à mes côtés, épuisé et heureux, je pleurais sans bruit. Je savais que c'était fini.

Il était venu me proposer de repartir avec lui. M. Talbot lui offrait un meilleur salaire à son nouveau garage. Antoine avait fait des calculs. C'était serré mais on pourrait arriver. Il nous avait déniché un appartement. Une seule chambre mais assez grande pour qu'on installe un lit de bébé au pied du nôtre.

Antoine avait parlé d'une voix fébrile sans me regarder. Il a relevé la tête. Mon visage ruisselait de larmes.

Il a compris que je l'aimais. Mais pas assez pour tout laisser.

J'ai demandé à Léandre de venir me chercher. En l'attendant, j'ai flatté les cheveux dorés de mon amoureux. J'essayais de ne plus pleurer, mais des larmes roulaient quand même de temps en temps.

Les pneus ont crissé et le moteur s'est tu. Léandre venait d'arriver ; il attendait. J'ai posé un dernier baiser sur les lèvres d'Antoine. Ses paupières étaient closes. J'aurais tant voulu plonger une dernière fois dans sa forêt verte. Mais c'était fini.

Je me suis effondrée dans les bras de Léandre. J'avais mal, mais mon père semblait soulagé. Il devinait qu'il y avait eu des adieux.

Chapitre 10
Fée ou bourreau?

— Mme Josée Lalonde s'il vous plaît.

— Qui dois-je annoncer?

— Marie-Lune Dumoulin-Marchand.

La téléphoniste m'a flanqué une musique sirupeuse dans les oreilles et j'ai dû patienter un siècle.

— Mme Lalonde est en réunion présentement. Il vaudrait mieux rappeler. À moins que ce ne soit urgent...

— Oui. Oui, c'est urgent.

J'ai dû subir de nouveau leur musique à la guimauve. La voix de Josée a finalement percé à l'autre bout du fil.

— Marie-Lune, que se passe-t-il?

— Je veux les rencontrer. Le couple vert. Je veux dire le couple dans le dossier vert. Vous savez... la dame aux hippopotames. Je suis fatiguée, je n'en peux plus. Je n'arrive pas à me décider. Je veux les rencontrer. S'ils refusent, tant pis, je le garde, mon bébé.

— Bon. Je vais voir s'ils acceptent. Je te rappelle aujourd'hui si je peux. Courage, Marie-Lune... Je sais que c'est difficile.

Nous avons rendez-vous à l'hôpital, dans une petite salle où d'autres couples en quête d'un bébé ont rencontré de jeunes mères fatiguées. J'ai fait exprès d'arriver en retard. Je voulais surprendre leur mine lorsqu'ils m'apercevraient.

Léandre voulait venir, mais j'ai refusé. Je devais être seule pour décider. Tout dépendrait de leur allure, des ondes qu'ils projetteraient.

J'étais un peu la maîtresse. Et je leur faisais passer un test. Si le mari a un rire idiot, tant pis, c'est fini. Si elle a un trop gros nez, désolée, c'est terminé. Aujourd'hui, c'est comme ça. Il faut un « A+ » pour passer. Rien de moins. C'est moi qui fixe les règles.

J'avais fini par l'imaginer, elle, grande, grosse et blonde. L'air pas trop intelligent. Un peu cervelle d'oiseau. Lui ? Plutôt lourdaud.

La porte était ouverte. J'entendais un mélange de voix. Soudain, un rire s'est détaché. Il était franc, cristallin. Un peu nerveux mais pur et vraiment joyeux.

Je savais que c'était elle. Le pire, c'est qu'elle ressemble à sa voix. Je n'ai pas vu l'autre tout de suite. Ni Josée. La dame aux hippopotames prenait toute la place. Et pourtant, elle n'est ni grosse ni grande. Elle est jolie.

Elle n'a pas souri gentiment en me voyant. Non. Ses yeux verts se sont agrandis. Elle avait peur, elle aussi. J'étais son bourreau ou sa fée. Je pouvais tout : lui donner ce qu'elle désirait le plus au monde ou décider de le garder pour moi.

J'étais hypnotisée par ses yeux. Elle a les mêmes grands yeux que ma mère. Des yeux clairs. Des yeux verts. Des yeux comme un miroir, qui disent toujours le fond de l'âme.

Elle aussi lisait dans mes yeux. Les miens sont bleus. L'iris est cerclé d'un bleu plus foncé, presque mauve. Comme ceux de Léandre. Ma mère lisait souvent dans mes yeux.

— Tu peux toujours mentir, ça ne sert à rien. Tes yeux disent la vérité. Tu ne pourras jamais rien me cacher.

Et je la croyais. Je sentais que c'était vrai.

Josée a voulu briser le silence.

— Marie-Lune, je te présente Claire et François. François, Claire, voici notre Marie-Lune. Je vais chercher du café pour tout le monde ?

— Non. Je voudrais un grand verre de lait.

Il y avait du défi dans ma voix. Je voulais leur lancer à la figure que j'étais une bonne mère qui prenait bien soin de son enfant.

François s'est levé. Je l'avais à peine remarqué. Il n'est pas très grand mais plutôt costaud.

— Je vous laisse, les filles. Je pense que vous avez des choses à vous dire.

C'était malin ! Je l'aurais payé pour rester. Je n'avais pas envie d'être seule avec elle. Et puis, j'ai pensé que non. Ça irait. J'étais deux. C'est elle qui était seule. J'avais le choix, le droit.

Alors, je l'ai vue telle qu'elle était. Une jeune femme aux grands yeux verts qui porte un deuil. Comme moi. Elle n'était jamais vraiment seule. Une absence avait pris racine en elle. Je me suis souvenue des mots de sa lettre.

C'est horrible de perdre un bébé. On l'aime déjà, mais on n'a pas de souvenirs à chérir. On se sent tellement vide…

La pitié allait m'envahir lorsque, brutalement, les mots se sont imposés à moi mais avec un tout autre sens. J'aimais déjà le petit paquet de vie dans mon ventre. En le donnant, quels souvenirs aurais-je à chérir? Allais-je être condamnée à porter en moi deux fosses immenses?

J'avais le vertige. Peur de basculer. De tomber dans le vide. De disparaître dans ma solitude. À force de vide et d'absence, on n'existe plus. Le désert rend fou, parce qu'on ne peut s'accrocher à rien. Sans mon moustique que restait-il? J'ai senti un lourd rideau tomber. J'en avais assez. Mes yeux ont couru vers la sortie, mais en route, ils ont croisé ses yeux à elle.

Elle me regardait toujours. Nous n'avions pas encore dit un mot. Mais ses yeux avaient changé. Elle n'avait plus peur. Son regard m'enveloppait. Elle lisait dans le mien.

Claire s'est approchée lentement et elle m'a entourée de ses bras. Je pleurais maintenant et elle aussi je crois. Mais elle ne portait pas attention à ses larmes. Elle chantonnait : ssshhh… ssshhh… ssshhh… en caressant ma joue mouillée de ses longs doigts minces.

La dame aux hippopotames a des bras de mère. Chauds et doux comme des ailes d'oiseaux.

— Pauvre Marie-Lune… Ça doit être terrible de prendre une décision. Prends ton temps, ma belle. François et moi, on ne veut pas te brusquer. Et quoi que tu décides, je suis sûre que ce sera bien.

Elle pleurait franchement lorsqu'elle a ajouté :

— Si ce bébé te ressemble, il sera magnifique.

J'ai ravalé quelques larmes et j'ai souri.

— Vous devriez voir le père. Il est beau comme un dieu.

J'ai ri. Et elle aussi.

Lorsque François et Josée sont revenus avec un grand verre de lait et trois cafés, nous bavardions comme deux amies. Elle m'avait décrit l'érablière ; je lui avais raconté le lac. Pas un mot sur l'adoption.

Il fallait y venir. Josée m'a demandé si j'avais des questions à poser aux « parents potentiels ». J'en avais. Des tas. Mais je ne savais plus par où commencer. Je me suis souvenue de la liste que j'avais glissée dans la poche de mon jean.

En me tortillant un peu, j'ai réussi à extirper la grande feuille pliée et l'interrogatoire a débuté.

Ça n'a rien donné. Claire et François sont ce qu'ils sont. Ils répondent donc correctement à toutes les questions.

— Et s'il naît infirme ? Sans bras ? S'il souffre d'un horrible syndrome ?

Claire a répondu sans hésiter.

— Ce bébé, nous l'avons déjà accepté tel qu'il est. Pour moi, la question ne se pose pas. Si j'avais accouché moi-même d'un enfant handicapé, je l'aurais aimé. C'est pareil.

J'allais démissionner quand je me suis souvenue des questions de l'autre côté. Elles étaient plus embêtantes à poser.

— Si j'en faisais une condition, accepteriez-vous que je revoie mon bébé ?

François a répondu.

— Non. Nous y avons déjà réfléchi. Ce serait beaucoup plus facile de dire oui... Mais, Marie-Lune, vous savez que rien ne nous obligerait à tenir notre promesse. Après la naissance du bébé, vous avez quelques mois pour changer d'idée, mais une fois l'ordonnance de placement signée, nous ne serions pas tenus de vous laisser voir cet enfant.

C'était vrai. Josée m'avait expliqué tout cela. Après la naissance du bébé, la mère biologique doit signer un consentement à l'adoption. Elle a trente jours pour changer d'idée. Une simple signature et l'enfant lui revient. Le Directeur de la protection de la jeunesse rend l'ordonnance de placement environ trois mois après la naissance. La plupart du temps, le bébé vit déjà chez ses parents adoptifs. L'ordonnance de placement clôt le dossier. La mère biologique perd alors tous ses droits sur l'enfant.

— J'aimerais ajouter quelque chose. Je pense que tu seras d'accord, François…

La voix de Claire tremblait un peu. Elle mordillait ses lèvres en parlant.

— Nous ne pouvons rien promettre. Ce serait malhonnête. Qui sait quelle serait notre réaction dans dix ans si tu voulais revoir cet enfant? Comme l'a dit François, ce serait facile de dire oui aujourd'hui et de changer d'idée après…

Dans le fond, ils auraient le gros bout du bâton. Mais Claire n'avait pas fini.

— Si tu en faisais une condition, la réponse serait donc non. Je ne veux pas te faire une promesse que je ne pourrais peut-être pas tenir. Il faudrait aussi savoir d'avance comment cet enfant réagirait à ta requête.

La voix de Claire s'est enrouée.

— Marie-Lune… Tout cela me semblait simple et clair avant de te rencontrer. Mais aujourd'hui, je veux te laisser une promesse. Si tu nous confies ce bébé et que par la suite tu t'inquiètes à son sujet, j'accepterai toujours de t'écrire ou de te rencontrer. Et si tu es malheureuse, pour quelque raison que ce soit, je veux pouvoir t'aider.

François s'est approché d'elle, il a pris sa main. Des larmes tremblaient dans les yeux de Claire.

— C'est bien peu, mais ce serait ma façon de te dire merci. Je ne pense pas à l'adoption… Je pense à toi. À ce que tu es. À ce que cet enfant héritera de toi… Quoi que tu décides, ce bébé aura eu une mère extraordinaire pendant neuf mois. Je ne l'oublierais pas.

Josée pleurait. François aussi. Je me suis levée et je suis partie.

Chapitre 11
Si tu voyais les sapins

Encore dix semaines! Soixante-dix jours! L'éléphante se porte bien, mais elle aimerait décrocher sa bedaine de temps en temps. La ranger dans un tiroir pendant quelques heures pour courir comme un petit chien fou. Quel printemps plate!

Flavi a téléphoné vendredi dernier. La pauvre a attrapé une grippe carabinée. Sous les palmiers! Elle devait nous revenir en fin de semaine, mais les plans sont modifiés. Il faut attendre que sa fièvre soit tombée. Ses vieilles copines la chouchoutent, mais je sais bien qu'elle a hâte de rentrer.

Léandre est aux oiseaux. *La Presse* l'invite à collaborer à ses pages sportives. Le mois dernier, Léandre avait fait la une du *Clairon* avec un article sur Stéphane Lacelle, un jeune de Saint-Jovite, baveux et pas beau mais plutôt habile avec un bâton de hockey. C'est un des meilleurs marqueurs de la ligue junior majeure, et Léandre a prédit que ce petit cul qui a triplé son secondaire I serait le prochain Wayne Gretsky.

En lisant l'article, j'avais eu un peu honte de mon père. Non mais quand même! Il faut ouvrir les yeux. Même vieux, Gretsky est sexy, alors qu'à dix-sept ans, Stéphane Lacelle ne réussirait même pas à enjôler une planche à repasser. Mais si j'ai bien compris, le directeur des pages sportives de *La Presse* se moque de la faille esthétique dans la comparaison Lacelle-Gretsky. Il trouve que Léandre écrit bien et qu'il a du flair.

On propose à mon père d'interviewer une vedette du hockey chaque semaine. Il conserverait son emploi au *Clairon* mais passerait ses samedis à Montréal. Je pourrais l'accompagner et en profiter pour magasiner.

Avec ou sans bébé?

Je suis bien contente que Léandre soit heureux. Il ne l'a pas volé. Et l'idée des balades à Montréal me ravit. Mais je crains un peu la suite. Si Léandre a tant de talent, ils voudront peut-être l'engager pour de bon. On déménagerait à Montréal?

Il y a quelques mois, l'idée m'aurait rendue complètement maboule. De joie! Mais je ne sais plus… Jean a dit : «Mon pays, c'est le lac.» Et je ne l'ai pas trouvé ridicule. Jean a dit : «Mon pays, c'est le lac.» Et j'ai eu l'impression de prendre racine.

Au cours des derniers mois, il y a eu des jours où j'ai eu l'impression de tomber au fond d'un puits et de ne plus jamais pouvoir en sortir. Il fait froid, il fait noir, c'est morbide et humide au fond d'un puits. On sent vraiment qu'on ne peut pas descendre plus bas.

Souvent, pendant ces longues journées, je me suis arrêtée pour regarder le lac. C'est beau. C'est mieux que la mer, parce qu'on ne s'y perd pas. C'est un nid pour grands oiseaux blessés, une île pour naufragés. Un royaume bien gardé. Il y a les montagnes au fond, les falaises à gauche, la butte du mont Éléphant à droite et là, tout près, les sapins, ces hautes sentinelles toujours au garde-à-vous.

Et il y a Jeanne. La pauvre! Elle mourrait en ville. Elle passe ses journées à courir dans la forêt, pissant partout et reniflant tout ce qui bouge. À la fonte des neiges, l'idiote jappait après les feuilles volant au vent. Elle est énorme et elle mange autant qu'un poulain.

Sylvie n'a toujours pas largué Nicolas. À croire qu'elle le fait exprès. C'est plate une amie à bedaine, hein? Ça ne danse plus, ça ne court plus et ça rit moins souvent qu'avant. Mes week-ends sont longs. Je parle beaucoup à mon moustique, mais à part les coups de pied, il n'a pas trouvé le moyen de me répondre.

Je m'ennuie de ma forêt amoureuse. J'aurais tant besoin de m'y perdre. Antoine! Es-tu malheureux, toi aussi? Danses-tu, le soir, avec une autre amie? Je t'aimerai toujours, Antoine. Mais toi, m'en voudras-tu toujours?

Deux épaves, Antoine. C'est ce que nous sommes. Terriblement seuls, grugés par les vagues. Comprends-tu, maintenant, pourquoi on ne pouvait pas être trois? Ce serait mauvais pour le moustique. Les épaves, c'est trop fragile. Il lui faut des parents falaises, solides comme le mur de roc de l'autre côté du lac.

J'ai marché jusqu'à la bibliothèque. Trois kilomètres. Une bonne trotte! C'est bon pour ma ligne et ça engourdit mes pensées. La bibliothèque municipale du lac Supérieur est grande comme une boîte de sardines, mais Mlle Grandpré, notre bibliothécaire bénévole, connaît des tas de bons romans.

En rentrant, j'ai vu Jean, assis à une table, un gros livre entre les mains. Il a rougi en me voyant. J'aurais voulu fuir, mais c'était trop tard. Ç'aurait été pire.

J'avais enfilé un vieux chandail de Fernande. Normalement, il aurait été très ample, mais mon moustique le gonflait tellement que les fleurs étirées de l'imprimé ne ressemblaient plus à rien. J'étais un peu gênée de venir promener ce gros ventre entre les étagères tassées.

J'ai marmonné un faible salut puis j'ai foncé vers le rayon droit devant. J'ai grignoté trois ou quatre résumés de romans, mais ma cervelle n'enregistrait rien. J'ai pris le premier livre qui m'est tombé sous la main.

C'était un piège. Mlle Grandpré n'était pas là. Qui la remplaçait ? Jean ?

Je devais sembler bien nigaude, immobile, hébétée, avec mon roman en main.

Jean s'est approché. J'avais peur. Sa présence m'émouvait comme en ce matin frileux où il m'avait cueillie dans la neige, la tête en sang et le cœur en compote. Combien de fois, depuis, le hasard m'avait-il projetée dans ses bras ? Je reconnaissais son odeur maintenant. Et elle m'enivrait.

— Mlle Grandpré devait sortir. Elle sera de retour dans une heure. J'ai accepté de la remplacer. Si tu veux, je peux estampiller ton livre…

— Oui… oui… Merci.

Pour alléger un peu l'atmosphère, il m'a demandé des nouvelles du chiot. J'ai ri.

— Jeanne est énorme. Ce n'est vraiment plus un chiot.

Son visage s'est figé et j'ai compris que j'avais commis une gaffe. Jeanne…

Il n'a rien dit. Et moi non plus. Mais ses yeux plus sombres que la nuit brillaient d'une étrange lueur. J'espérais que les miens ne disaient rien.

De retour à la maison, je me suis enfermée avec *Shabanu*, le roman que je n'ai pas choisi. Quelle étrange histoire ! Shabanu est une fille du désert, une enfant de nomades qui rêve de ne jamais se marier. Elle préfère la liberté, le vent brûlant des dunes et la chaleur tranquille d'un troupeau de chameaux.

Je me suis assoupie en rêvant de liberté. À mon réveil, j'ai cherché le carnet fleuri. Et j'ai écrit.

le 10 juin

Cher moustique,

Dans ma tête, tout est clair. Comme le nom de ta mère. Mais dans mon cœur, c'est le fouillis. Un immense désordre, un terrible fatras.

J'ai décidé mais je ne veux pas leur dire. J'ai besoin de laisser la porte entrouverte jusqu'à la fin. Au cas où je n'arriverais plus à vivre avec cette décision.

Il faut que tu saches que je t'aime. C'est très important. C'est pour ça que je vais te confier à elle.

Si je te gardais, tu serais un baume. Un pansement sur ma blessure après l'accouchement. Tu me ferais du bien. J'en suis sûre. Et je te soignerais très bien. Ça aussi c'est sûr.

Mais après, je ne sais pas… Je me vois mal t'apprenant à parler et à lire. J'ai de la difficulté à te voir grandir. J'aurais tant de choses à faire avant.

J'ai des tas de rêves. Je ne suis plus sûre de vouloir devenir journaliste. La vérité, c'est que j'aimerais écrire. J'aimerais pouvoir peindre le désert avec des mots comme l'auteure de Shabanu.

Dans un peu plus d'un an, tu feras tes premiers pas dans une érablière. Claire sera très fière de toi. Ce sera l'automne. Les érables sont toujours magnifiques l'automne. Je penserai à toi. Et je souffrirai de n'avoir pas pu te montrer mon lac.

Si tu voyais les geais bleus l'hiver. Ils viennent manger à notre porte. Et l'été, au lac, on peut nager jusqu'à l'île et rêver qu'on est naufragé.

J'aurais tant aimé te montrer nos grands sapins. En les regardant, on finit par comprendre des choses. Ils nous apprennent à tenir bon dans la tourmente.

Les grands sapins restent toujours droits. Ils sont têtus comme toi. Ils ont peut-être peur, mais ils ne s'effondrent pas. Leurs branches cherchent le ciel. Ils sont forts et braves et beaux. Ils dansent sous la tempête. Et lorsque les vents cessent, leurs branches sont pleines d'oiseaux.

Je ne pourrai jamais moi-même t'enseigner cela. Et ça me fait pleurer quand j'y pense. Mais je t'ai donné la vie. C'est mon cadeau.

Ne m'oublie pas...

Je t'aime,
Marie-Lune

Chapitre 12
Artillerie lourde
pour grand combat

Ouf! C'est presque trop beau pour être vrai. L'école finit aujourd'hui. Une semaine plus tard que prévu parce que nos chers profs se sont payé quinze jours de grève en septembre. C'est quand même étrange! Ils décident de s'épivarder sans nous consulter et on est condamnés comme de vulgaires complices. Sentence d'une semaine, les fesses collées sur un banc d'école.

J'ai raconté tout ça à mon moustique en attendant l'autobus. Si les autres m'entendaient, ils jureraient que je suis folle.

À l'école, il y avait de l'euphorie dans l'air. La semaine supplémentaire avait été dure à avaler. Il faisait chaud, c'était l'été, et tout le monde avait hâte de fêter. Ce matin, les célébrations ont commencé dès le premier cours et se sont terminées au dernier. On n'a rien appris, mais on s'est raconté des blagues, on a mangé des chips, on s'est moqués des profs et on a chanté. Rien ne pouvait nous arrêter.

Quand la cloche a sonné en fin d'après-midi, mille deux cents élèves ont crié en chœur. Les murs ont vibré. Il y avait de la folie dans l'air.

Pendant que je ramassais les derniers bouts de crayon au fond de ma case, Claude Dubé m'a plaqué un gros baiser sonore sur la joue.

— Bonne chance, l'éléphante!

J'ai ri de bon cœur. Depuis ma fameuse annonce au cours de Mlle Painchaud, Claude avait été correct. Éléphante? Bof! C'était de bonne guerre. Et le «bonne chance» était sincère.

Éléphante ou pas, je me sentais légère en descendant l'escalier central pour la dernière fois. À mi-chemin, j'ai accéléré un peu le pas sans remarquer le stylo-bille au beau milieu de la marche.

Derrière moi, des élèves ont crié lorsque j'ai perdu pied. J'ai déboulé l'escalier pendant que mes cahiers s'éparpillaient de tous bords tous côtés. La secrétaire du directeur avait tout vu et elle hurlait comme une imbécile.

Je me suis relevée en repoussant les nombreux bras qui volaient à mon secours. J'ai souri bravement et tout le monde a applaudi. J'avais eu peur, mais il n'y avait rien de cassé. La secrétaire voulait quand même appeler l'ambulance. Claude Dubé a pris l'affaire en main.

— Allez soigner vos nerfs, Mam'selle. Marie-Lune est bien. C'est vous qui avez l'air malade.

J'ai ri malgré moi. En riant, j'ai senti un pincement au ventre. La douleur était assez intense, mais elle s'est estompée par la suite.

Dans l'autobus, elle est revenue. J'avais tellement mal que j'ai arrêté de parler en plein milieu d'une phrase. Sylvie n'a rien remarqué, ce qui prouve bien qu'elle ne m'écoutait pas. Pauvre Sylvie! Elle est en grand chagrin d'amour depuis six jours. Elle s'est brouillée avec son beau Nicolas. Pour une niaiserie. En attendant les réconciliations, elle broie du noir.

Sylvie est descendue avec moi devant l'affichette du 281, chemin du Tour du lac. Monique et Léandre sont allés à Montréal ensemble. La première pour faire des emplettes, le deuxième pour signer son contrat avec *La Presse*. Les deux orphelines ont décidé de passer la nuit sous le même toit.

J'essayais d'être gaie, ce qui n'était pas évident avec le croque-mort à mes côtés. La douleur persistait, plus intense par moments. Je repensais à cette sacrée chute. Mon bébé serait-il blessé ?

Au début, il flottait dans sa petite mer, mais en grandissant, il est plus à l'étroit et moins protégé par le coussin d'eau.

J'aurais voulu que Léandre soit là. Et Fernande. Elle aurait pu m'expliquer, me rassurer, m'aider à décider ce que je devais faire.

J'ai farfouillé dans le garde-manger pour trouver des spaghettis. Je me disais que si j'avais encore mal, une fois les spaghettis cuits, il faudrait bouger. L'eau s'est mise à bouillonner dans la casserole. J'ai ajouté le sel et j'ai flanqué une brassée de nouilles. La douleur était devenue lancinante.

— As-tu très faim ?

— Quoi ?

— Ouvre tes oreilles, Sylvie Brisebois. Je te demande si tu as faim… Très faim…

— Couci-couça…

— Tant mieux !

J'ai éteint l'élément de la cuisinière devant une Sylvie étonnée.

— Il va falloir que tu m'aides. Je pense que je devrais aller à l'urgence.

Sylvie a fait mine de paniquer.

— Écoute, c'est peut-être rien, mais j'ai peur. Ce n'est pas le temps de s'affoler. J'ai mal depuis que j'ai dégringolé l'escalier. À mon avis, ce n'est pas normal. Il faudrait que tu marches jusque chez toi pour rapporter l'auto de Monique. Pendant ce temps-là, je vais m'étendre et m'occuper de mon moustique.

— Ton quoi?

— Laisse faire… Grouille, Sylvie, on n'a pas le temps de niaiser.

J'ai crié. La douleur me faisait peur maintenant. C'était profond, cuisant.

Sylvie a blêmi en me regardant.

— As-tu le numéro des Lachapelle? Je pense qu'il faut aller directement à l'hôpital, Marie-Lune. Tout de suite.

Sa voix était assurée. Elle prenait les choses en main.

Mme Lachapelle est arrivée presque immédiatement. Avec Jean. Louis était parti à Saint-Jovite avec la voiture familiale. Il nous restait la camionnette. En route, la douleur n'a pas crû. Mais elle restait là, bien installée, collée à mon moustique.

La salle d'urgence devait être pleine à craquer. Pas l'ombre d'une civière vide à l'entrée. Jean n'a pas hésité. Il m'a soulevée et il m'a portée jusqu'au poste d'admission. L'infirmière complétait le dossier d'un patient, assis devant elle.

La voix de Jean trahissait la panique.

— Vite! Il faut un médecin. Elle va perdre son bébé!

Le morne babillage des patients en attente s'est tu. L'infirmière s'est levée, et moins d'une minute plus tard j'étais allongée dans la salle de radiologie. Jean et sa mère m'attendaient juste à côté. Sylvie était partie en quête d'une cabine téléphonique avec le faible espoir de pouvoir rejoindre Léandre et Monique.

Le Dr Larivière est arrivé presque tout de suite. Il m'a tapoté la joue pendant qu'on répétait l'opération jell-o sur mon ventre. Une infirmière a allumé l'écran et j'ai frémi.

C'était mon moustique! Vivant, grouillant, en noir et blanc. Il suçait son pouce en fortillant comme si quelque chose l'incommodait.

— La tête est en bas. Tant mieux.

Tant mieux pourquoi? Le Dr Larivière a désigné quelque chose sur l'écran. Il y a eu un silence entre les infirmières et lui. Ils échangeaient des regards.

— Que dirais-tu d'une belle chambre dans notre célèbre hôtel?

J'ai essayé de sourire. La douleur ne m'avait pas quittée.

— Qu'est-ce qui se passe?

— Ta chute a provoqué un léger décollement placentaire. Ça pourrait déclencher le début du travail. Il faut te garder sous surveillance.

— C'est impossible… Il reste deux mois… Il est beaucoup trop petit pour sortir tout de suite. Il va mourir!

— Écoute, Marie-Lune. Ce que je vais te dire est très important. Si ton bébé veut absolument sortir, il peut vivre. On fait des miracles aujourd'hui. Tout est possible à ce stade-ci. Et ça dépend en partie de toi. Tu dois absolument rester calme. Une infirmière va aider ton amie à mettre la main sur Léandre. En attendant, je pourrais t'envoyer Marielle Ledoux. Elle vient de terminer son quart de travail, mais elle a déjà offert de rester avec toi.

J'ai respiré lentement et profondément. J'ai dit oui.

Louise et Jean m'ont suivie jusqu'à ma chambre. C'était bon de voir leurs visages. J'ai essayé d'être brave.

— Merci, Mme Lachapelle. Vous devriez partir maintenant. Il n'y a plus rien à faire. Je vais jouer à la momie étendue sur un lit. Ça pourrait durer longtemps si j'ai bien compris…

— Ah! Tu sais, ma grande, se tourner les pouces chez nous ou ici… On va te laisser t'installer et te reposer, mais on reste dans l'hôpital. On reviendra faire un tour tout à l'heure.

Elle m'a regardée d'un air un peu espiègle avant d'ajouter :

— De toute façon, si je voulais retourner au lac, je devrais rentrer à pied. Mon chauffeur ne veut pas bouger d'ici.

J'ai regardé Jean. Il était debout, bien droit, dans l'embrasure de la porte. Ses yeux noirs m'enveloppaient tendrement. J'ai laissé sa chaleur m'envahir. Jean a des yeux de terre dans lesquels on s'enracine. J'ai fermé les paupières.

Une explosion m'a réveillée. Marielle était à mes côtés. J'ai agrippé sa main et je l'ai tordue. La dynamite était dans mon ventre. J'en avais le souffle coupé. J'étais paralysée de douleur. C'était horrible et j'avais très peur. Puis, d'un coup, le mal a disparu.

— C'est une contraction, Marie-Lune.

Elle semblait navrée. J'avais envie de pleurer.

J'aurais voulu que Sylvie téléphone à Fernande. Que ma mère saute dans la voiture, qu'elle coure dans le corridor, qu'elle défonce ma porte. J'aurais voulu que ma mère vienne me sauver. Qu'elle arrange tout. Comme avant. Il y a très, très longtemps.

C'est le Dr Larivière qui a poussé la porte.

— Nous allons te donner un sérum pour arrêter le travail. Ce serait bien si le petit pouvait attendre un peu avant de se montrer le bout du nez, hein ?

Pendant que Marielle me plantait l'aiguille dans une veine, elle est revenue. La douleur. Cette chose atroce qui me prenait en otage pendant d'interminables secondes. Quand la contraction s'est dissipée, j'ai vu des taches de sang affleurer sous la peau de ma main. Je m'étais mordue.

Il y a eu six contractions. De plus en plus atroces et de plus en plus rapprochées. Marielle a retiré l'aiguille de ma veine. C'était inutile : j'allais accoucher. J'ai pleuré.

Ils m'ont transférée sur une civière et roulée jusqu'à la salle d'accouchement. Sylvie s'est frayé un chemin entre les chariots d'équipement autour de moi. L'artillerie était lourde. Le combat s'annonçait difficile.

La septième contraction est venue. J'ai hurlé cette fois. C'était insoutenable. J'aurais voulu dire à mon amie qu'il fallait appeler au secours. J'allais mourir. J'en étais sûre. Comment leur expliquer ? Ils ne pensaient plus qu'au bébé. Et moi dans tout ça ? Je vais mourir. Comprenez-vous ça ? J'ai quinze ans et je vais mourir. Faites quelque chose, je vous en supplie.

La douleur est repartie. Sylvie m'a expliqué qu'un employé de *La Presse* avait rejoint mon père et Monique dans un restaurant tout près du journal. Léandre était en route.

Chapitre 13
Les grands sapins ne meurent pas

Entre deux contractions, une infirmière a réussi à me fourrer des électrodes entre les jambes pour les coller tout au fond de moi sur la tête du bébé. Les fils sont reliés à un écran, sur lequel l'équipe médicale peut lire le rythme des battements cardiaques. Je me demande bien pourquoi, puisqu'ils m'ont aussi branché un hautparleur sur la bedaine. Le cœur du moustique bat tellement fort qu'on doit l'entendre dans tout l'hôpital.

Une large ceinture m'enserre la taille. Un moniteur y est fixé. L'appareil permet de chiffrer l'intensité des contractions. C'est ridicule! Ils n'ont qu'à me le demander bon sang! Je la sens, la douleur. Je n'ai pas besoin d'arithmétique pour savoir que c'est l'enfer.

Il n'y a plus de répit. Chaque fois qu'une contraction disparaît, l'angoisse m'étreint. C'est de la torture. Je sais qu'une autre menace de s'abattre sur moi et je serais prête à tout pour la repousser. Coupez-moi un bras, une jambe. Prenez le moustique, tiens. N'importe quoi. Mais sortez-moi de là.

Marielle éponge mon front. Une goutte salée avait roulé dans mon œil. Je transpire comme un bûcheron.

J'entends des voix connues dans le corridor. Louise, Jean… Léandre!

Mon père a les yeux bouffis. Il a pleuré. Quand ? Pourquoi ? Mais qu'est-ce qui m'arrive, bon Dieu ?

L'étau se resserre. Elle revient. Non ! Je vous en supplie. Laissez-moi. Laissez-moi tranquille.

— Au secours ! Au secours ! MAMAN ! MAMAN !

Elle est là. La douleur m'envahit. Je n'en peux plus. Je m'accroche à la veste de Léandre. Il doit faire quelque chose. C'est trop inhumain.

— PAPA !

Son visage est dévasté. Tant pis ! Ça prouve au moins qu'il a compris. Il va leur dire. Ils vont me libérer du moustique. J'aurai fait ce que j'ai pu.

La douleur s'évade enfin et un voile m'enveloppe.

Léandre est sorti. Deux infirmières l'ont poussé vers la porte. Il était livide.

J'imagine le lac sous la brume. Si seulement je pouvais m'y perdre. Fuir avant que les contractions reviennent.

C'est l'automne sur le lac. Le brouillard masque tout. Les falaises et les montagnes ont disparu. Plus rien n'existe que cette vapeur laiteuse.

Non… Le brouillard n'a pas tout avalé. Ils sont là, eux. Mes gardiens. Ils pointent fièrement vers le ciel. Les grands sapins ne meurent pas. Ils restent hauts et droits. Ils dansent, eux, dans la tourmente.

La revoilà, l'affreuse bête sauvage.

Il faut tenir bon. Les grands sapins ne meurent pas. Ils valsent, ils ploient, mais ils ne se brisent pas. Ils sont hauts et puissants, forts et résistants.

Ouf ! Elle est repartie.

Léandre est revenu. Je réussis à sourire bravement.

— Ta mère serait fière de toi, ma princesse. Je voudrais tant pouvoir t'aider. Pauvre Marie-Lune.

— Papa… est-ce que Jean est toujours là ?

— Oui.

— J'aimerais ça qu'il vienne. Juste un peu…

Une autre me guette. Je l'attends. Au secours ! Je ne suis pas un grand sapin. Juste un petit bouquet de branches tordues. Sèches. Prêtes à flamber. À s'envoler en poussière.

Jean a pris ma main. Il l'embrasse du bout des lèvres, très très délicatement, là où sont imprimées les traces de mes dents.

C'est un cadeau que je m'offre. Il ne restera pas long-temps… C'est Antoine qui devrait être là. Mais il a disparu. À cause de moi.

Je ne sais plus ce que pense mon cœur. Mais la présence de Jean m'inonde de bonheur. Tout de suite. Maintenant. Malgré la bête qui revient.

Elle est là, juste à côté, prête à bondir. Ça y est. Elle me déchire.

Je m'accroche à cette nuit infinie dans le regard de Jean. Et j'attends. L'horreur… Voilà… C'est fini. Je ferme les yeux. Je refuse de laisser l'angoisse m'envahir. Je reprends des forces.

Jean se penche sur moi. Du bout des doigts, il repousse les mèches collées à mon front, à mes joues. Il caresse lentement mon visage. Ses yeux s'approchent. Il m'embrasse. C'est bon comme une pluie dans le désert.

Mais la douleur revient. Jean pleure. Et moi aussi.

Le Dr Larivière écarte Jean doucement. La porte se referme. Il est parti. Je crie.

Le médecin plonge sa main gantée entre mes jambes. Il semble content.

— Tu viens de faire un grand bout de chemin, Marie-Lune. C'est beau. Tout va bien. Le col de ton utérus est dilaté à huit centimètres. Deux autres et on y est.

Tout se brouille dans ma tête. Il a bien dit : « Tout va bien » ? Mais il est complètement malade !

Et si c'était vrai ? Si tout pouvait encore bien aller ?

J'allais y croire lorsqu'un épais silence est venu étouffer le va-et-vient autour de moi.

Quelque chose ne va pas. J'entends la voix du Dr Larivière.

— Le cœur flanche. Il est trop fatigué…

Je me suis relevée dans mon lit, malgré les fils, les moniteurs.

— NON !

J'avais hurlé.

— Ton bébé est épuisé, Marie-Lune. Son cœur vient tout juste de ralentir. Tu n'y peux rien. Il faudrait que le travail avance plus vite. Il est bien petit, tu sais, pour faire tant d'efforts.

Il est à bout, lui aussi. Il vit l'enfer, lui aussi. Et il veut laisser tomber.

— NOOOOON !!!

Il faut que je le convainque. Que je lui explique. Les grands sapins ne meurent pas. Comprends-tu ça ?

La douleur m'a envahie. Et j'ai senti qu'il voulait pousser. Qu'il voulait sortir.

Je me suis assise dans mon lit. De mes mains, j'ai enveloppé mon ventre. Et je l'ai bercé pendant que la douleur revenait.

Et je lui ai parlé.

Des mots crachotés. Le souffle coupé. Mais je lui ai parlé. À voix haute, comme je l'avais fait si souvent au cours des derniers mois.

— Il faut tenir bon, moustique. Tu n'as pas le choix. Tu n'as plus le droit de laisser tomber. Il fallait y penser avant de t'installer. C'est trop tard, maintenant. On ne peut plus lâcher.

Bon Dieu que ça fait mal.

— Ils disent que tu es petit, mais je n'en crois pas un mot. Pour pousser comme ça, tu dois être gros.

Moustique est dans le lac. Il va se noyer. Et c'est moi le sauveteur. Quand on traîne un baigneur en détresse jusqu'au rivage, il faut lui parler. Tout le temps. Sans arrêt. Et l'encourager. Il ne faut surtout pas paniquer. Ce qui compte, c'est de rester à flot.

— Tiens bon, moustique! On va y arriver. Elle s'en vient… La sens-tu approcher? C'est une grosse vague. Il faut la prendre. Monter sur sa crête et se laisser porter. Allez! Viens! Accroche-toi. On y va! OUI… Pousse. Pousse que je te dis. Encore… Encore…

Mes doigts picotaient. Je me sentais prête à défaillir.

Tenir bon! C'était tout ce qui comptait.

— Écoute, moustique… Je t'aime. Je ne veux pas te perdre. Jamais. On a nagé trop longtemps ensemble. Il n'y a pas d'île autour, mais on approche. Regarde, la vois-tu, la plage? Je t'aime, moustique. Entends-tu ça? Je ne pourrai plus vivre si tu me lâches maintenant. Accroche-toi, je t'en supplie.

— On voit la tête.

La tête de qui? La tête de quoi? Non... Ce serait trop beau...

— Viens, viens, mon moustique. On y est. Presque... Je vais te montrer les grands sapins. Regarde! Ils sont là, droit devant. Les vois-tu? C'est beau les grands sapins. Ça ne flanche jamais. Les grands sapins ne meurent pas. Entends-tu ça? Les grands sapins ne meurent pas. ENTENDS-TU ÇA?

J'ai aspiré profondément en espérant que l'air se rende jusqu'à lui. Une nouvelle vague nous a portés. Plus haut. Plus loin.

— Ça y est... Le voilà...

Le temps était suspendu.

— C'est un gars... Il est vivant... Il est vivant, Marie-Lune!

Bien sûr qu'il est vivant! Il crie plus fort que les oiseaux sauvages.

Partie 3
Ils dansent dans la tempête

Chapitre 1
Vert forêt, vert marécage

— Vert quoi?

— Vert marécage!

— Sur tous les murs de ton appartement? Marie-Lune! Tu es folle!

— Je pensais que ce serait beau. Sur le présentoir de coloris, il y avait seulement un numéro...

— Alors... C'est beau?

— Ça fait un peu sombre...

— Écoute, je descends à Montréal dans deux semaines. Je t'aiderai à redécorer. Et puis... Tiens! On dessinera des pissenlits sur tes murs verts... Prends ça *cool.* Je te laisse parce que mon patron s'en vient. Je t'embrasse...

— Ouais... Moi aussi.

Des pissenlits! C'était bien Sylvie. En direct d'Abitibi. À sa prochaine visite à Montréal, elle aurait tout juste le temps de me saluer. J'étais habituée. Il y avait toujours un Sylvain, un Éric ou un Guillaume dans la vie de mon amie. Sylvie avait déjà le cœur frivole quand nous vivions au bord du lac Supérieur, près du mont Tremblant, et elle ne serait pas différente en Alaska.

Mon une-pièce et demie ressemblait à un petit pois. Très vert, minuscule et peu invitant. J'ai fourré mon maillot, mes lunettes et une serviette dans un sac. Tant pis pour les pinceaux. Je les jetterais au lieu de les nettoyer. Deux autres secondes de murs verts et j'allais craquer.

En route vers la piscine, j'ai vu quelque chose d'étrange. Enfin, pas si étrange que ça quand on y pense. Sauf qu'on n'y pense pas. À Montréal, le long des grandes avenues, il y a des arbres en pots. De vrais arbres, plus hauts que moi, plantés dans des bacs en acier. Il y a trois ans, quand j'étais arrivée, ça m'avait un peu étonnée. Je m'inquiétais des racines. Je les imaginais tout entortillées et gonflées, forçant misérablement pour percer le métal. C'est quand même idiot de se faire du mauvais sang pour quelques racines en pot.

Trois hommes s'affairaient autour d'un camion de la municipalité. Ils hissaient un arbre en pot, jaunâtre et chétif, dans la boîte de leur véhicule. Derrière eux, un autre camion, bourré d'arbres aussi verts que ceux d'une pub de pépinière, a comblé le trou. Opération terminée. Les véhicules ont roulé vers un autre malade.

Je me suis demandé ce qui arrivait à ces arbres l'hiver. Je ne parvenais pas à me rappeler. Pourtant, cette rue, c'était presque ma cour. L'été, on voyait bien les arbres, mais le reste du temps, s'ils étaient là, on ne les remarquait même pas.

C'est peut-être un peu pour ça que j'avais peint tous les murs en vert. Il y avait, enfoui dans ma mémoire, le souvenir d'autres arbres qui, eux, ne disparaissaient jamais. Des arbres immenses dominant l'espace. Leurs racines plongent dans le ventre de la terre. C'est impossible de les mettre en pot. Les grands sapins du lac où j'habitais avant étaient au cœur de toutes les saisons. On ne pouvait pas les oublier.

À Montréal, tout est différent. On est terriblement entouré. De gens, d'édifices, de murs, de choses. Mais ça ne compte pas vraiment. Dans ce grand champ semé de tours et de gens, on peut se sentir aussi seul que dans le désert du Sahara. Ou les plaines de l'Ouest canadien, tiens.

J'y suis allée, l'an dernier, pour un emploi d'été. Monitrice de langue seconde au cœur du Manitoba ! Lise Bérubé, ma psy, m'avait conseillé d'accepter. L'expérience serait thérapeutique, disait-elle. Une occasion de découvrir un autre milieu, loin de Montréal et du lac Supérieur.

Ma psy s'était trompée. J'étais aussi malheureuse là-bas qu'ici.

Un jour de congé, j'ai quitté Winnipeg et j'ai filé, en vélo, sur les routes noyées dans les champs de blé. C'est très beau, ce ciel si bleu sur un lit blond. Mais au bout d'un quart d'heure, j'étais étourdie et l'angoisse me collait au ventre. Le ciel et le sol se brouillaient dans un même vertige. J'avais peur de basculer dans le néant. Comme si la terre était plate et la ligne d'horizon, le bout du monde. Ces plaines désertes ressemblaient trop à ma vie.

C'est la même chose à Montréal, malgré les gens, les édifices. Il n'y a rien sur quoi on peut vraiment s'appuyer. Pleurer. Au lac, quand tout semblait chavirer, il restait toujours les arbres. Ces grands sapins bien ancrés. Leur présence n'efface pas la douleur. Mais à l'ombre de leurs vastes branches on se sent moins seul. Plus solide presque.

L'eau froide m'a fouettée. La piscine était presque déserte. J'ai décidé de compter les longueurs. Je le fais presque tous les jours. Cent fois vingt-cinq mètres, ça vous réconcilie avec la vie. En sortant de l'eau, on est tellement amorti que plus rien ne fait vraiment mal.

Les vingt premières longueurs, j'ai réussi à ne pas penser. C'est toujours facile au début. Le cerveau est occupé à commander aux muscles endormis. Il n'a pas le temps de remuer les poussières du passé. Mais, une fois les muscles réveillés, ça se gâte. Les fantômes se bousculent. Alors, je dois me concentrer. Sur la ligne noire au fond de la piscine et les murs à chaque bout. Sur la technique. Cette main droite qui plonge, creuse, tire l'eau; l'autre prête à tomber; la première qui émerge… Mais parfois les souvenirs ont raison de tout.

Il gueulait tellement fort. J'avais entendu les exclamations du Dr Larivière : « C'est un garçon ! Il est vivant ! » Ça m'avait presque insultée. Je savais bien que mon moustique était vivant. Nous avions mené une rude bataille tous les deux dans la salle d'accouchement. Et nous l'avions gagnée.

Bien sûr qu'il était vivant. Mon fils criait déjà plus fort que les oiseaux sauvages. Il n'était pas tout bêtement vivant. Il était merveilleusement, extraordinairement vivant.

Mais l'aventure finissait là. Alors, j'ai fermé les yeux.

Une infirmière m'a tirée de ma torpeur. Pourtant, elle ne s'adressait pas à moi. « Veut-elle voir le bébé ? » Il y a eu un silence. Je me concentrais sur mes yeux fermés. Il fallait verrouiller les paupières. Je m'étais promis de ne pas regarder.

Les paupières ont cédé et j'ai vu deux bouts de pattes, rouges et plutôt vilaines, dépasser d'un morceau de tissu. Le drôle faisait du vélo ! Un poing minuscule s'est libéré et s'est mis à battre l'air furieusement.

Le Dr Larivière a dû remarquer que j'observais mon moustique. Il m'a demandé si je voulais le voir. C'était stupide ! Je le voyais déjà. Mais j'avais compris : il m'offrait de le voir d'un peu plus près. De lui toucher, de le respirer, de l'embrasser. De le prendre dans mes bras…

J'ai dit non. Très calmement. Et je me suis relevée pour m'asseoir dans le lit.

Il hurlait toujours. Je le voyais mieux maintenant. Il était horriblement minuscule. Désespérément petit. Ça m'a déprimée. L'aventure était-elle vraiment terminée ?

D'un coup de bras rapide, je me suis tournée sur le dos. Je déteste la nage sur le dos. Il faut fixer les poutres d'acier au plafond et se concentrer sur le bras gauche, plus faible que le droit, sinon on dévie et on se cogne aux autres nageurs du couloir. J'étais seule dans mon couloir, mais je ne pensais qu'aux poutres et à ce foutu bras. Quarante-quatre, quarante-cinq… Les poutres ont disparu. Merde !

L'infirmière a déposé le petit paquet grouillant dans un incubateur mobile. Il était tout près maintenant. À portée de main. Il pleurait sans arrêt. J'aurais voulu qu'on lui donne quelque chose. Qu'il se taise et qu'il disparaisse. La paix. Je voulais juste la paix. Mais donner quoi ?

Du lait, bon sang ! Ça m'a frappée comme un coup de matraque. J'avais déjà lu un petit truc sur l'allaitement maternel dans la salle d'attente du bureau du Dr Larivière. D'après ce qui était écrit dans cette brochure, le lait maternel, c'est cent fois mieux que le lait maternisé en conserve. Les bébés adorent ça et, en plus, c'est bourré de vitamines et de trucs essentiels. Les médecins recommandent donc fortement l'allaitement maternel.

Surtout lorsque les bébés sont malades, chétifs ou... pré-maturés.

Comme le moustique.

L'infirmière s'est faufilée derrière l'incubateur. Elle allait le pousser. Mon fils allait disparaître.

— Attendez!

Il y a eu un silence. Le Dr Larivière m'a fusillée du regard. Il avait un de ces airs diablement protecteurs. Et désap-probateurs.

J'ai soutenu son regard en pensant: « Vous me faites pas peur, Dr Larivière! » Quelques secondes se sont écoulées. Le temps semblait suspendu. J'ai aspiré profondément avant de lancer:

— Je le prends!

Ils ont déposé la chose gémissante dans mes bras. Le pire, c'est que ça ne pesait rien.

Son visage n'était pas très beau. Il avait la tête un peu écrasée et la peau du front toute plissée. Son corps était d'un rouge un peu mauve avec tout plein de petites coulisses blanches à cause de cette crème protectrice dont tous les nouveau-nés sont enduits.

Mais il était vivant. Et il venait de moi. C'était magique!

Je n'osais pas bouger. J'aurais voulu qu'ils partent tous. Qu'ils nous laissent seuls. Qu'ils ne regardent pas. Je me sentais gauche et stupide. Mais j'avais envie de le bercer dans mes bras, de lui parler, de le caresser doucement.

Il gueulait encore. En faisant d'affreuses grimaces. C'était peut-être mieux de laisser tomber. De le leur rendre.

Les cris ont diminué d'intensité. À croire qu'il m'avait entendue penser! Il gueulait encore, mais un peu moins fort. Pendant un bref instant, son visage s'est détendu et j'ai vu ses yeux. Deux ciels, presque mauves, avec le soleil au milieu.

J'ai défait le nœud de ma chemise d'hôpital. Libéré un bras, un sein. J'ai parlé à mon moustique en le soulevant délicatement. Sa bouche était tout près. À la dernière seconde, j'ai hésité. J'avais peur qu'il ne veuille pas de moi. Qu'il se remette à chialer comme si on allait l'écorcher.

Mon mamelon semblait énorme à côté de son bec d'oiseau. Ses yeux étaient ouverts, mais je savais qu'il ne me voyait pas. Pourtant, on aurait dit qu'il sentait. Le parfum du lait. Sa tête s'est agitée. Comme s'il cherchait. Et il s'est mis à hurler. Mais hurler! J'étais complètement sonnée. Un moustique à voix de stentor.

Mon moustique.

J'ai branché sa bouche à mon sein et, un quart de seconde plus tard, il ne pleurait plus, il s'empiffrait. Un véritable goinfre! C'était merveilleux.

D'un mouvement rapide, j'ai plongé vers le fond. Ce n'était pas la première fois que ces souvenirs me torturaient. Mais certains jours, les images sont plus vives, plus nettes, plus terribles. Je reconnais alors son parfum, l'odeur un peu fauve de son corps et, les yeux fermés, j'arrive presque à sentir sous mes doigts le duvet de sa peau.

Alors j'ai mal. À mourir.

Ne plus respirer. Au fond de l'eau, il n'y a que ce silence presque assourdissant et le poids, de plus en plus oppressant, de l'air qui nous manque. J'ai nagé jusqu'à ce que mes poumons soient près d'exploser. Et, encore, j'ai attendu. Quelques secondes de plus. Lorsque j'ai refait surface, le surveillant de la piscine était debout au bord du couloir, prêt à plonger. Gênée, j'ai fait celle qui n'a rien vu et j'ai recommencé à nager.

Deux semaines. Lui et moi. Envers et contre tous. Les autres désapprouvaient. Je le savais. Ils ne comprenaient pas. Je n'avais pourtant pas changé les règles du jeu. Je n'étais qu'une mère transitoire. Une mère en attendant. C'était un dernier cadeau. À lui ou à moi. Je ne savais plus.

Au début, le temps filait. Entre les tétées, jour et nuit, j'avais tout juste le temps de me laver, de me nourrir, de me reposer un peu. J'étais complètement hypnotisée par lui. Chaque jour, à chaque visite presque, il embellissait. Sa peau était devenue rose et presque lisse. J'aimais le voir dormir, un sein dans la bouche, l'air parfaitement heureux.

Léandre, Flavi, Sylvie et Monique... Mon père, ma grand-mère, mon amie et sa mère... Ils étaient tous venus. Ils voulaient tous que je rentre. Que j'abandonne mon moustique tout de suite ou que je l'emmène avec moi pour de bon. Je les laissais parler.

Jean n'était pas venu. Antoine non plus. Je ne savais même pas lequel des deux j'espérais le plus. Antoine avait appris que son fils était né. Mais il m'en voulait tellement de ne pas le garder! Seule ou avec lui. Antoine souffrait trop. Il ne pouvait pas venir. Je le savais. Et j'aurais tant souhaité l'apaiser. Caresser ses cheveux blonds, lui faire des becs papillons. Je l'aimais encore; je ne voulais pas qu'il souffre. Mais je n'avais pas assez de courage et d'énergie pour nous deux. Mes réserves étaient à sec. J'arriverais tout juste à survivre. À tenir bon. Peut-être...

Et Jean... Comment expliquer son absence ?

C'est Jean qui m'avait conduite à l'hôpital alors que mon ventre menaçait d'exploser. Il m'avait embrassée aussi. Parce que j'avais trop mal. Parce que j'avais trop peur. Parce qu'il m'aimait, peut-être.

J'avais honte de penser à Jean, de me rappeler si clairement la douceur de ses lèvres et d'y rêver en tenant le moustique dans mes bras.

Léandre, Flavi, Sylvie et Monique avaient finalement compris que je voulais être seule avec mon moustique. J'avais décidé d'insérer une parenthèse dans ma vie et je ne voulais pas de reproches, ni de conseils. Je savais que c'était casse-cou.

Claire était au courant. Elle visitait son fils adoptif tous les jours à la pouponnière. Mon moustique ! Elle était sûrement affolée en songeant que je changerais peut-être d'idée, que je déciderais de garder mon bébé. Mais elle n'était pas intervenue. Elle m'avait simplement envoyé un énorme panier de fruits avec des tas de petites gâteries entre les pommes, les kiwis et les clémentines. Des biscuits secs, salés et sucrés, des triangles de fromage enveloppés de papier métallique, des noix, des chocolats. J'étais toujours affamée et je pigeais souvent dans le panier.

Peu à peu, j'ai repris des forces et je me suis mise à penser à ma vie et au moustique entre les tétées. C'était horrible.

J'avais pris l'habitude, après l'avoir nourri, de relever sa camisole pour embrasser son petit bedon avant de le rendre à l'infirmière. C'est fou ce que c'est doux, mou, chaud et bon un ventre de bébé. Peu à peu, ce moment est devenu déchirant. Chaque fois que je le déposais dans les bras de l'infirmière, une fois les caresses terminées, je pensais à cet instant où je devrais me séparer de lui pour de bon. L'angoisse m'étreignait et une douleur atroce me fourrageait dans les entrailles. De jour en jour j'avais plus mal et je me sentais effroyablement seule.

Un matin, le quatorzième exactement, j'ai téléphoné à Léandre juste avant la première tétée. Je lui ai demandé de faire vite. De venir tout de suite. Le moustique allait bien. Il était devenu presque aussi gros que les autres bébés de la pouponnière. Il pourrait se débrouiller sans moi maintenant. Claire l'attendait. Je croyais vraiment que c'était mieux ainsi.

Il est revenu, une dernière fois, se blottir dans mes bras. Il a bu comme d'habitude. Il ne savait pas qu'on ne se reverrait plus jamais.

C'est en posant mes lèvres sur son ventre chaud que j'ai voulu mourir.

On ne peut pas pleurer en nageant. On peut seulement accélérer. Et parfois ça ne suffit plus. J'ai dû m'accrocher au muret au bout de la piscine parce que mon cœur cognait trop vite.

On ne peut pas effacer le passé. Et on a beau peindre tous les murs en vert, ça ne ramène pas les forêts.

Dans le vestiaire, je me suis rhabillée avec des gestes d'automate. Je n'avais pas le courage de sécher mes cheveux. Le vent s'en chargerait.

Les camions de la municipalité avaient disparu. J'ai marché lentement. C'était samedi; l'après-midi était jeune; je n'avais pas de cours au cégep et je ne savais déjà plus comment remplir ma journée.

Une tache blanche dans ma boîte aux lettres au rez-de-chaussée a attiré mon attention. Elle devait déjà être là la veille mais je n'avais pas remarqué. Deux enveloppes. Un record! La première d'Hydro-Québec. Facture d'électricité. Sur l'autre, mon nom et mon adresse avaient été écrits à la main. L'adresse de l'expéditeur n'apparaissait pas sur l'enveloppe. J'ai mis le courrier dans mon sac, sur la serviette mouillée, et j'ai grimpé lentement l'escalier jusqu'au numéro 34. Comme j'enfonçais la clé dans la porte de mon nouvel appartement vert marécage, le téléphone a sonné. Au cinquième coup, essoufflée, j'ai décroché. C'était Léandre. Il venait aux nouvelles.

— Et ton cours d'été? Ça te plaît?

Je répondais machinalement. Léandre ne s'en est pas formalisé. Il enchaînait déjà avec un projet de voyage de pêche sur la Côte-Nord. Si tout fonctionnait comme prévu, il partirait lundi et serait absent plusieurs jours. Pauvre Léandre! Avait-il oublié qu'il détestait la pêche? Lui aussi avait du mal à meubler ses journées.

J'étais contente que nous n'habitions plus le même appartement. Léandre était mieux dans sa petite banlieue. Il n'avait jamais réussi à apprivoiser Montréal et vivre ensemble était devenu impossible. La présence de Léandre soulignait cruellement le vide laissé par ma mère. La mienne rappelait à mon père que sa femme n'était plus là. La mort de Fernande érigeait un mur entre nous.

Léandre énumérait maintenant ses compagnons de voyage. Un nom m'a frappée: Jean-Claude. C'est lui qui avait adopté Jeanne, ma chienne, lorsque nous étions déménagés à Montréal. Quelques semaines plus tard, il obtenait un nouvel emploi et emmenait Jeanne avec lui à Sept-Îles.

Jeanne. J'éprouvais soudainement une envie folle de me fourrer le nez dans son pelage chaud, de la serrer dans mes bras et de courir avec elle. Sept-Îles? Tant pis. Je prendrais l'autobus. Je me sentais prête à tout pour le simple bonheur de recevoir un bon coup de langue en pleine figure.

— As-tu le numéro de téléphone de ton copain à Sept-Îles? Oui, Jean-Claude... Non, non... Je ne veux pas que tu lui demandes des nouvelles de Jeanne. Je veux la voir!

Il y a eu un silence. Un trop long silence.

— Papa! Es-tu là?

— Écoute, Marie-Lune, ça fait longtemps...

— PAPA!

Nouveau silence. Plus court. Mais affreusement creux et triste.

— J'ai essayé de tout organiser, Marie-Lune... Jean-Claude avait promis de la prendre mais, à la dernière minute, il a changé d'idée. Tu venais de sortir de l'hôpital. Ça s'est passé tellement vite. Tu te souviens? *La Presse* me donnait dix jours pour déménager. Ce n'était pas une offre d'emploi ordinaire. Il fallait remplacer un journaliste au pied levé. Nous serions partis un jour ou l'autre de toute façon. Nous ne pouvions plus vivre au lac. Il y avait trop de traces du passé et nous étions trop malheureux tous les deux. Tu le sais... Jeanne ne pouvait pas nous suivre. Tu l'imagines dans ton appartement?

— Qu'est-ce qui est arrivé? Je veux la vérité!

Jeanne. Ma belle Jeanne.

— Je l'ai laissée à la SPCA. Elle avait de bonnes chances d'être adoptée.

— Et qu'est-ce qui est arrivé?

Cette fois, le silence était insoutenable.

— PAPA ! Qu'est-ce qui est arrivé ?

— Je ne sais pas…

J'ai raccroché. Dans la rue, j'ai attrapé un taxi. Je n'étais même pas certaine d'avoir suffisamment d'argent. Pendant le trajet, j'ai compté : 12,87 $. Quand le compteur a indiqué 12 $, j'ai demandé au chauffeur d'arrêter et je lui ai tout donné. Puis j'ai couru.

À la réception, une dame m'a demandé si je désirais confier un animal ou en adopter un.

— Ni l'un ni l'autre.

Elle m'a dévisagée comme si j'étais un chimpanzé.

— Bonne visite alors.

— Je ne viens pas visiter.

Cette fois, elle a semblé ennuyée.

— J'ai besoin d'une information.

— Oui…

Je déteste les gens qui font semblant d'être parfaits et qui agissent comme si la vie était une machine bien huilée.

— J'ai laissé un chien… Mon père a laissé Jeanne, ma chienne… il y a trois ans… Je veux savoir où elle est maintenant.

Elle m'a offert un petit sourire faux.

— Trois ans, c'est long…

Ah oui ? Vraiment ! Quelque chose comme trois fois trois cent soixante-cinq jours peut-être ?

— Écoutez-moi bien : je n'ai pas cinq ans et je sais compter jusqu'à trois. Sortez vos cahiers, vos registres… ce que vous voulez… Dites-moi où est ma chienne.

Elle s'est levée lentement pour revenir, toujours aussi digne, précédée d'un homme plus jeune qu'elle. Je crois qu'il a compris, en me voyant, que je devais absolument retrouver Jeanne.

Il y avait déjà le moustique dont je ne savais presque rien. J'avais cru Jeanne en bonnes mains et je m'étais trompée. Le moustique avait peut-être été abandonné lui aussi. Claire pouvait être morte depuis. Non. C'était impossible. Ils avaient promis de m'avertir en pareil cas.

L'employé m'a guidée gentiment vers son bureau, loin de la vieille bec sec. Nous nous sommes assis. Il me regardait maintenant. Il attendait. C'était un gars correct, qui ne faisait pas semblant.

— Je sais que c'est peut-être difficile… mais… est-ce qu'on peut retrouver ma chienne? Elle est arrivée à la mi-juillet. Il y a trois ans. Je comprends que ça fait longtemps. C'est vraiment très important…

Je chialais presque.

Il a fouillé derrière lui. A trouvé un gros cahier. Dedans, il y avait des listes et des listes de chiens adoptés. Des noms de races, des dates. Il m'a expliqué qu'ils gardent les chiens quelques jours seulement. La plupart ne sont pas adoptés. Il faut les endormir. Ce qui signifie les tuer. Sinon, il y aurait des étages et des étages de chiens en cage.

Il a cherché vraiment longtemps, mais il n'a pas trouvé Jeanne. Elle était sans doute morte. J'aurais voulu savoir comment. Une piqûre, sans doute. Alors combien de temps faut-il avant que l'animal meure? Et pendant que la drogue agit, souffre-t-il?

Parfois, les inquiétudes sont moins pénibles que la réalité. C'est pour ça que je ne lui ai pas posé la question. J'avais voulu savoir où était Jeanne. Et j'avais appris le plus terrible. C'était bien assez.

Je suis rentrée en autobus. Il me restait un billet à moitié en charpie dans la poche de mon jean. L'autobus était bondé. Je pensais devoir faire tout le trajet debout mais, au deuxième arrêt, une place s'est libérée, tout près, à côté d'une vieille dame. J'étais contente de m'asseoir.

Ma voisine somnolait, la tête légèrement renversée en arrière. Elle était tellement immobile, tellement silencieuse, qu'on aurait pu se demander si elle était vivante. De temps en temps, un doigt maigre palpitait sur sa jupe. J'ai fixé les mains de ma voisine jusqu'à ce que le chauffeur crie le nom de mon arrêt.

En poussant la porte de mon appartement, j'ai eu le pressentiment d'un désastre. Pourtant, tout était à sa place. En retirant ma serviette et mon maillot de mon sac, deux enveloppes sont tombées. J'ai ouvert machinalement celle qui ne semblait pas contenir une facture. À l'intérieur, il y avait une autre enveloppe adressée au 281, chemin du Tour du lac, au lac Supérieur.

J'ai tressailli en reconnaissant l'écriture d'Antoine. À notre dernière rencontre, trois ans plus tôt, j'étais enceinte du moustique. Depuis, Antoine ne m'avait jamais écrit.

Mes doigts ont caressé les signes. J'avais peur d'aller plus loin. J'ai déchiré un coin de l'enveloppe en tremblant comme les feuilles des bouleaux lorsque le vent se lève à l'approche d'une tempête. Quoi que disent ces mots, je ne me sentais pas la force de les lire.

J'ai déplié lentement les deux pages. Il avait pris le temps d'inscrire la date : le 1er juillet. C'était deux semaines auparavant.

Ce jour-là, notre fils avait eu trois ans.

J'aurais pu deviner les premiers mots. *Chère Marie-Lune, Je t'aime.* Il y avait tant de certitude dans cette phrase. Tant de détresse et de douleur aussi. Mais ce qui suivait, jamais, dans mes pires cauchemars, je n'aurais pu l'imaginer.

Il existe des phrases qui foudroient. On voudrait rester droit, mais c'est impossible. Elles peuvent faucher des montagnes.

ANTOINE. Je le revoyais comme au premier jour. Il sentait l'automne et les feuilles mouillées. Le soleil dansait dans la forêt de ses yeux.

J'ai crié à pleins poumons. ANTOINE! Avec ce fol espoir que mon appel puisse le ramener.

Mais ses mots à lui enterraient ma voix.

Chère Marie-Lune,

Je t'aime. Mais j'ai decider de quitter ce monde parce que je n'ai plus la force de vivre. Ni l'envi.

Ne men veu pas. Essai quand même de veillé sur notre enfant.

Je t'en suppli.

Je t'embrasse pour la dernière foi.

Antoine

J'ai pris le porte-documents caché entre mes deux matelas et je l'ai fourré dans un sac à dos. J'ai dévalé l'escalier jusqu'au sous-sol de l'édifice et j'ai décroché mon vélo suspendu à un gros crochet.

Je savais où j'allais. Et pourquoi.

Chapitre 2
Que des adieux à crier au vent

Je roulais depuis plusieurs heures déjà. Montréal était déjà loin et Saint-Jérôme, tout près. Quelques kilomètres encore. Je ne connaissais personne à Saint-Jérôme. Je savais seulement qu'à partir de là il faut compter quatre-vingts kilomètres pour atteindre le lac.

Je ne fuyais pas. J'aurais voulu le dire à ma psy. Expliquer à la D^{re} Lise Bérubé que je ne me sauvais pas sur la route du Nord. J'avais rendez-vous. J'irais hurler ma rage aux grands sapins du lac.

Les humains n'ont rien à voir avec les arbres. C'est fou de vouloir danser dans la tourmente. S'accrocher ? Tenir bon ? Foutaises ! La vie est une paroi dangereuse. Et les hommes, des alpinistes fous. Il n'existe pas de prises sûres, rien de solide à quoi on peut s'agripper. Tout cède.

J'aurais voulu tenir bon. Mais le rocher était pourri et les vents déments.

La nuit est tombée. Les automobilistes m'engueulaient à grands coups de klaxons. Arrivée à Saint-Jérôme, j'ai filé tout droit. J'avais très soif pourtant et même si je n'avais pas un sou j'aurais au moins pu trouver un endroit où boire un peu d'eau. Mais je me sentais incapable de frayer avec les humains.

Je n'étais pas triste, juste enragée. J'avais envie de tout faire sauter. De mettre le feu aux poudres. De faire péter la planète. Au lieu, je pédalais comme si des meutes furieuses couraient à mes trousses.

La route est devenue plus montagneuse et j'étais épuisée. Je marchais à côté de mon vélo depuis un bon moment lorsque j'ai aperçu l'écriteau « à vendre » devant une maison qui semblait inhabitée.

Les fenêtres étaient condamnées, mais la tige du cadenas sur la porte avait été sciée. Les gonds rouillés ont grincé et, à peine entrée, j'ai entendu des pattes griffues courir sur les lattes du plancher. Des rats ou des souris.

Il y avait du bruit à l'étage. Des craquements, des chuchotements et un tintement de verre peut-être. J'ai attendu un peu sans bouger. J'étais trop fatiguée pour me laisser effrayer.

Mes yeux se sont habitués à l'obscurité et j'ai réussi à distinguer l'escalier. J'aurais pu m'écrouler dans un coin, mais j'ai quand même gravi les marches. Pour voir.

Un garçon et une fille étaient enlacés sous l'unique fenêtre. La lune s'amusait à barbouiller leurs visages pendant qu'ils s'embrassaient. Ils ne m'avaient pas entendue. Peut-être avaient-ils trop bu ? Plusieurs bouteilles de bière gisaient autour d'eux.

Ils se bécotaient joyeusement, avec gourmandise. L'alcool ou l'amour les rendait heureux. Parfois, des rires fusaient.

Soudain, sans avertir, ils se sont déchaînés. Il l'a serrée dans ses bras comme si la fin du monde approchait et elle l'a embrassé comme s'il partait des années, à la guerre ou en mer. Ils ont roulé sur le sol.

J'avais mal comme si on m'avait rouée de coups. J'étais à quelques mètres d'eux, mais il y avait des océans entre nous. Des mondes. Des galaxies.

J'étais si désespérément seule.

Une toute petite île, un radeau à la dérive.

J'ai dégringolé les marches puis foncé vers la porte. Dehors, j'ai respiré un grand coup. Mais ça n'allait pas mieux. En voyant mon vélo, je me suis sentie complètement vidée. Plus de gaz, plus d'électricité. Plus envie d'avancer. Dans ma tête, un bout de chanson de Luc Plamondon roulait en boucle : *M'étendre sur l'asphalte... Et me laisser mourir...*

J'ai donné un coup de pied au vélo et je me suis écroulée sous un arbre.

Là, seulement, j'ai pleuré.

Antoine était mort. Il s'était tué.

Antoine était mort et je voulais mourir moi aussi.

J'ai scruté le ciel sans étoiles jusqu'à ce que mes yeux se ferment. J'ai dormi par à-coups, en grelottant, dans l'herbe haute.

Le soleil m'a réveillée. Un filet de lumière entre les pins et les feuillus. J'ai mis quelques secondes avant de me souvenir. En plongeant une main dans la poche de mon jean, j'ai reconnu la lettre.

Je t'embrasse pour la dernière fois.

C'était trop horrible pour être vrai.

Il y avait eu tant de départs, d'abandons, de ruptures. Antoine, Fernande, Jeanne, le moustique… J'étais un ciel de tempête déchiré par trop d'éclairs.

J'ai réussi à m'asseoir. J'avais très soif et tous mes muscles élançaient. J'ai attendu un peu. Quelques mésanges piaillaient. Les feuilles des ormes frissonnaient sous un vent paresseux.

J'ai trouvé une petite source d'eau. À peine un ruisseau. Je n'avais pas le courage d'enfourcher mon vélo alors j'ai marché lentement à côté.

Le soleil était déjà chaud et la route déserte. Combien d'heures me faudrait-il pour arriver au lac? Je n'avais pas de lettre à écrire. Que des adieux à lancer aux arbres et au vent.

On ne commande pas toujours les souvenirs. Ils peuvent s'abattre sur nous sans avertir. Les mots d'Antoine tonnaient dans ma tête. Et voilà que soudain, Jean revenait m'habiter.

Le soleil tapait fort. Les cigales menaient un train d'enfer. C'était ma première promenade en montagne depuis l'accouchement. J'avais choisi l'eau vive et les dalles brûlantes de la cascade derrière la côte à Dubé. Je n'avais pas apporté de maillot, ni de livre, ni de pique-nique. J'étais simplement venue; je m'étais allongée sur les pierres lisses et je m'étais presque sentie heureuse. J'avais oublié qu'on pouvait être ainsi. Le cœur comme un lac à cinq heures.

Je ne savais pas que Jean fréquentait ce lieu. Les chutes de la Boulé sont connues de tous les résidents du lac, mais il faut compter une bonne heure de marche pour s'y rendre. J'avais l'habitude d'y être seule.

Il est arrivé sans bruit. Un vrai sauvage! Qui marche sans déranger une branche. J'ai eu peur en l'apercevant.

Il a ri. J'avais relevé un peu mon tee-shirt pour me faire bronzer. Je me suis félicitée de ne pas l'avoir enlevé. Il s'est assis à côté de moi et tout mon corps a frémi. Ce n'était pas la première fois. La présence de Jean déclenchait de fabuleuses bourrasques en moi.

Il s'est mis à parler. Ça m'a aidée. Il a raconté des tas de trucs drôles sur les clients de la clinique vétérinaire où il travaillait pendant l'été. Ça me rappelait le salon de coiffure de Fernande et sa faune bizarre.

Jean a une théorie sur les hommes et les chiens : il croit vraiment que les gens adoptent un animal qui leur ressemble. Pour appuyer sa théorie, il s'est mis à me décrire des propriétaires de caniche, de basset, de boule-dogue, d'épagneul et de chow-chow. C'était délirant. J'étais persuadée qu'il en inventait au moins la moitié.

— Et j'imagine que les propriétaires de saint-bernard sont tous des ogres boulimiques ?

— Tu les connais ?

Je l'ai poussé un peu. Pour rire. Il s'est laissé rouler sur les dalles près du bassin et il s'est jeté à l'eau tout habillé.

— T'es malade !

Je riais aux éclats. J'avais l'impression d'avoir cinq ans. C'était merveilleux.

— Allez, viens !

Je me suis glissée dans l'eau fraîche et peu profonde sans même hésiter.

Nous ne riions plus. L'eau ruisselait sur son visage et son tee-shirt collait à sa peau. Jean est beau. Son corps est invitant. J'ai pensé à mes propres vêtements. En baissant les yeux, je crois que j'ai rougi un peu.

Jean s'est approché très lentement. Son regard de sable et de terre, si grave soudain, était planté dans le mien.

Jamais je n'oublierai l'instant où il m'a touchée. Quelques doigts sur mon cou. J'ai eu l'impression de flamber. De la tête aux pieds. Combien souvent, au cours des derniers mois, avais-je eu envie de Jean? Tant de désir étouffé par la peur, la solitude, la honte. Je n'étais plus enceinte; je recommençais mon adolescence à zéro et mon corps était prêt à exploser.

Ses mains tremblaient lorsqu'il a retiré mon tee-shirt. Les miennes aussi pendant que je le déshabillais. Nous nous sommes retrouvés nus dans l'eau. Nous ne nous étions même pas embrassés. Nous ne nous étions même jamais vraiment embrassés. Sauf pour ce bref baiser à l'hôpital alors que je portais encore l'enfant d'Antoine.

Des larmes roulaient sur mes joues. Je pleurais parce que c'était un moment magique et que ces moments ne tiennent qu'à un petit fil qui, à tout instant, peut lâcher. Je pleurais parce que j'avais tellement envie de lui.

Je crois qu'il a compris. Même si c'était compliqué. Il a compris puisqu'il m'a serrée si fort que des os ont craqué.

Nous sommes restés dans l'eau jusqu'à ce que ce ne soit plus possible. Jusqu'à ce que nous n'en puissions plus de seulement nous embrasser et nous étreindre.

Jean m'a alors soulevée comme il l'avait fait déjà. Il m'a étendue sur les dalles gorgées de soleil et il a plongé doucement en moi.

J'aurais voulu que ce fabuleux moment dure toujours. Lui aussi je crois. C'est pour ça que nous sommes restés si longtemps immobiles, soudés l'un à l'autre, épuisés et heureux.

— *Je t'aime.*

— *Moi aussi.*

C'était un peu idiot de le dire parce que nous le savions tellement. Alors, nous nous sommes tus. Jusqu'à ce que les dalles deviennent fraîches.

Nos vêtements flottaient encore dans le bassin. Ce fut horrible de les remettre. Pendant qu'il me réchauffait, Jean a parlé.

De nous. Il m'aimait depuis ce matin d'hiver où il m'avait cueillie dans la neige, enceinte et en sang[1]. Il voulait m'aimer tout le temps. Moi aussi. Tout était bien. Alors pourquoi y avait-il des éclats de panique dans sa voix ?

Je l'ai embrassé. Pour l'apaiser. Pour le réconforter. Il a souri, dégluti. Et il a foncé.

Il partait. Trois ans. Reviendrait l'été. Quelques semaines seulement. Une chance inouïe : bourse d'études d'une école de médecine vétérinaire hyper importante en France. Il avait déjà accepté. Trop heureux de s'éloigner de moi. Il n'espérait rien alors. Il n'avait jamais rien espéré. C'est pour ça qu'il n'était pas venu à l'hôpital après l'accouchement.

— *Annule tout !*

Ça me semblait si simple. Il fallait régler l'affaire vite. C'était trop affreux.

— *Je ne peux pas, Marie-Lune. Mon père en a arraché cette année... Je n'ai pas réussi à mettre de l'argent de côté. Cette bourse est ma seule chance d'étudier. Je*

---

1. Voir *Les grands sapins ne meurent pas.*

pourrais me trouver du travail là-bas, après les cours, et acheter un billet d'avion à Noël. Ou t'en envoyer un...

Le petit fil avait cassé. J'aurais dû m'en douter. Il ne tient jamais. Chaque fois que l'on se sent prêt à déposer nos bagages, l'autre s'enfuit. Ou meurt. La vie n'est qu'une suite de déchirures. Alors, il faut se protéger. Ne jamais entrer en gare. Poursuivre sa route. Filer. Sans s'arrêter. Sinon, chaque fois que le train repart, on est plus petit, plus vide et plus perdu.

Il fallait faire vite. Sauter même si le train roulait. Sauter au risque de se blesser. Sauter pour sauver sa peau.

Je courais déjà lorsque j'ai entendu un cri assourdissant. Qui trouait l'air, fendait le vent, sifflant entre les troncs pour se fracasser à mes tympans.

— MARIE-LUNE !!!!

Jean aussi savait crier plus fort que les oiseaux sauvages.

Chapitre 3
Laissez-moi me débattre

Au premier coup de pédale, mes muscles ont protesté. Tant mieux. La douleur noierait tout. J'ai accéléré. Et j'ai roulé, roulé, roulé. Sans jamais m'arrêter. Malgré les crampes et les étourdissements.

Le vent a augmenté, comme pour me défier. Son souffle prodigieux me rivait parfois sur place. J'avais l'impression de pédaler à vide. Alors, j'essayais de ne penser qu'au vent. À ce combat entre lui et moi. Et mes pieds continuaient à pousser les pédales.

D'un coup, le ciel a craqué. En quelques secondes, la route, la forêt, les rares maisons, tout a noirci. Puis, des éclairs flamboyants ont électrisé le ciel. Un grondement sourd a roulé loin derrière. Un géant enragé approchait. Il n'était que colère. Soudain, sa fureur s'est abattue, fracassant le ciel. Toutes les montagnes du nord furent secouées.

Pendant quelques secondes, le ciel s'est tu. Le temps semblait suspendu. Il pleuvait doucement. J'ai reconnu le panneau routier annonçant Sainte-Adèle. Puis, ce fut le déluge. Des trombes et des trombes d'eau. Je pédalais toujours. Le géant pouvait bien m'écraser, les éclairs m'embraser, j'avancerais toujours. Jusqu'au lac. Jusqu'aux sapins.

Le plus difficile, c'était de deviner la route dans toute cette eau. Je ne prenais même plus la peine de balayer la pluie de mon visage. Elle formait un écran entre le monde et moi.

Les automobilistes me mitraillaient de coups de klaxons et m'aveuglaient de leurs phares puissants, mais je refusais de quitter la chaussée pour rouler sur l'accotement. L'eau giclait chaque fois qu'un véhicule me dépassait. Parfois, pendant quelques secondes, je ne voyais plus rien ; j'avançais dans un trou noir. J'imaginais alors mon corps percutant le métal froid. Chaque fois, surprise, je me découvrais vivante.

Un gros camion s'est approché. Je l'entendais, encore loin derrière. J'avais hâte qu'il me dépasse. Peur et envie de voler en éclats. Il a lancé un formidable avertissement. J'ai souri. Je l'attendais. Je pédalerais. On verrait bien.

En me doublant, il m'a aspirée. La roue arrière de mon vélo a dérapé. Il n'y a pas eu d'impact. Point de collision. Mais j'ai été projetée comme si mon vélo se cabrait pour se débarrasser de moi. Puis mon corps a heurté le sol.

Le camion a filé. Derrière lui, une voiture a ralenti avant de s'arrêter. Un homme avançait vers moi dans le déluge. Il criait. Ma tête allait exploser. Mes poumons aussi. Je respirais péniblement.

L'homme était tout près maintenant. Il s'adressait à moi. Mais je ne pouvais pas l'entendre. Les paroles d'une chanson rugissaient dans ma tête : *Laissez-moi me débattre / Venez pas me secourir / Venez plutôt m'abattre / Pour m'empêcher de souffrir.*

L'automobiliste me dévisageait maintenant, interdit, stupéfait. Parce que je chantais tout haut. Ou plutôt, je crachotais des paroles en tenant ma tête à deux mains pour ne pas qu'elle explose.

Il a tenté de me soulever, sans doute pour m'enfourner dans sa voiture et me livrer à l'asile. Mais je me suis débattue. Comme dans la chanson.

L'homme est reparti, penaud et sans doute inquiet. Le moteur a démarré, mais le conducteur a attendu un peu, comme s'il hésitait, avant de reprendre la route.

Il ne pleuvait plus. Mon jean était déchiré et j'avais les bras assez écorchés pour qu'un peu de sang se mêle à la boue. J'ai cherché mon vélo. Le camion ne l'avait pas embouti. Mais il avait dû faire un saut périlleux avant de se fracasser contre un arbre. Les roues étaient tordues. Il n'avancerait plus. Je ne pouvais pas l'enterrer, alors je l'ai laissé là.

Je savais exactement où j'étais. À cause de cette cabane au toit rouge à droite. Quelques centaines de mètres encore et je quitterais la route principale pour amorcer la montée jusqu'au lac.

Quinze kilomètres.

J'avais froid. Mes vêtements dégouttaient ; mes espadrilles étaient lourdes. J'aurais dû m'arrêter et essorer au moins mes chaussettes. J'avançais en pensant que ce serait bon de m'écrouler et de ne plus jamais me relever.

Une nouvelle pluie, froide et fine, s'est mise à tomber comme j'attaquais la route menant au lac. C'était trop. J'en avais vraiment assez. Je me suis effondrée. J'ai fermé les yeux.

Le vent hurlait toujours. J'aurais aimé m'enfoncer dans le sol boueux. Glisser dans le ventre de la terre. Disparaître dans les entrailles du monde. Peut-être aurais-je réussi à rester immobile et à mourir tout doucement s'il n'y avait pas eu ce vent.

La forêt agitée me ramenait le souvenir des grands sapins livrés aux vents déments. Il n'existe pas de plus beau spectacle.

On jurerait qu'ils sont vivants lorsqu'ils dansent ainsi dans le vent. Le ciel peut bien se déchaîner, ils continuent de valser.

C'est pour ça que je me suis relevée. Je ne serais jamais grande et forte comme les sapins du lac. Mais il y avait, au bout de cette route, la promesse de les revoir une dernière fois. Je ne fonçais plus dans le vent. J'additionnais seulement les pas. J'ai marché des heures. Quelques automobilistes ont ralenti en me dépassant. J'aurais pu leur faire signe. Ils seraient arrêtés et je serais montée à bord. Mais il aurait fallu parler. Et j'étais muette.

Du dépanneur, on peut voir le lac. Plutôt, on le reçoit d'un coup. On a beau le prévoir, l'attendre, c'est toujours un peu troublant.

Je n'avais pas remarqué qu'il ne pleuvait plus. Un soleil timide, écrasé par les nuages, éclairait doucement l'eau, traînant son voile de lumière avant de s'éclipser derrière les montagnes.

Rien n'avait changé. Les falaises étaient aussi hautes et abruptes que dans ma mémoire et le mont Éléphant avait gardé son bon gros dos rond. L'île n'avait pas sombré et tous les quais semblaient bien ancrés. Ce n'était qu'un petit lac de rien du tout, mais il avait quelque chose d'infini.

Mes jambes refusaient de courir, alors j'ai attendu patiemment qu'elles me mènent au 281, chemin du Tour du lac. Il faisait presque noir maintenant, mais je connaissais bien l'étroit sentier menant à la maison bleue.

Il y avait des voitures, des lumières et beaucoup de gens. C'était la fête chez moi. À qui Léandre avait-il loué la maison? À moins qu'il n'ait menti. Qu'il ne l'ait vendue. La cuisine était éclairée. Des enfants couraient; des adultes levaient leur verre à la flamme des bougies. Il y a eu des applaudissements. Et cette chanson stupide: *Ma chère Brigitte, c'est à ton tour…*.

Quelqu'un m'a aperçue. La porte s'est ouverte.

— Qui est là ?

Une femme. Brigitte peut-être. Suivie d'un homme avec des airs de mari.

— Que faites-vous ici ?

Sa voix était bourrue. Comme si, depuis mon poste, derrière la fenêtre, j'avais pu leur chiper une part du gâteau.

Ne pas tomber. Je ne pensais qu'à ça.

J'aurais voulu expliquer. C'était pourtant simple. Je revenais chez moi, mais la place était prise. Bon. Ce n'était pas la fin du monde. Je voulais seulement voir les sapins au bord de l'eau. En bas, un peu plus loin. Il vente encore, alors peut-être bien qu'ils dansent.

J'aurais voulu leur expliquer, mais j'étais trop fatiguée. J'avais besoin de toute ma volonté pour ne pas m'écrouler.

— Elle a peut-être besoin d'aide…

— Non. Je pense qu'elle a pris trop d'alcool ou d'autre chose.

Leurs regards étaient braqués sur moi. L'homme s'est approché. Brave, le bon monsieur… Mes yeux ne le quittaient pas. J'étais une bête. Prête à détaler.

— Qu'est-ce que vous voulez ?

Il n'a même pas attendu ma réponse. Ce n'était pas grave. Il aurait attendu pour rien.

— Disparais ! Allez, ouste ! Va cuver ton vin ailleurs ou j'appelle la police.

J'aurais voulu bondir comme un chevreuil et fuir dans un grand sifflement mais j'étais trop faible. Je me suis enfoncée lentement dans la forêt, à deux pas du sentier.

Il restait les chutes derrière la côte à Dubé. C'était mon dernier havre. Mais il était si loin. Trois kilomètres d'un sentier impossible. De racines saillantes et de trous. Et ce versant si raide au fond duquel l'eau chantait.

J'ai failli rater le début du sentier. Je n'ai pas compté les fois où j'ai trébuché. Tomber, me relever. Dans le fond, ce n'était pas plus difficile que de pédaler.

J'ai cru rêver en entendant l'eau gronder. Bientôt, je pourrais descendre. Boire. Enfin. Il fallait attendre au bon tournant, là où la pente s'adoucit un peu. Ne pas m'agripper aux branches, ni aux racines, ces traîtres.

J'ai à peine perdu pied. Dégringolé quelques mètres. Un peu plus de boue. C'est tout. L'eau était si bonne. Ça m'a émue. Le bonheur ramollit, même à si petites doses. La cuirasse fond. On redevient vulnérable.

J'étais seule dans la nuit. À la merci des ombres, des fantômes. Des lynx et des loups. Et il n'y avait plus rien vers quoi avancer. J'étais arrivée au bout du voyage. Il fallait oser faire ce que disait la chanson.

Une lueur brillait dans la forêt. C'était impossible pourtant. J'ai pensé au Petit Poucet. Flavi m'avait raconté cette histoire. J'adorais le moment où Poucet, perdu en forêt, distingue une lumière au loin. Il s'imaginait déjà dans la panse d'un loup et voilà que cette lueur changeait tout.

Une tache blonde trouait le noir. J'ai fait comme le Petit Poucet. En grimpant vers l'ouest. Les branches craquaient sous mes pas. Une petite bête a couru derrière moi.

À quelques centaines de mètres des chutes de la Boulé, loin derrière la côte à Dubé, j'ai découvert une douzaine de maisonnettes au toit en pignon, éparpillées autour d'un édifice plus imposant. On aurait dit des maisons de nains. En pleine forêt. Je m'étais trompée d'histoire.

Mon sang s'est glacé lorsque j'ai aperçu la sorcière. Elle fonçait sur moi. Sa longue robe sombre battait au vent.

J'ai crié.

Longtemps.

Jusqu'à ce que les arbres vacillent et s'écrasent dans la nuit trop noire.

Chapitre 4
La femme voilée

J'ai hurlé en ouvrant les yeux. Un long cri de loup. Autour de moi, il n'y avait que des murs et du noir.

Parfois, quand j'étais petite, des cauchemars envahissaient mes nuits et, à mon réveil, pendant quelques secondes, je ne reconnaissais plus ma chambre. Alors je criais jusqu'à ce que Fernande apparaisse, prête à me consoler.

J'ai hurlé encore. Plus fort cette fois. Comme cent bêtes aux abois.

Une ombre s'est détachée. Une femme s'est approchée. Elle portait un voile, comme une longue chevelure d'étoffe légère. Elle s'est penchée sur moi. Sa robe sentait l'herbe et les fleurs. Ça m'a apaisée un peu.

Combien de cris ai-je émis dans la nuit ? Combien de fois a-t-elle épongé mon front, pressé un linge humide sur mes lèvres sèches, remonté mes couvertures ? Caressé ma joue de ses longs doigts doux ?

À mon réveil, l'espace de quelques secondes, elle redevenait parfois une sorcière. Alors je criais de toutes mes forces. Mais c'était de plus en plus rare. En ouvrant les yeux, je reconnaissais son visage. Et ce murmure qui, chaque fois, m'apaisait.

— Chuuuttt… Chuuuttt… Chuuuttt…

Elle semblait toujours là. Fidèle, patiente, sereine. Ses yeux bleus, aussi pâles qu'un ciel d'automne, chassaient les monstres et les fantômes.

La pièce unique, minuscule, était percée d'une petite fenêtre. À ma droite, tout près du lit, j'ai découvert une table et une chaise de bois et, devant moi, sous la fenêtre, un meuble bizarre où elle s'agenouillait parfois.

Je me souvenais d'avoir vu des femmes coiffées d'un voile et agenouillées de la même façon dans un reportage de fin de soirée à la télé. Léandre avait dit que c'étaient de vieilles emmerdeuses. Elles lui avaient enseigné lorsqu'il était petit.

Depuis combien d'heures ou de jours étais-je alitée lorsque c'est arrivé? Je m'étais réveillée en nage, le cœur battant. La femme voilée n'était pas à mes côtés. Mon regard s'est promené de la porte à la table avant de balayer les murs. J'ai tressailli en découvrant le visage de Jean dans l'étroite fenêtre. Ses yeux noirs brillaient dans le crépuscule. Il semblait si vrai, si près.

Deux secondes plus tard, il avait disparu.

Je pleurais encore lorsqu'elle est revenue. Je n'ai rien dit, rien expliqué. Il fallait effacer Jean de ma vie. Brûler tous les souvenirs. Ne plus jamais rêver qu'il me prenne dans ses bras. Ne plus rien souhaiter. Ne plus croire en rien.

Je ne dormais pas vraiment : je sombrais. À plusieurs reprises, jour et nuit, je m'enfonçais dans un demi-sommeil comateux. Mes rêves étaient de vastes champs de bataille où tous ceux que j'aimais mouraient à répétition. Lorsque j'émergeais enfin de ces cauchemars, je ne voulais plus vivre, ni mourir. Seulement dériver. Éternellement.

J'essayais parfois de reprendre pied dans la réalité. Mon père était vivant. J'étudiais la littérature. J'avais quelques amis.

Ma grand-mère Flavi. Une psy. C'était mieux que le vide. Mais c'était trop peu.

Souvent, dans ces rêves agités, je faisais naufrage. Les vagues d'une rivière déchaînée me happaient et le courant me charriait comme un vulgaire galet. Pour sortir vivante de ces eaux écumeuses, il faut pouvoir s'agripper à quelque chose, or toutes les pierres glissaient sous mes doigts et chaque fois que je réapparaissais à la surface de l'eau, avec l'espoir d'aspirer un peu d'air, une nouvelle vague s'abattait sur moi.

J'étouffais. Mes poumons allaient éclater. J'allais m'éparpiller dans l'eau comme une vieille coque fracassée. S'il n'y avait pas eu cette femme, ses yeux, ce mélange d'eau et de ciel, je n'aurais peut-être pas eu la force de me révolter, de défier le courant et d'échapper aux vagues.

Elle était là lorsque j'ai refait surface. Elle souriait. C'était bel et bien une sœur. Une religieuse. De vieilles emmerdeuses, avait dit Léandre. Mais la femme à mes côtés était jeune, vingt ou vingt-cinq ans peut-être, et elle était jolie. Les traits de son visage étaient parfaits. Elle avait des yeux magnifiques, un sourire doux.

Elle n'a pas bougé et elle n'a rien dit pendant que je la grignotais des yeux. J'aurais voulu savoir où j'étais. Qui elle était. Les sœurs ont bien un nom. Non?

Sa longue jupe bleue effleurait le sol. Elle portait des bas de grosse laine brune et des sandales de cuir. Son voile d'un bleu plus clair couvrait ses épaules et son dos. Un chapelet de corde pendait à sa ceinture et une mince bague cerclait l'annulaire de sa main gauche. Malgré son vêtement ample, je devinais un corps mince, gracieux peut-être, et j'essayais d'imaginer cette jeune femme en jean.

Un peu plus tard, elle est sortie. Puis, j'ai vu d'autres religieuses défiler à la fenêtre. J'avais déjà deviné qu'elle n'était pas seule et je n'avais pas peur de ces femmes costumées. J'étais même plutôt contente de me réveiller dans ce lieu si différent de tout ce que je connaissais.

Avec un peu d'efforts, j'ai réussi à rassembler quelques pièces du casse-tête de ma vie. Au souvenir de la lettre d'Antoine, j'ai eu envie de fuir à nouveau ou de basculer dans le vide. Parce que ces mots me faisaient trop mal. Parce que la vérité était trop cruelle, trop atroce, trop épouvantable.

Je ne sais pas ce qui m'a retenue. D'autres souvenirs ont affleuré. Ma folle chevauchée sur la route du Nord et ma longue marche jusqu'à la maison du lac, puis le sentier menant aux chutes de la Boulé. Après, j'étais perdue.

Personne n'habitait cette forêt. Il n'y avait que des sapins et des bouleaux dans la montagne derrière la côte à Dubé. Des geais bleus et des sittelles. Des lièvres et des chevreuils. Des renards et peut-être des loups. Alors d'où venait l'étrange tribu de petites sœurs ?

J'ai voulu me lever, mais tous mes membres ont protesté et ma tête menaçait d'exploser. J'ai attendu.

Les sœurs m'avaient déniché une chemise de nuit immense. En tâtant les manches, j'ai découvert quelques pansements sur mes bras, rien de bien inquiétant. Mon jean et mon tee-shirt étaient propres et bien pliés sur la table à côté.

Quelques minutes ou quelques heures se sont écoulées. Des flots de lumière se bousculaient à la fenêtre. Je m'apprivoisais.

Ce soir-là, ma petite sœur a réussi à me faire manger un peu. Elle avait placé plusieurs oreillers dans mon dos et j'ouvrais la bouche comme un oisillon. Le liquide était chaud et bon. Après quelques cuillerées, j'ai réussi à dire merci et à m'emparer du bol pour manger seule.

Elle semblait vraiment contente. J'ai souri un peu. Puis, je me suis endormie.

À mon réveil, elle avait disparu. J'ai eu peur. Je m'étais habituée à sa présence. J'avais besoin de sa présence. Je me sentais timidement vivante. Encore indécise. Attirée par le néant. Sa présence m'étonnait et la curiosité me faisait revivre. J'aurais voulu savoir qui était cette étrange femme, à peine plus âgée que moi, déguisée en religieuse. Comme j'allais me lever, la porte s'est ouverte. La petite sœur m'apportait un plateau chargé de pain, de beurre et de fromage.

— Merci…

Elle n'a rien dit. Elle a déposé le plateau et elle est partie.

J'ai mangé. J'avais encore très mal à la tête et tous les muscles de mon corps semblaient avoir été pétris par un boulanger furieux, mais je me sentais assez forte pour m'habiller, marcher. J'en avais assez de cette pièce exiguë.

J'avais déjà enfilé mon tee-shirt et mon jean lorsqu'elle est revenue. Elle allait repartir avec le plateau sans dire un mot. On aurait cru qu'elle m'évitait. Je ne comprenais pas. Elle avait été témoin de mes délires. Peut-être craignait-elle d'éveiller des fantômes en s'adressant à moi ?

— Je m'appelle Marie-Lune…

Elle s'est arrêtée devant la porte. Je ne voyais que son voile et sa longue jupe.

— Marie-Lune Dumoulin-Marchand… J'habitais au bord du lac. Avant…

J'ai pensé : avant que ma mère meure et que la Terre cesse de tourner. Avant qu'on coupe le cordon m'attachant au moustique. Avant que Jeanne disparaisse. Avant qu'Antoine se tue.

Mais je n'ai rien dit.

Elle ne bougeait pas. Quelque chose n'allait pas.

— Où suis-je ?

Les mots avaient jailli, déjà lourds d'alarme. Elle s'est tournée vers moi en m'offrant un petit sourire navré et elle est sortie.

Je l'ai suivie. Dehors, j'ai eu un choc. Je me suis souvenue des maisonnettes entrevues dans la nuit. Ce n'était pas un rêve ; elles étaient bien là. Un peu plus loin, la porte d'un bâtiment plus vaste s'est ouverte et une femme s'est dirigée rapidement vers moi. Son voile bleu claquait au vent et la jupe de sa longue robe ample dansait autour d'elle.

— Bonjour !

Le son de sa voix était joyeux. Clair et franc. Elle s'est assise dans l'herbe en m'invitant à la rejoindre. Elle était plus âgée que ma petite sœur gardienne.

— Bienvenue chez nous, ma belle. Nous sommes toutes contentes de te voir mieux. Avant-hier, tu nous as fait peur… Je n'ai jamais vu quelqu'un délirer autant. Heureusement, avec sœur Élisabeth, tu étais en bonnes mains. Même que tu ne pouvais pas être entre meilleures mains…

Elle s'est mise à rire. Un joli rire, un peu espiègle. Je ne comprenais pas ce qui l'amusait.

— Tu te demandes sûrement qui nous sommes et ce que nous faisons ici. Nous sommes les petites sœurs d'Assise, une communauté nouvelle. Notre maison mère est en Italie, dans les Alpes. C'est presque aussi beau qu'ici…

Du regard, elle a caressé la forêt. Puis, ses yeux se sont à nouveau posés sur moi.

— Nous sommes arrivées il y a un peu plus de deux ans. Une dame nous a légué ce terrain de plusieurs dizaines d'acres traversé par le cours d'eau. En quelques mois, avec beaucoup d'aide, nous avons construit les cellules. C'est ainsi que l'on nomme nos petites maisons... Le bâtiment d'où je viens est notre monastère. Un peu rustique et pas encore tout à fait étanche, mais on y est bien quand même. Aux limites du terrain, en bas, près de la route, nous avons une maison à deux chambres pour les visiteurs et à mi-chemin il y a la chapelle.

Pendant qu'elle reprenait son souffle, des tas de questions se pressaient dans ma tête. Que faisaient-elles toute la journée? Comment survivaient-elles, si loin de tout? Et pourquoi diable voulaient-elles tant s'isoler? Où trouvaient-elles l'argent pour construire tous ces bâtiments? Et manger trois fois par jour? Pourquoi portaient-elles ce curieux costume?

La femme devant moi semblait saine d'esprit. Mais on ne sait jamais... Si elle était parfaitement normale, comment expliquer ce cirque?

— Je suis sœur Louise. La prieure. Une sorte de mère supérieure, si tu veux. Je me suis jointe à la communauté il y a quinze ans.

Quinze ans! Elle ne semblait pourtant pas si vieille. Elle a ri encore. Elle avait deviné mes pensées.

— J'avais vingt ans quand j'ai pris l'habit... Nous sommes quatorze petites sœurs aujourd'hui. Ici. Mais en tout, à travers le monde, nous sommes plus de trois cents!

Elle semblait diablement fière de ce nombre. Une sorte de record. Pourtant, à ce que je sache, des sœurs, il y en avait toujours eu un peu partout. Bon, d'accord, elles ne vivent pas toutes dans le bois comme les premiers colons, mais sinon je ne voyais pas trop ce que la taille de cette communauté avait d'extraordinaire.

Sa voix est devenue plus grave.

— Tu peux rester avec nous aussi longtemps que tu voudras. Sœur Élisabeth reprendra sa cellule, mais nous pouvons t'installer à la maison des visiteurs. Tu y seras seule et tu pourras refaire tes forces. Il faudra marcher un peu tous les jours... Les petites sœurs préparent des paniers de nourriture à l'intention des visiteurs. Nous laisserons le tien dans un abri près de la chapelle, de l'autre côté du sentier. Il y en aura un après matines... c'est la cérémonie qui se termine vers huit heures, et un après vêpres, vers dix-neuf heures. Tu peux aussi te joindre à nous pour prier chaque fois que tu voudras.

Je n'ai rien dit, mais dans ma tête c'était clair : je prendrais peut-être les paniers mais pas la prière. J'avais à peu près autant envie de prier que de pédaler. Je ne crois pas en Dieu et, de toute façon, si je m'étais mise à prier, j'aurais eu tant de choses à demander que le bon Dieu lui-même aurait démissionné.

— Merci... Je vais peut-être rester... quelques jours... Juste un peu... Je ne sais pas vraiment...

Je devinais que ces femmes risquaient de m'agacer avec leur vie inutilement compliquée. Mais rester là me permettait de ne rien décider et ça ne m'engageait à rien. J'étirais le temps. Je me reposais sur une autre planète. En attendant.

Son regard était perçant. Elle a pris ma main. La droite, je m'en souviens. Et l'a pressée entre les siennes.

— Marie-Lune… Sœur Élisabeth m'a confié ton nom… Je sais que tu reviens d'un long et pénible voyage. Nous avons beaucoup prié pour toi et nous prions encore.

Prier pour moi ! C'était ridicule. J'aurais voulu lui expliquer qu'elles perdaient leur temps. Le père Noël et le bon Dieu ne pouvaient plus rien pour moi.

La prieure m'énervait déjà. J'aurais dû lui dire le fond de ma pensée. Mettre les choses au clair. Mais parfois c'est tellement plus facile de se taire.

Elle m'a accompagnée à la maison des visiteurs et, en passant devant la chapelle, elle m'a indiqué l'abri. C'était quand même romantique cette histoire de petits paniers et je me disais qu'à dix-neuf heures, j'aurais sans doute faim.

Je me proposais de rester quelques jours seulement. J'avais envie de revoir Élisabeth, de lui parler et de passer un peu de temps avec elle. J'étais un peu déçue qu'elle fasse partie de cette communauté bizarre, mais je pensais qu'elle pourrait peut-être m'aider à comprendre.

Au rez-de-chaussée, il n'y avait qu'une grande pièce, tout à la fois salon et salle à manger, avec, au fond, un évier et une vieille cuisinière à gaz à deux éléments qui semblait fonctionner à grands coups de miracles. Quatre chaises droites dépareillées, une petite table de bois foncé, deux fauteuils épuisés. L'escalier menant à l'étage craquait à chaque pas. Les deux portes étaient fermées. Elle a poussé la première.

Quelqu'un avait préparé le lit. Il y avait aussi un petit bureau et un prie-Dieu, ce drôle de meuble que j'avais remarqué dans la cellule de sœur Élisabeth. Sœur Louise m'a expliqué. Elle m'a montré la Bible aussi. C'était le seul *best-seller* disponible, aussi bien m'en contenter.

Deux minutes après le départ de sœur Louise, je suis tombée endormie toute habillée. À mon réveil, le soleil avait disparu. Ma montre indiquait vingt heures et j'avais l'estomac creux. Je me suis souvenue des paniers. Dehors, l'air frais m'a ragaillardie. J'étais bien dans cette forêt silencieuse. Je me sentais à l'abri.

En revenant, un panier d'osier accroché au bras, j'ai pensé que j'aimerais peut-être vivre ici. Toujours. Manger, dormir et marcher parmi les arbres. Rien d'autre. Jamais.

Il n'y avait pas d'électricité, alors j'ai allumé des bougies. Sous un carré de coton, j'ai trouvé une salade, du poulet, du pain et des biscuits dans le panier. Au fond, il y avait un petit carton sur lequel quelqu'un avait simplement écrit : *Bon appétit.*

Élisabeth… J'espérais que cela vienne d'elle.

Chapitre 5
Jette-toi dans ses bras

Un chant m'a réveillée. C'était la nuit pourtant. À la fenêtre, je ne voyais qu'un fragile croissant de lune et quelques troupeaux d'étoiles. Le matin était encore loin. J'avais beau fouiller le ciel, aucun signe de ces poussières mauves et dorées annonçant l'aube.

Il n'était que cinq heures quarante-cinq. J'ai enfilé mes vêtements rapidement. Dehors, l'air était tiède et bon. J'avais pris une bougie ; je l'ai allumée avant d'attaquer le sentier, mais la cire chaude coulait sur ma main alors j'ai soufflé la flamme.

La forêt était noire, dense et secrète. Pourtant, je n'avais pas peur. Peut-être à cause de ce chant lointain qui animait la montagne. Je me dirigeais vers la chapelle. C'est de là que venait l'étrange cantique.

La chapelle était vide. Enfin, toute la section où s'alignaient les bancs. Les sœurs étaient en retrait, au fond, près de l'autel. Je me suis assise à l'avant, au beau milieu du premier banc.

Elles chantaient des prières. J'ai mis longtemps avant de distinguer les paroles. Rien de très original. Plutôt ennuyeux même. Du genre : prions Dieu, Dieu est bon, béni soit le Seigneur. Pourtant, quelque chose m'émouvait dans ce chant. Elles chantaient d'un même souffle, d'un même cœur, avec une telle ferveur que les mots n'avaient peut-être pas tant d'importance.

On sentait qu'elles s'adressaient à quelqu'un de très loin. E.T. l'extraterrestre ou le bon Dieu. Elles ne criaient pas, leur chant était même doux, mais il semblait puissant.

Je suis restée jusqu'à la fin. Juste avant de quitter la chapelle, les sœurs se sont avancées, une à une, jusqu'à l'autel. Elles marchaient très lentement, sans faire de bruit. Comme pour ne pas déranger quelqu'un. Devant l'autel, elles s'agenouillaient un moment et lorsqu'elles se relevaient pour retourner à leur banc, j'entrevoyais leur visage quelques secondes. J'ai reconnu Élisabeth tout de suite et elle m'a aperçue elle aussi, j'en suis sûre, malgré la pénombre, même si elle n'a pas réagi.

J'ai décidé de l'attendre dehors, devant la chapelle. Je lui expliquerais que j'avais encore besoin de sa présence. Elle m'avait aidée à chasser les monstres, à refaire surface, à m'accrocher. Sans doute pouvait-elle encore m'épauler, me rassurer, combler un peu ce vide autour de moi.

De toute façon, j'avais besoin de lui parler. Il fallait que je sache pourquoi elle chantait des prières dans la nuit. Élisabeth était à peine plus âgée que moi. Que faisait-elle ici?

Elles sont sorties à la queue leu leu, sans dire un mot. C'était un peu impressionnant; je n'osais pas m'approcher. Alors, j'ai crié:

— Élisabeth!

Elle s'est tournée rapidement vers moi puis elle a continué. Tout droit, comme un stupide mouton. Comme si je n'existais pas.

Je comprenais maintenant. Élisabeth avait joué à la Mère Teresa et sa mission était terminée. Elle se fichait de ce qui m'arriverait désormais. J'aurais dû m'y attendre. Les gens glissaient dans ma vie. Toujours fuyants. Incapables de prendre racine.

Allez! Va-t'en! Je m'en fous. Tu es comme tout le monde, Élisabeth. Tu n'as rien d'extraordinaire. Malgré ton voile et tes chants bizarres. Tu vis dans une bulle. Tu n'as rien à donner. Rien à raconter.

Des larmes roulaient sur mes joues. Un bras a entouré mon épaule. Sœur Louise. Le pire, c'est que j'avais envie de m'abandonner. De fondre dans ses bras. Dans n'importe quels bras. Mais à force de s'épancher à tous vents, on finit par se perdre complètement. J'en avais assez des réconforts éphémères. De ces bonheurs furtifs derrière lesquels gronde l'orage.

Elle m'a entraînée vers une porte derrière la chapelle. La pièce humide sentait le moisi. Il n'y avait qu'un vieux bureau et deux chaises de bois très rustiques. Sœur Louise a déplacé les chaises pour que nous soyons face à face, sans meuble entre nous. Elle s'est assise et je l'ai rejointe. Elle a attendu un peu, comme pour mieux ordonner ses idées. Puis, elle a parlé.

— Sœur Élisabeth ne te répondra pas, Marie-Lune. J'aurais dû t'avertir hier. Mais j'avais peur que tu fuies et je souhaitais que tu refasses tes forces parmi nous. Nous sommes des moniales, Marie-Lune. Des sœurs cloîtrées. Nous avons prononcé le vœu du silence. La prieure a le devoir d'accueillir les visiteurs et de répondre à leurs questions, mais le reste du temps, elle aussi le consacre à Dieu, en silence.

Sœur Louise s'est arrêtée, le temps que ces informations s'implantent. Des femmes moines? Emmurées dans le silence? J'étais stupéfaite.

Je savais qu'il existait des cloîtres. Je n'en avais jamais visité, mais je les imaginais comme de vastes prisons aux murs très hauts avec des grilles un peu partout. Ici, c'était différent.

Un cloître en pleine nature ! C'était donc ça leur communauté d'Assise. Elles priaient parmi les bêtes et les plantes comme saint François d'Assise. J'avais vu le film de Zeffirelli sur lui. Je comprenais, maintenant, pourquoi elles n'étaient que trois cents et pourquoi elles appelaient cellules leurs drôles de maisonnettes à pignon. Cellule… comme dans une prison.

Je pensais à Élisabeth. Élisabeth était bien trop belle, bien trop jeune, bien trop vivante pour participer à cette folie. Je n'arrivais pas à y croire. Je ne voulais pas y croire. J'imaginais bien des femmes cloîtrées dans un film ou dans un livre. C'était même fascinant. Mais pas dans la vie. L'idée qu'Élisabeth vive retirée, ici, dans le silence, jusqu'à sa mort, m'horrifiait.

Sœur Louise a repris son discours.

— Nous vivons très pauvrement. C'est notre désir. Dieu a dit : *Je te conduirai au désert et là, je parlerai à ton cœur.* Nous l'avons suivi.

Le désert ? Ma pauvre Louise, reviens sur terre. C'est la montagne de la côte à Dubé ici. Rien à voir avec ton Dieu du désert. Tu t'es trompée d'adresse. Désolée. Il y a plein d'eau ici et tout est vert.

Élisabeth ne pouvait pas faire partie de cette bande de timbrées. Il y avait quelque chose de solide et d'ensoleillé en elle. Je ne l'avais pas inventé. Elle s'était fait emberlificoter. Sœur Louise et ses acolytes lui avaient savonné la cervelle. C'est courant dans les sectes. Je l'avais lu dans un magazine. Mais on peut s'en sortir.

— Je veux voir Élisabeth. Je suis sûre qu'elle veut me parler. C'est vous qui l'en empêchez.

Ma colère montait. Je me sentais prête à me battre pour voir Élisabeth, pour lui parler, pour l'arracher à ces détraquées.

— Sœur Élisabeth n'est pas prisonnière, Marie-Lune. Elle peut partir si elle le désire. Mais elle est heureuse ici. Et rassure-toi, nous ne vivons pas totalement dans le silence. Tous les dimanches, pendant quelques heures, nous partageons les événements importants de notre vie spirituelle.

J'ai ricané. Si je vivais six jours par semaine sans dire un mot, le septième j'aurais envie de parler d'autre chose que de ma vie intérieure.

La prieure poursuivait, imperturbable.

— Il arrive que des petites sœurs renoncent temporairement à leur vœu de silence dans des circonstances extraordinaires. Et je comprends ton désarroi… Mais Élisabeth est jeune et elle a vécu des expériences difficiles dans sa courte vie moniale. Elle a besoin d'être seule dans sa cellule et de renouer avec Dieu. Il faut respecter son silence. Je l'ai chargée de te veiller parce qu'elle est médecin. Je devinais aussi qu'une sympathie naturelle s'installerait. C'est la plus jeune d'entre nous. J'aurais dû comprendre que ce serait difficile pour toi après. Je suis désolée…

Élisabeth médecin ? Alors que faisait-elle déguisée en sœur ? Cloîtrée en plus ?

C'était trop bête de gaspiller sa vie pour rien. Bon, d'accord, la mienne ne valait guère mieux, mais au moins je ne faisais pas exprès. J'avais tout perdu. Elle avait tout abandonné. C'était bien différent. Comment peut-on s'ensevelir ainsi à vingt ans ?

— Si vous restez un peu parmi nous, peut-être comprendrez-vous cette voie de Dieu qui est la nôtre.

La voie de Dieu ! Elle se prenait pour un gourou maintenant. C'était trop. Je frémissais. De rage contenue, de fureur étouffée.

— Écoutez-moi bien, sœur Louise. Je suis peut-être arrivée ici comme une naufragée, mais je n'ai pas perdu ma cervelle en chemin.

Ma colère flambait. J'avais envie de fondre sur elle et de la secouer jusqu'à ce qu'elle me jure qu'Élisabeth parlerait.

— Vous êtes malade ! Très, très malade. Et dangereuse parce que vous en contaminez d'autres. Je vais vous dire un secret : le bon Dieu n'existe pas. Compris ? C'est dommage et je comprends que ce serait plus chouette s'il était là pour veiller sur nous et tout arranger. Mais il n'y est pas. C'est comme ça. Il n'y a pas de patron, pas de capitaine, pas de chef d'orchestre. C'est pour ça que c'est le bordel. S'il y avait un Dieu, il ferait le ménage. Remarquez que ce n'est pas grave d'y croire, même s'il n'existe pas. Si ça vous réconforte, sans nuire à personne…

Elle m'écoutait. Elle semblait triste et navrée. J'aurais préféré qu'elle se fâche.

— C'est correct d'y croire, mais c'est vraiment débile de s'enterrer vivante. Il y a d'autres choses à faire. Lisez les journaux : c'est plein de gens qui crèvent de faim. Si vous aimez la misère, concentrez-vous sur la famine au lieu de votre vie intérieure. Ou soignez les lépreux, tiens. Vous seriez héroïques au moins.

Elle me regardait toujours avec cet air stupidement désolé. Elle n'avait rien compris. C'était une cause perdue. Aussi bien parler aux pierres. J'en avais assez.

J'avais espéré trouver un havre. Ou même simplement un abri où soigner mes blessures. Mais il n'y a pas de refuge, ni de trêve. La vie est une guerre continue.

Pauvre Élisabeth. J'avais presque réussi à croire, encore, une dernière fois, qu'il existait des gens sur qui on peut s'appuyer. Sur qui on peut compter. Qui ne fuient pas, ne disparaissent pas, ne tombent pas.

Je m'étais trompée.

J'ai foncé vers la porte. Dehors, de l'autre côté du sentier, j'ai vu le panier qu'elles avaient déposé à mon intention. Je ne voulais plus de leurs repas à l'eau bénite. Un bon coup de pied et la nourriture s'est répandue sur les roches poussiéreuses.

Je me suis mise à courir. J'avançais vers rien, mais au moins je me sauvais de ces folles illuminées. Bientôt, j'ai entendu le ronflement des chutes. C'est là que j'ai pensé à Jean. À cette lettre expédiée de France quelques semaines après nos ébats sur les dalles brûlantes.

La lettre de Jean ! Et celles de Fernande. Les dernières phrases d'Antoine. Et tout ce courrier jamais expédié à mon moustique. Ces lettres étaient tout ce qui me restait. Des miettes arrachées aux tempêtes. Je devais retourner à la maison des visiteurs pour récupérer le porte-documents dans lequel je les avais réunies, puis fuir, courir, vite, loin d'ici.

En haletant, j'ai grimpé le sentier à pic. J'ai soupiré en trouvant le porte-documents sous mon lit. Il n'était pas fermé et je me dépêchais trop. C'est pour ça que les lettres se sont répandues.

Ça m'a donné un coup. Mes mains tremblaient en récupérant les pâles épaves sur le plancher de bois dur. Ces mots tracés par ma mère, il y a tant d'années. Elle avait réellement existé. Parfois, j'avais l'impression d'avoir tout rêvé.

Et le moustique. Tant de confidences lancées au vent.

Il y avait aussi les mots matraques d'Antoine. Et cette lettre de Jean dont je connaissais chaque mot.

Tu peux courir, Marie-Lune, je t'aimerai toujours. L'été prochain, je marcherai jusqu'aux chutes de la Boulé, je m'étendrai sur les roches et je t'attendrai. Je serai là tous les étés. Et dans trois ans, si tu n'es pas revenue, je m'installerai au bord du lac, juste au pied de la côte à Dubé, et je ne bougerai pas jusqu'à ton retour.

Chacun des mots de ce paragraphe me ravageait. Autant de syllabes que d'écorchures. Pourtant, c'était de la frime. J'en étais sûre. Ça ne coûte rien de promettre. C'est si facile de tomber dans le piège et d'y croire. Mais on finit par y laisser sa peau.

Le paquet d'enveloppes me semblait lourd. En relevant la tête, j'ai remarqué un bout de papier échoué près du prie-Dieu. Un signet. Je l'ai ramassé machinalement et j'allais le déposer entre les pages de la Bible lorsque les mots m'ont assommée.

Des mots écluses qui font tout sauter. Des mots couteaux qui fouillent les blessures.

Quelqu'un avait écrit à l'encre bleue :

Veux-tu savoir si Dieu t'aime ?
Jette-toi dans ses bras.

C'étaient des mots idiots. Deux petites phrases de rien du tout. J'ai essayé de rire.

Mais je pleurais déjà.

J'ai déchiré le signet. Pour effacer ces mots fabuleux. *Jette-toi dans ses bras…* Cette phrase charriait le souvenir de tous ces bras où je m'étais déjà blottie.

J'imaginais ces étreintes et j'avais mal à mourir. J'imaginais ces étreintes et je me sentais seule à mourir. J'avais tellement besoin de sombrer dans la chaleur de quelqu'un.

— MAMAAAN !

Mon corps tanguait. J'ai quand même réussi à descendre l'escalier sans m'effondrer et à pousser la porte.

Sœur Louise était là.

Je me suis jetée dans ses bras.

Chapitre 6
À coups de poing dans l'orage

Pourquoi suis-je restée ? Mais où donc serais-je allée ? Elles étaient peut-être cinglées mais si peu dangereuses au fond. Le piège, c'était de s'enliser avec elles dans ce silence.

Sœur Louise se défendait bien de vouloir me convertir. Depuis qu'elles s'étaient installées près des chutes de la Boulé, trois jeunes femmes avaient tenté de se joindre à elles. Sans succès. Après quelques jours ou quelques semaines, elles étaient reparties.

Sœur Louise disait qu'on ne peut pas prendre l'habit pour échapper à la réalité. Il faut vraiment être appelée. Parfois, des gens malheureux réussissaient à se convaincre qu'ils étaient, comme elles, habités par Dieu, d'une façon toute spéciale. Les trois femmes qui étaient venues n'avaient pu se bercer long-temps d'illusions. Les petites sœurs sont debout à cinq heures tous les matins et elles prient Dieu jusqu'à huit heures. Dans leurs cellules d'abord, puis à la chapelle. Elles travaillent un peu de leurs mains, tous les jours, à la cuisine, au jardin ou à l'atelier. Plusieurs moniales, dont Élisabeth, peignent des pièces de poterie qu'elles vendent à Saint-Jovite. Le reste du temps, elles prient.

— Aucune des trois femmes qui sont venues n'avait été appelée. Je le savais. Mais elles devaient le découvrir seules. En vivant avec nous, en répétant chaque jour les mêmes gestes, les mêmes prières, elles ont compris que leur place n'était pas ici. C'est Dieu qui donne un sens à notre vie. Si notre foi n'était pas si puissante, nous serions toutes flétries. Il faut posséder un soleil intérieur pour s'épanouir dans un cloître. Les trois femmes sont reparties parce qu'elles dépérissaient. Le test ne pardonne pas. Seules celles à qui ce silence apporte la joie restent.

J'écoutais la prieure sans trop savoir quoi penser. Je n'arrivais toujours pas à comprendre, mais je ne me moquais plus. Sœur Louise était sincère et il y avait quelque chose d'émouvant dans ces moniales. Leur passion, peut-être…

Je devinais maintenant qu'Élisabeth désirait vraiment ce silence, mais j'aurais voulu qu'elle m'explique elle-même, qu'elle trouve les mots. Avoir la foi… ça sonne bien mais ça signifie quoi ? Je l'ai dit à sœur Louise. Elle m'a longuement regardée. Ses yeux trahissaient l'impuissance.

— Pauvre Marie-Lune. C'est difficile de trouver les mots… C'est mystérieux, la présence de Dieu. Ça s'explique mal et pourtant c'est tellement fort, tellement vrai…

Elle a hésité un peu avant de poursuivre.

— Je n'étais pas bien différente de toi lorsqu'il est venu me chercher. J'étudiais à l'université. J'avais des amis et j'étais heureuse. Il est arrivé comme un voleur. Un ouragan dans ma vie. Du jour au lendemain, il n'y a plus eu que lui. Rien d'autre ne comptait. Je voulais seulement me rapprocher de lui. Passer tout mon temps avec lui. Je l'aimais.

Sa voix s'était brisée sur les derniers mots. On ne pouvait douter de sa sincérité. Son corps entier s'animait lorsqu'elle parlait de son impossible amoureux. Dieu ! J'étais sidérée.

Je ne connaissais pas son Dieu mais j'avais déjà aimé, moi aussi. Follement. Passionnément. De tout mon cœur. De tout mon corps. De toute mon âme, même.

Elle s'est arrêtée, gênée. Sa pudeur la poussait vers d'autres sujets. C'est ainsi que j'ai appris qu'elles avaient conquis leurs voisins. Des gens du lac leur prêtaient des outils, offraient des litres de peinture, réparaient des carreaux brisés, déblayaient un bout de sentier l'hiver. Un jeune homme venait tous les samedis, l'été. Elles semblaient l'avoir adopté. À entendre sœur Louise, il avait tous les dons. En plus d'être beau !

— Faites attention ! Votre Dieu sera peut-être jaloux…

J'avais parlé sans réfléchir. Je ne voulais pas l'insulter. Depuis qu'elle m'avait parlé de son amoureux, je me sentais plus près d'elle.

Elle a ri de bon cœur. C'est là que j'ai décidé de rester. Une semaine. Pas plus. Léandre serait averti au retour de sa partie de pêche. Elle me l'avait promis.

Peut-être suis-je restée par curiosité. J'avais décidé de les épier. Sœur Louise jurait qu'elles étaient heureuses dans ce silence. On verrait bien.

J'ai vite découvert qu'il faut beaucoup de patience pour jouer aux espions. Des heures, allongée sous les arbres, sans que rien se passe ! De temps en temps, une petite sœur quittait sa cellule et se dirigeait lentement vers le monastère. Elles ressortaient toujours au bout de quelques minutes. Je me demandais à quel rituel bizarre elles pouvaient bien se livrer. Les intervalles étaient irréguliers et c'était toujours une sœur différente. J'aurais fait un bien piètre détective. J'ai mis trois heures à comprendre qu'elles allaient faire pipi.

Je ne savais pas par quelle maisonnette amorcer mon exploration. Je voulais surtout observer sœur Élisabeth et j'avais très peur qu'on découvre mon audace. Sœur Louise m'avait expliqué que les cellules des moniales constituaient pour moi une zone interdite. Je pouvais errer dans la forêt, me joindre à elles dans la chapelle, faire tout ce qui me chantait à la maison des visiteurs et frapper à la porte du monastère au besoin, mais je n'avais pas accès aux cellules des moniales.

Il a fallu que je réunisse beaucoup de courage avant d'aller m'écraser le bout du nez dans une fenêtre. J'ai reconnu le lit étroit, le petit bureau et, en m'étirant le cou, le prie-Dieu. Une sœur y était agenouillée. Elle priait. Au bout de quelques minutes, j'en ai eu assez. Dans la cellule à côté, une autre petite sœur lisait la Bible. Ses lèvres bougeaient mais je n'entendais rien. J'aurais pu rester longtemps, ça n'aurait rien changé.

J'ai retenu un cri en m'approchant de la troisième cellule. Sœur Élisabeth était agenouillée devant moi, les yeux fermés. Elle ne chantait pas, ne priait pas. Du moins pas à haute voix. Et ses lèvres étaient closes.

Elle pleurait. Des larmes roulaient sur ses joues.

Élisabeth! Ma douce Élisabeth… Elle souffrait donc elle aussi. J'aurais voulu entrer, la réconforter. Étreindre ma belle amie, balayer sa douleur. Mais quelque chose me retenait.

Au monastère, une cloche a sonné. Lentement, Élisabeth a ouvert les yeux et j'ai compris que les larmes qui glissaient encore sur ses joues n'avaient rien à voir avec le chagrin. Une joie singulière habitait son regard et son visage était serein. Élisabeth était heureuse.

Quelques heures plus tard, je l'ai revue à l'atelier de poterie. Elle était calme et ses gestes étaient aussi gracieux que les arabesques qu'elle dessinait sur le pourtour de l'assiette.

Plus tard, j'ai décidé d'attendre Élisabeth à côté de l'abri. Je ne me suis pas cachée. Je devinais que c'était elle qui descendrait le sentier avec un panier et je ne m'étais pas trompée. Elle avançait d'un pas léger, attentive à tous les bruits de la forêt. À peine a-t-elle souri en m'apercevant. Elle a déposé le panier et elle est repartie.

Je n'ai presque pas touché au repas. Cette distance entre Élisabeth et moi me tourmentait. Cela ressemblait trop à de l'indifférence. J'avais nettoyé les couverts et j'allais les ranger lorsque j'ai pensé au petit carton de l'autre soir. Des mots... N'importe lesquels. J'en avais tant besoin. Mon cœur bondissait déjà dans ma poitrine avant même que je fouille au fond du panier.

Rien.

J'aurais pleuré. J'étais si navrée. Que m'arrivait-il ? Je m'abîmais dans une amitié impossible. Il fallait peut-être repartir. Quitter cette montagne, rentrer à Montréal.

J'ai peu dormi cette nuit-là. J'avais envie de rejoindre Élisabeth. J'étais prête à prier avec elle, à peindre avec elle, à chanter avec elle. N'importe quoi pour ne plus être seule.

Il était quatre heures lorsque j'ai allumé une bougie pour consulter ma montre. J'ai décidé de les rejoindre à la chapelle. Mieux ! D'y être avant elles pour épier leur arrivée.

Plus rien n'allait. J'avais peur en marchant dans la forêt. Les arbres s'étaient transformés en ombres menaçantes. Derrière eux, des créatures inquiétantes émettaient des cris perçants, des grondements sourds et de longs chuintements. J'arrivais à peine à distinguer le sentier. La forêt se refermait sur moi en m'écrasant de tout son poids.

La chapelle n'était pas totalement déserte. Des nids étaient accrochés aux poutres du plafond et, à peine entrée, j'ai perçu un léger froissement d'ailes. Puis, le silence s'est installé.

Le mur du fond était troué d'une vaste fenêtre. J'avais l'impression d'être plantée là depuis des heures lorsque des flammes minuscules ont sautillé dans la forêt. Les moniales avançaient en une lente procession. Quatorze bougies dans la nuit.

Il faisait presque froid tant l'air était humide. J'ai sursauté en entendant leurs pas dans la chapelle. Elles étaient entrées par une porte dissimulée derrière un rideau près de l'autel. Il y eut quelques toussotements, le bruit de frottement des bancs déplacés, puis le silence est revenu. Et leur chant s'est élevé.

Elles ont chanté longtemps. La pluie s'est mise à tomber, martelant le toit. Je grelottais maintenant et j'avais envie de partir. Il n'y avait rien à voir. Je n'avais pas de place ici. Les moniales seraient toujours loin de moi. Jamais je ne pourrais m'approcher.

Leur chant m'isolait. Elles formaient une seule voix. Et j'étais si seule.

Je me suis dirigée vers la porte en faisant du bruit. Les lattes du plancher craquaient. Tant mieux. Je n'ai pas retenu la porte. J'avais envie de les déranger.

J'ai couru dans la pluie.

Les averses se sont succédé toute la journée. J'avais décidé de partir mais quand le ciel s'est enfin calmé, il était trop tard. Il fallait rester une dernière nuit.

Avant d'aller dormir, je suis sortie. Je n'avais rien mangé. J'aurais pu grimper sagement le sentier pour cueillir mon panier, mais j'ai préféré foncer dans la forêt en marchant droit devant. Je n'épiais personne. Je voulais seulement calmer les vents qui hurlaient en moi. Au bout d'une vingtaine de minutes, je me suis retrouvée devant un marécage.

J'allais rebrousser chemin lorsque j'ai remarqué un bâtiment à ma droite. Sœur Louise ne m'avait jamais parlé d'un autre édifice. Il était du même bois rouge brûlé que le monastère et la chapelle. J'ai retiré mes espadrilles et mes chaussettes pour patauger jusqu'au bâtiment.

Tout ça pour la même maudite chapelle! Je ne l'avais pas reconnue sous cet angle neuf. Mes pieds étaient glacés, j'avais faim et j'étais découragée. J'ai poussé la porte et, une fois échouée sur le premier banc, j'ai remis mes souliers.

Derrière moi, un lutrin soutenait le registre des visiteurs. J'ai tué le temps en déchiffrant les prières des rares pèlerins. Ils venaient toujours avec une requête bien précise. Guérir, obtenir un emploi, trouver l'âme sœur… Une seule était venue dire merci. Aline Bellefeuille. Grâce à Dieu, son fils avait repris goût à la vie. On n'en savait pas plus. Pauvre Mme Bellefeuille. Pourquoi venir jusqu'ici? C'était tellement inutile.

Je me suis avancée vers l'autel. Par simple curiosité. Et parce que j'étais fatiguée d'avoir tant marché, je me suis assise à terre, à l'indienne, juste devant l'autel. Je ne pouvais m'empêcher de penser à sœur Louise. Et à Élisabeth. Croyaient-elles vraiment, dur comme fer, que Dieu existait? Qu'il était là, tout près, dans cette misérable petite chapelle? Elles venaient ici tous les jours. Prier Dieu. Répéter les mêmes paroles, les mêmes prières.

J'aurais dû repartir. C'était leur chapelle, leur Dieu. Au lieu, j'ai regardé droit devant et j'ai parlé à haute voix.

— Écoute-moi bien. Si tu es là… Parce que j'aurais deux mots à te dire.

Au début, ce n'était qu'un jeu, mais peu à peu ma voix s'est affirmée et je me suis emportée.

— J'en ai assez! La vie… c'est un gâchis. Si c'est toi qui as inventé ça, t'es un imbécile. Un détraqué. Si tu existes, si tu es là, t'es un écœurant. Un sans cœur. C'est cruel de jouer avec les gens comme ça. Comprends-tu ça?

Tant pis si les sœurs m'entendaient. Tant pis si la montagne tremblait. Tant pis si le ciel crevait.

— Je n'ai pas demandé d'exister. C'est juste arrivé. Mais tu t'acharnes sur moi. Je ne suis pas toute seule sur la Terre. Tu pourrais changer de cible, non? C'est toi, dans le fond, qui as tué ma mère. Un cancer! C'est facile… Il me restait Antoine. Avec lui, j'oubliais tout. Ça t'embêtait, hein? C'est pour ça que tu as tout bousillé? Allez! Dis-le! Parle. MAIS PARLE!

Je crachais ma rage. Sans ramollir. Et c'était loin d'être fini.

— Et le moustique! Tu le savais qu'en pensant à lui j'aurais mal jusque dans les tripes. Es-tu content? Ça me brûle, ça me déchire, ça m'écrase, ça me transperce, ça me ravage quand je pense à lui. ES-TU CONTENT?

Merde! Je pleurais. Je ne voulais pas pourtant.

— Tu pensais m'avoir encore avec Jean, hein? Mais je te connais maintenant. Je ne crois plus à tes mirages. Alors, laisse-moi tranquille. Va-t'en! Fiche-moi la paix.

Les mots s'étouffaient dans ma gorge. C'est pour ça que je me suis tue. J'ai simplement laissé les larmes couler. Longtemps. Longtemps.

Quand j'ai eu fini, je ne me suis pas relevée tout de suite.

Ce que je m'apprêtais à faire était complètement idiot. Je ne crois pas en Dieu. Mais je me disais… qu'on ne sait jamais. Et s'il était vraiment là? S'il m'avait écoutée? Je ne regrettais pas mes paroles. Mais je pensais au moustique.

Je me suis répété que c'était insensé. J'étais épuisée. J'avais les nerfs en boule. C'est tout. Pourtant, j'ai fait comme les sœurs. Je me suis agenouillée. Il semblait aimer ça… Et je lui ai demandé :

— Pour le moustique… Écoute… Si tu es là… Si jamais tu existes vraiment. Veux-tu… Ça pourrait compenser un peu… J'aimerais ça que tu jettes un coup d'œil sur mon moustique de temps en temps. La dernière fois que je l'ai vu, il était minuscule. Je pensais vraiment qu'il serait en bonnes mains avec Claire mais… on ne sait jamais. Je ne veux pas qu'il soit riche. Je me fous qu'il soit intelligent. Mais je voudrais tellement qu'il soit heureux. Je t'en supplie. Ne lui fais pas de mal. Protège-le un peu. Il est si petit…

Je me suis relevée parce que j'allais craquer. En marchant vers la porte, je pensais aux feuilles sèches poussées par les vents d'automne. On dirait parfois qu'elles flottent. Elles n'ont plus d'eau, plus de poids. Elles errent un peu, frêles et fragiles, avant de mourir complètement.

Cette nuit-là, j'ai fait un cauchemar affreux. Le moustique était malade. Il gémissait, étendu sur un lit d'hôpital. Des gouttes perlaient à son front.

Jean est arrivé. Sa chemise collait à sa peau. Il avait couru. Il s'est approché ; il a cueilli le moustique et il l'a bercé tendrement.

— Chuuuttt… Chuuuttt… Chuuuttt… Marie-Lune est partie, moustique. Elle ne reviendra pas….

J'étais juste à côté mais ils ne me voyaient pas. Je criais mais ils ne m'entendaient pas. Alors, j'ai plongé en moi. J'ai rassemblé toute ma fureur, toute ma douleur. Et j'ai hurlé à pleins poumons.

Mon cri a dû réveiller le tonnerre. J'étais assise dans mon lit, trempée de sueur, le cœur battant à tout rompre. Dehors, il tombait des clous.

Je ne m'étais jamais sentie aussi misérable. Aussi profondément malheureuse. Aussi complètement dépossédée.

Une épave.

L'angoisse est devenue insupportable. Je suis sortie pieds nus. La pluie et le vent plaquaient ma chemise de nuit sur mon corps.

J'ai glissé à quelques reprises, senti la boue froide sur ma peau. Mais j'ai couru quand même.

Un éclair a traversé le ciel. Tout près. J'ai cru que mon corps s'allumerait.

J'ai reconnu sa cellule. Elle était réveillée. J'en étais sûre. Qui pouvait dormir par un temps pareil ?

Je me suis jetée sur la porte et j'ai frappé à grands coups de poing.

— Ouvre, Élisabeth ! Je t'en supplie. J'ai peur, Élisabeth ! Ouvre ! Je t'en supplie !

J'ai frappé encore. Longtemps. Jusqu'à ce que les jointures de mon poing soient rouges et gonflées. Jusqu'à ce que je ne ressente même plus la douleur. Jusqu'à ce que je ne croie plus à rien.

Alors, j'ai crié.

— *Fuck you*, Élisabeth ! *Fuck* ton silence, Élisabeth ! *Fuck* ton Dieu, Élisabeth !

Cette fois, je n'ai pas couru. J'ai marché comme une somnambule. Je n'étais pas pressée. Plus rien ne comptait. La pluie pouvait bien tomber. Rien ne m'atteignait.

Je me suis assise dehors, sous l'orage, devant la maison des visiteurs. Et j'ai attendu que vienne le matin.

Chapitre 7
L'histoire d'Élisabeth

Je n'ai pas entendu Élisabeth approcher. Soudain, elle était là. Sans voile, le visage ruisselant, ses cheveux courts collés au front. Un vieux châle couvrait mal ses épaules et le vent battait les pans de sa robe de nuit.

Elle m'a prise par la main; m'a fait entrer; m'a fait monter. Je n'étais plus qu'un petit paquet de pluie. Elle m'a aidée à retirer ma chemise mouillée puis elle a arraché une couverture du lit et elle m'a enveloppée doucement dans la laine chaude.

Je me disais que c'était un autre de ces moments fragiles. De ceux qui ne durent pas. Mais j'étais incapable de lutter.

— Viens…

Élisabeth parlait. Elle acceptait enfin de rompre son satané silence.

Elle s'est assise devant moi sur le vieux tapis du salon. Ses mèches courtes frisottaient déjà.

— Je t'écoute, Marie-Lune.

Pauvre Élisabeth! Elle ouvrait les vannes sans deviner le tumulte derrière. Elle semblait prête à tout accueillir et je savais qu'elle m'écouterait jusqu'au bout. Alors j'ai tout dit. En commençant par le plus urgent.

— Je veux mourir.

Les mots avaient déboulé. Il avait fallu que je m'accroche au regard d'Élisabeth pour ne pas tomber.

Ces trois mots résumaient l'essentiel. Je ne voulais plus lutter ; je n'avais plus envie de me battre. Mais il n'existait rien en marge de ce combat insensé. Aucun lieu pour déserter. Rien d'autre à faire que s'étendre sur le sol et se laisser mourir.

Élisabeth n'avait pas bronché. C'est ce que j'aimais tant chez elle. Cette présence tranquille et assurée, ces yeux d'azur. On pouvait jeter l'ancre dans ces eaux immobiles.

Alors, j'ai raconté. Les bras chauds et parfumés de Fernande et ce matin cruel où j'avais tant voulu embrasser ma mère parce que je venais tout juste de comprendre qu'elle allait mourir. Nous allions nous quitter fâchées, sans adieux. J'étais prête à courir jusqu'à l'hôpital. Je me sentais capable d'enjamber des montagnes pour arriver à temps.

Mais c'était inutile. Elle était déjà morte.

C'est là que tout avait commencé. La peur folle des départs. La hantise de l'absence. L'impression que tout glisserait toujours entre mes doigts. Au début, j'arrivais à chasser ces inquiétudes. Mais, peu à peu, elles se sont incrustées.

Les adieux au moustique ont ravivé l'angoisse. L'annonce du départ de Jean m'a confirmé que la vie était impossible. Tout ce que je touche meurt ou disparaît.

J'avais déjà raconté ça à ma psy. Elle avait écouté, elle aussi. Mais le reste, je ne l'avais jamais dit. J'avais bien failli, quelquefois, dans le petit bureau de la rue Panet, mais à la dernière minute je ravalais les mots.

J'ai raconté à Élisabeth mon pire cauchemar. Celui dans lequel ma mère m'accusait de l'avoir tuée.

À mon réveil, chaque fois, je me disais que ma mère connaissait mon secret. Elle savait qu'à sa mort une petite partie de moi s'était sentie soulagée. J'avais mal jusqu'au fond de l'âme pourtant, mais la mort de ma mère apportait aussi une promesse : je pourrais aimer Antoine. Fernande ne s'interposerait plus entre lui et moi. Ça aussi c'était vrai. Même si c'était monstrueux.

Élisabeth ne paraissait pas horrifiée. Peut-être ne me croyait-elle pas. Il fallait qu'elle me croie, alors j'ai haussé le ton.

— Écoute ! Ma mère venait de mourir, rongée par un cancer que je n'avais même pas deviné, malgré une foule d'indices. Son corps était encore chaud et je pensais à Antoine et j'étais soulagée. M'entends-tu ?

J'aurais voulu qu'Élisabeth se sauve. Si j'avais pu, j'aurais couru moi aussi pour échapper à ces souvenirs.

Élisabeth ! Ma douce Élisabeth ! Elle s'est penchée et elle m'a embrassée.

Alors, je lui ai raconté ma vie sans le moustique. Comment l'arrivée de chaque nouvelle saison me chavirait. J'aurais tant voulu lui montrer le lac, les sapins, les chutes… Aux quatre saisons. Dans l'air parfumé du printemps et les vents glacés d'automne. Sous des soleils de neige et de feu.

Je lui ai parlé de tous ces petits garçons que j'avais épiés dans les rues de Montréal. Combien de fois m'étais-je demandé si l'enfant, là, sur le trottoir, devant moi, était le mien ? Je ne savais même pas si mon fils était blond, si ses cheveux bouclaient, s'il y avait une forêt dans ses yeux.

Pendant trois ans, la pression avait monté. La pauvre D^{re} Bérubé avait beau essayer de recoller les morceaux à mesure qu'ils tombaient, je craquais de partout.

— J'étais déjà en miettes avant la lettre d'Antoine, alors dis-moi, Élisabeth, comment je pourrais continuer ? J'en ai assez de vivre entourée de fantômes avec la douleur et l'angoisse collées au ventre. Quand j'étais dans ta cellule, j'ai vu le visage de Jean à la fenêtre. Je ne t'ai pas parlé de Jean, Élisabeth... Je ne te parlerai pas de Jean.

Je pleurais. Encore. À cause de Jean. De cette île fabuleuse où j'avais rêvé de vivre. Je ne voulais pas penser à Jean. Je ne voulais plus souffrir.

— Je veux mourir, Élisabeth. J'espère que mon moustique ne sera pas comme moi. Qu'il apprendra à se tenir droit. C'est un vieux rêve à moi. Quand il pleut, quand il tonne, quand le ciel s'emballe et que le vent devient fou, les sapins du lac, devant la maison, restent bien droits. Il n'y a que leurs bras qui s'agitent et ploient. Mais il n'y a rien de fragile dans ces mouvements-là. On dirait qu'ils défient les tempêtes, qu'ils se moquent du vent. J'ai toujours cru qu'ils dansaient dans la tourmente. En les regardant, on se sent plus grand. On a l'impression que tout est possible.

J'entendais la rumeur du vent dans les arbres, mais elle ne m'atteignait plus. Je songeais à cette scène qu'on retrouve dans presque tous les films de guerre. Un soldat court. La balle siffle. L'homme est touché. Son corps est agité d'un soubresaut mais il tient miraculeusement le coup. Puis, c'est la rafale. Une pluie de balles. Il est criblé de trous. Des tas de petits obus dans la tête, le cœur, le ventre. Alors, l'homme chancelle et il tombe.

J'avais fini. Je ne parlerais plus. Élisabeth me regardait toujours.

— C'est tout ?

J'ai écarquillé les yeux. Oui... c'était tout. Alors, j'ai hoché la tête.

— Pauvre Marie-Lune. Ton histoire est bien triste, mais tout le monde a ses fantômes. Tu n'es pas la seule et, crois-moi, tu n'es pas un monstre.

Était-ce pour me consoler ? Pour gagner du temps ou me prouver son amitié ? Peut-être avait-elle deviné ma curiosité. Cette nuit-là, Élisabeth m'a raconté son histoire.

Je l'ai reçue comme un cadeau.

— *Je suis née à Cergy, en banlieue de Paris. Ma mère est infirmière, mon père, professeur d'histoire. Ce sont des parents chouettes. J'ai aussi un frère et une sœur. C'est à l'école primaire que j'ai rencontré Simon. Sa première lettre d'amour, il me l'a écrite avec des crayons de cire.* «Je t'adore beaucoup Lisabeth.» *Il avait signé:* «le beau Simon». *Simon n'était pas prétentieux. Simplement, tout le monde l'appelait le beau Simon. Il avait d'immenses yeux bleus, des tas de boucles blondes, un sourire radieux. Je lui avais répondu:* «Moi aussi.» *Et j'avais signé:* «Élisabeth» *en insistant sur le É avec mon crayon.*

À douze ans, nous avons promis de nous épouser. Mes seins s'étaient mis à pousser. J'aimais Simon d'une manière nouvelle et j'étais triste lorsque Léonie Dubreuil riait avec lui. Le jour où elle a invité Simon à passer le week-end avec sa famille à leur maison de campagne, j'ai senti mon cœur arrêter de battre. Simon a hésité un peu. J'étais désespérée. Puis, il a demandé:

— *Élisabeth peut-elle venir aussi ?*

Léonie était furieuse. Elle n'a même pas répondu. J'ai sauté au cou de Simon. L'idiot semblait surpris. Il n'avait rien compris. Alors, je lui ai expliqué qu'à mon humble avis Léonie était amoureuse de lui. Il a haussé les épaules.

— *C'est impossible! Je t'aime et nous allons nous épouser.*

La demande en mariage était peut-être moins pompeuse que dans les films à la télé, mais j'étais ravie et nous nous sommes embrassés.

Nous étions inséparables. À neuf ans, pour la première fois, nous nous étions retrouvés dans deux classes différentes. Ensemble, nous étions allés rencontrer M. Murail, le directeur. Simon avait parlé. Je ne me souviens plus des mots, mais il était diablement sérieux et le lendemain son pupitre était à côté du mien.

J'ai toujours aimé Simon et j'ai toujours voulu devenir médecin. À cause de Françoise, ma mère, qui était infirmière. Je l'entends encore...

— *Si j'avais su, je serais devenue médecin! Soulager, soulager... J'en ai marre. MARRE, MARRE, MARRE! C'est guérir que je veux.*

Elle s'enflammait et parfois mon père se fâchait.

— *Tu ramènes tes malades à la maison. Ils sont toujours là, dans ta tête, tout le temps. Tu ne penses qu'à eux.*

C'était un peu vrai, mais nous savions que mon père aimait ma mère justement pour cette raison. « Son engagement ». J'ai mis bien des années avant de comprendre la portée de ces mots.

Simon m'écoutait parler des patients de ma mère et de leurs maux divers. Je voulais devenir chirurgienne. Arracher tout ce qui était bousillé. Ou cardiologue. Rafistoler des cœurs! Les urgences aussi m'intéressaient. Stopper le sang. Réanimer... Simon a finalement décidé que je n'arriverais pas à accomplir tous ces exploits en une seule vie. Il plongerait donc lui aussi.

Les premières années furent formidables. Nous étudiions comme des dingues, animés d'une même ardeur et toujours si heureux d'être ensemble. L'hôpital fut un choc pour moi. Mille fois plus horrible, mille fois plus extraordinaire que tout ce que j'avais imaginé.

Pauvre Simon! Tant d'heures à m'apaiser, à m'écouter. Au gré des étages où j'étais assignée pendant mon internat, je rentrais à la maison extasiée ou abattue et la tête toujours bourrée de questions. Comprends-moi. J'étais plutôt douée et je saisissais bien la nature comme le développement des maladies et les diverses interventions possibles. Mais le reste... La nature humaine, la souffrance, l'espoir... Tout cela me paraissait bien mystérieux.

Plus tard, en y repensant, j'ai compris qu'il y avait eu des moments décisifs. Comme cette nuit aux urgences, en février. Il avait neigé pendant des heures et toute la ville était paralysée. La dame avait presque accouché dans le taxi. On voyait déjà la tignasse rousse du bébé entre ses jambes. J'avais prononcé une phrase banale en l'apercevant, car j'étais trop abasourdie pour trouver d'autres mots.

— Tout va bien, madame. Votre bébé s'en vient.

Crois-le ou non, c'est tout ce qu'elle attendait. Elle avait retenu son bébé de toutes ses forces pendant de longues minutes avec la seule énergie de son amour parce qu'elle avait peur que ça déraille et qu'elle voulait son bébé en lieu sûr, en bonnes mains.

Ces bonnes mains, c'était elle. Ce lieu sûr, c'était elle. Le bébé n'avait besoin de rien d'autre. L'expulsion fut formidable. J'ai à peine eu le temps d'attraper le petit être glissant. Je me sentais dépassée. C'était magique, mystérieux, tellement merveilleux.

Un mois plus tard, j'étais à l'étage des cancéreux. Tous les jours, je constatais un décès. Jeunes, vieux, pauvres, riches, aucun d'eux ne voulait mourir. Plusieurs patients se débattaient, d'autres étaient plus résignés. En rentrant, le soir, je me sentais coupable de vivre et je me demandais pourquoi j'avais tant désiré devenir médecin.

— On ne peut rien faire, Simon. Nous trompons la douleur; nous étirons un peu les vies. C'est tout. Et parfois nous ne réussissons même pas ça. Le patient nous implore d'un regard si douloureux…. Je voudrais alors l'aider à mourir sans trop souffrir. N'est-ce pas ce qu'on fait avec les chevaux et les chiens? Parce qu'on les aime et qu'on les respecte. Parce qu'il y a des souffrances que nul ne devrait endurer.

C'est Simon qui m'a appris à simplement consoler quand plus rien ne va. Il m'écoutait sans m'interrompre et caressait doucement mes cheveux en faisant: chuuuttt… chuuuttt… chuuuttt… C'est peut-être ça, la plus grande médecine.

Simon n'était pas insensible. Il trouvait, lui aussi, notre tâche difficile. Mais il n'était pas, comme moi, torturé par tant de questions. Était-ce moi qui comprenais mal? Ou lui qui ne percevait pas le mystère? Pour Simon, la vie, la mort faisaient partie de l'ordre des choses. Il était sans doute aussi ému que moi mais beaucoup moins déchiré.

On ne s'habitue pas à côtoyer de si près le bonheur et l'horreur. Mais avec l'aide de Simon, je me sentais devenir un sacré bon médecin. Quant à lui, les patients l'adoraient. Les infirmières aussi d'ailleurs…

Comme moi, Simon a eu un choc en apprenant que nous serions séparés pendant trois mois, la durée de notre dernier stage, celui en région éloignée. Cette fois, le directeur ne s'était pas laissé amadouer. Simon partait en Bretagne et moi dans les Hautes-Alpes. À nos retrouvailles, nous devions nous épouser. J'avais hâte et Simon aussi. Nous vivions ensemble depuis le début de notre internat, mais il fallait remplir cette promesse que nous nous étions faite à douze ans. Ce n'était pas un jeu mais un engagement. J'avais fini par comprendre le sens du mot fétiche de mon père.

À mon arrivée à Chauveau dans le Briançonnais, j'ai d'abord cru qu'on m'avait joué un tour. Il n'y avait pas de village, à peine un hameau. Le Dr Morel, le médecin chargé de superviser mon travail, a profité de mon séjour pour s'éclipser. Le vieil homme était fatigué et il aimait trop le vin. Je pensais que ces trois mois seraient bien longs, mais tous les jours des paysans se présentaient à la clinique logée dans ma petite maison et j'étais même souvent débordée. Heureusement, tous les jeudis, une jeune infirmière me prêtait main-forte.

La clientèle de cette clinique était parfois étonnante. Je me souviendrai toujours de la première semaine. Entre deux infections pulmonaires et quelques fractures, un homme est arrivé, le visage ensanglanté, une petite chèvre dans ses bras. Il avait franchi je ne sais quels obstacles pour sauver cet animal blessé. Leur sang se mêlait sur la chemise du pauvre homme. Il avait besoin de plusieurs points de suture au front mais, avant de pouvoir commencer, j'ai dû lui promettre qu'immédiatement après je recoudrais le flanc de sa chèvre.

À la fin de cette première semaine, j'ai compris que j'étais heureuse. Malgré l'absence de Simon, à qui je pensais mille fois par jour et à qui je racontais tout dans ma tête.

J'étais presque née à Paris; je ne connaissais de vivant que les gens. Et voilà que je découvrais la montagne, ses rochers, ses fleurs, ses bêtes et ses torrents. J'aurais pu passer des heures à contempler cette nature grandiose; à cueillir la gentiane, l'ancolie, le chardon à fleur bleue et la lavande; à guetter le passage d'un chamois, d'un aigle ou de quelques bouquetins.

La nuit du neuvième jour, un bruit m'a réveillée. Quelqu'un martelait ma porte à grands coups. Un peu comme toi, Marie-Lune, tout à l'heure...

— Vite! Venez! Sœur Emmanuelle est mourante.

J'avais dû calmer un peu la pauvre petite sœur avant de la laisser continuer.

— Elle allait mieux depuis presque une semaine. Mais hier, brusquement, son état s'est détérioré. Elle va mourir.

Dehors, un brouillard épais étouffait les étoiles. J'ai attrapé ma trousse et j'ai sauté dans le véhicule tout-terrain qui a démarré en trombe. C'était un peu surprenant, cette religieuse à l'ancienne, avec voile et tout, filant sur la route en lacet au volant d'une vieille jeep poussiéreuse.

Le monastère était à trente minutes de route. J'ai appris avec effroi que sœur Emmanuelle avait vingt-huit ans. Deux mois plus tôt, le Dr Morel avait diagnostiqué une embolie. L'idiot ne m'en avait même pas glissé un mot. Les membres étaient paralysés, mais le reste était intact. Jusqu'à cette rechute.

J'aurais voulu que Simon soit là. Je me sentais incapable d'affronter la mort sans armes. Si sœur Marie-Michelle disait vrai, il n'y avait rien à faire sinon caresser les cheveux de cette Emmanuelle en murmurant: chuuuttt...

chuuuttt... chuuuttt... jusqu'à ce que la dernière lueur en elle vacille puis s'éteigne.

La prieure avait installé Emmanuelle dans une petite chambre au monastère. Elles étaient quatre ou cinq autour d'elle. Les autres moniales chantaient dans la chapelle.

Jamais je n'oublierai le visage d'Emmanuelle. Si pâle, et pourtant, lumineux. Ses yeux étaient fermés, mais la vie battait encore derrière les minces paupières. Elle a pris ma main. C'était moi, le médecin ; elle qui allait basculer dans le vide. Et voilà qu'elle prenait ma main. Pas pour s'accrocher à la vie comme tant d'autres mourants l'avaient fait avant. Non. Elle a simplement, presque imperceptiblement, pressé ma main dans la sienne.

Puis, elle a ouvert les yeux. Des yeux pleins de tout. De soleil et de terre, de silence et de lumière. Clairs et profonds. Un faible sourire s'est dessiné sur ses lèvres. Ses amies chantaient toujours dans la chapelle à côté. Elle a chuchoté.

— Je vais mourir.

Il n'y avait pas de regrets, ni de peur dans sa voix. Sans être résignée, elle ne luttait pas. Elle était plus pâle que la lune, mais elle irradiait.

Elle est morte presque tout de suite.

Autour d'elle, les sœurs n'ont pas bougé. On voyait bien, pourtant, qu'elle venait de décéder. Je me suis sentie obligée de le dire :

— Elle est morte.

Dans la chapelle, à côté, le chant a pris un nouvel élan. On aurait dit qu'elles voulaient porter leur amie, l'élever, l'aider à s'envoler.

Je suis restée longtemps. Une heure, peut-être deux. Une émotion d'une violence inouïe m'avait envahie. La marée montait en moi. Une présence fragile, immense, m'inondait. J'avais peur de bouger. Je ne voulais rien perdre de tout cela.

Des heures plus tard, de retour à ma petite maison, j'étais encore habitée par cette merveilleuse chose et toute la nuit j'ai pensé à Emmanuelle. Je la revoyais, si brave, si solide, à deux pas du vide.

J'avais fait un saut en parachute à la fin de ma première année de médecine. Tous les ans, plusieurs étudiants de la faculté s'initiaient à ce sport. Devant la porte ouverte de l'avion, quelques secondes avant de plonger dans le vide, une peur atroce m'avait étranglée. Je portais un parachute de secours en plus de l'autre, à ouverture automatique. Il n'y avait jamais eu d'accident à ce club d'aéronautique. C'était insensé... mais j'avais horriblement peur que les deux parachutes n'ouvrent pas.

J'avais sauté quand même. Et pendant cinq secondes épouvantables qui m'avaient paru des siècles, j'avais cru que j'allais mourir. Je ne pensais même pas à ouvrir le parachute de secours. J'étais paralysée d'effroi lorsque j'ai enfin senti la brusque secousse. La voilure s'était gonflée; je flottais. J'ai atterri sans problème et je n'ai plus jamais sauté.

Emmanuelle avait sauté en souriant. Dans la joie. Il n'y avait pas l'ombre d'un doute au fond de ses yeux. Elle savait qu'Il était là. Qu'Il l'attendait. Pour elle, le néant n'existait pas. Elle avait rendez-vous avec Dieu. Depuis des années, elle préparait amoureusement ce moment et voilà qu'Il l'appelait, enfin. Alors, elle courait vers Lui, rayonnante.

Tous les jeudis après-midi, pendant ces trois mois, je confiais la clinique à Laurence, la jeune infirmière qui m'assistait, et je fonçais vers le monastère. J'arrivais à temps pour les vêpres. Après, je parlais longuement à sœur Francesca, la prieure. Les autres moniales restaient blotties dans leur silence, mais sœur Francesca avait pour tâche d'accueillir les visiteurs de passage et de guider ceux qui croyaient avoir trouvé une vocation.

Je savais que Dieu m'avait appelée. Sœur Francesca aussi. Elle voyait clair en moi même si elle ne le disait pas.

S'il n'y avait pas eu Simon, j'aurais défoncé la porte du monastère quelques jours après ma première visite. Je me serais jetée dans les bras du Seigneur tout de suite, sans me débattre.

Mais j'aimais Simon. Et même, aussi étonnant que cela puisse paraître, je l'aimais encore plus qu'avant. D'une certaine façon, rien n'avait changé. Le souvenir de l'odeur de son corps me grisait encore. Je chérissais chacun des moments que nous avions partagés. J'aimais tout ce qu'il représentait. Mais j'avais rencontré Dieu et plus rien n'était pareil.

Pauvre Simon! Cent fois, je lui ai écrit mais il n'a rien reçu. Toutes ces lettres ont échoué dans la corbeille.

Il m'attendait à la gare. Il était encore plus beau que dans mes souvenirs. J'ai couru vers lui; je me suis jetée dans ses bras et j'ai pleuré, pleuré, jusqu'à ce que mon corps soit encore secoué de sanglots mais qu'il n'y ait plus de larmes. Je ne savais pas ce qu'il fallait dire. Je n'avais rien décidé, mais dans les bras de Simon je venais de comprendre que quoi que je fasse, quoi que je dise, mon cœur appartenait à Dieu.

Pauvre Simon! Je lui serais toujours infidèle. J'aimais Dieu et cette certitude fulgurante abolissait tout. Plus rien ne comptait; tout mon être tendait vers Lui.

Simon a eu très mal. C'était un prix affreux à payer. Si bien que parfois mes certitudes chancelaient. J'étais prête à renoncer à Lui. À rester pour Simon. J'aimerais Dieu d'un peu plus loin. C'est tout. Mais la nuit, mon cœur, mon âme se révoltaient. J'étouffais. Je n'en pouvais plus de vivre loin de Lui.

Un matin, Simon m'a embrassée en pleurant. Il m'a dit adieu. Il m'aimait. Il savait aussi que je l'aimais. Et il avait mal de me voir souffrir. Pour me libérer, il partait.

Je suis rentrée au monastère le jour même. Et j'ai découvert que sœur Francesca avait raison. De l'extérieur, la vie moniale semble monotone. Ces mêmes gestes, ces mêmes prières. Mais c'est tout le contraire. À l'intérieur, c'est les montagnes russes. Ce que nous vivons est très intense. Il y a des moments extraordinaires et d'autres très difficiles...

Je n'ai jamais regretté mon choix, Marie-Lune. Dieu m'a vraiment appelée. Mais quelques jours avant de prononcer mes premiers vœux, je me suis enfuie. J'ai erré deux jours dans les montagnes, plus malheureuse que les pierres. À mon retour au monastère, sœur Francesca m'attendait. Elle n'a rien dit. Elle m'a prise dans ses bras et elle m'a bercée comme une enfant.

Tout s'écroulait. J'avais peur. Je ne pouvais pas prononcer ces vœux.

Non, Marie-Lune... Ce n'est pas ce que tu penses. Je n'avais pas peur de la solitude et du silence. Avec Dieu on n'est jamais seule et le silence est rempli de prières. Rien au monde ne m'attirait plus que Dieu. Mais j'avais peur, Marie-Lune... Affreusement peur de ne pas être à la hauteur. Je me sentais si petite, si pauvre, si imparfaite. Et je l'aimais tellement. J'aurais voulu être grande et belle et forte. Cent fois plus fervente. J'avais si peur qu'il ne m'aime pas. Qu'il ait seulement pitié de moi.

Sœur Francesca avait tout deviné.

— Tu peux fuir jusqu'au bout du monde, Élisabeth, ça ne changera rien. Si Dieu s'est installé en toi, tu le retrouveras toujours et tu découvriras qu'il t'aime comme tu es. Tu aurais beau tuer ton père, ta mère, ton frère, Élisabeth... Rien de ce que tu peux faire ou imaginer ne le fera changer. Il t'aimera toujours autant et il sera toujours là. Dieu ne nous abandonne pas. Il ne blâme pas, ne calcule pas. Son amour est immense. Maintenant, décide ce que tu voudras. Tu es libre.

Je me suis écroulée dans ses bras. Un mois plus tard, j'ai prononcé les premiers vœux. Et peu après, je suis venue ici. Souvent, encore, j'ai peur de ne pas être à la hauteur. Mais je n'ai jamais regretté de m'être unie à Lui. La peur paralyse, Marie-Lune. Il faut savoir la repousser. Elle cache le plus important.

Élisabeth avait terminé son histoire. Elle est repartie.

Chapitre 8
Tu peux fuir
jusqu'au bout du monde

Un soleil éclatant m'a réveillée. J'avais dormi jusqu'au matin sur le vieux divan où Élisabeth m'avait abandonnée. On aurait dit que j'avais des années de sommeil à rattraper.

Il faisait un temps splendide. Je suis sortie et je me suis étendue sur le dos, dans l'herbe chaude et parfumée, puis j'ai fermé les yeux.

Au début, le silence est vide. On n'entend rien. Il faut patienter. Peu à peu, les bruits surgissent. Une branche gémit. Un criquet s'excite. Un écureuil court sur un tronc en griffant l'écorce. Le vent souffle. L'herbe s'agite. Une sittelle siffle longuement. Des geais lancent leurs cris perçants. Quelques mésanges s'envolent dans un doux bruissement d'ailes. Les feuilles tremblent…

Je pensais à Élisabeth. À ce qu'elle vivait secrètement. C'était peut-être comme cette forêt. Toute cette activité derrière le silence. Je me disais qu'Élisabeth livrait des luttes elle aussi. De mystérieuses batailles que je ne comprendrais sans doute jamais. Ce pays intérieur qu'elle voulait conquérir n'était pas sec et plat comme le désert. Il n'était pas vide comme les plaines. J'imaginais plutôt une jungle, dense et excessive, à la fois superbe et effrayante, pleine de surprises.

Je ne croyais pas en Dieu, mais j'avais envie de me joindre aux moniales. De chanter avec elles, de me réfugier dans la chaleur de leur communauté. Mais sœur Louise savait que je n'avais pas la foi. Jamais elle n'accepterait que je fasse semblant.

L'histoire d'Élisabeth m'avait bouleversée. Ce n'était pas tant sa séparation de Simon qui m'avait ébranlée, ni même la mort d'Emmanuelle, mais ce qu'elle avait dit de Dieu. J'aurais tant aimé, moi aussi, vivre avec cette fabuleuse certitude de n'être jamais seule. Aimer quelqu'un qui ne meurt pas, ne se sauve pas et qui, tous les jours, quoi qu'il advienne, m'aime autant.

Quelques phrases me hantaient. J'avais beau les chasser, elles revenaient sans cesse. Sœur Francesca avait adressé ces mots à Élisabeth mais j'imaginais qu'elle me les disait à moi :

— *Tu peux fuir jusqu'au bout du monde, Marie-Lune. Ça ne changera rien. Il t'aimera toujours autant et il sera toujours là. Maintenant, décide ce que tu voudras. Tu es libre.*

Je refusais de chercher à comprendre. Je ne laissais pas ces paroles s'introduire en moi, mais il suffisait qu'elles m'effleurent pour que je sois remuée.

Je suis restée une semaine. Puis deux.

Sœur Louise acceptait que je vole un peu de temps à Élisabeth. Avait-elle compris l'ampleur de ma détresse ? Espérait-elle que cette singulière amitié m'aide à me reconstruire ? Avait-il fallu qu'Élisabeth insiste ? Qu'elle plaide ma cause ?

Je n'allais plus à la chapelle. Le chant des moniales me faisait mal. Un peu comme le spectacle de ces deux amoureux surpris dans la maison abandonnée sur la route du Nord. Mais, tous les jours, je passais plusieurs heures en compagnie d'Élisabeth.

Nous parlions peu et je l'observais beaucoup sans jamais me dissimuler. Je respectais l'intimité de sa cellule, de ses prières, mais je partageais souvent ses corvées et presque toutes ses marches en forêt.

J'ai découvert qu'Élisabeth adorait jardiner, appréciait les séances à l'atelier de poterie et détestait les tâches domestiques. C'était plutôt comique de la voir balayer le plancher ou éplucher des pommes de terre. Elle n'était pas très douée et ne semblait pas du tout souhaiter le devenir.

Un matin, elle s'est éraflé un doigt en tranchant des carottes et j'ai bien cru qu'elle allait lancer un juron. Nos regards se sont croisés. J'ai ri et elle aussi. Un beau rire, franc et joyeux. C'était bon de la découvrir imparfaite et bien vivante.

Tous les après-midi, beau temps, mauvais temps, Élisabeth m'entraînait dans une longue randonnée en dehors des sentiers. C'était le meilleur moment de la journée. Elle marchait d'un pas énergique et régulier, aspirant l'air à pleins poumons, à l'affût de tous les bruits et mouvements.

Elle aimait la forêt et moi aussi. Entre ces arbres, nous devenions complices. Je savais nommer la plupart des oiseaux. Dans son monde où les mots n'existaient plus, Élisabeth épiait longuement les gros-becs errants et les pics flamboyants, le roselin pourpré et la paruline. Elle semblait reconnaître, même de loin, le vol d'une sittelle et devinait la présence d'un lièvre ou d'une gélinotte.

Un jour, nous avons surpris trois chevreuils. Elle n'a pas bougé et moi non plus. Je crois bien que nous ne respirions plus. Longtemps après qu'ils eurent détalé, j'entendais encore le sifflement de leur course. Elle aussi, je crois.

Ces heures en forêt me réconciliaient peu à peu avec la vie. Il y avait quelque chose de contagieux dans l'assurance tranquille d'Élisabeth. Je me sentais redevenir plus solide, plus lucide aussi.

Je ne sais trop quand j'ai compris ou, plus exactement, admis que Jean était là. Mais c'était devenu clair maintenant. Ce visage aperçu à la fenêtre de la cellule d'Élisabeth n'était pas un mirage. L'« aimable jeune homme » qui prêtait main-forte aux moniales le samedi ne m'était pas inconnu. C'était Jean. J'en étais sûre.

Et c'était difficile de ne pas y penser, d'endiguer le bouillon d'émotions et de continuer à vivre entre parenthèses.

J'avais passé le premier samedi enfermée dans la maison des visiteurs, apeurée à l'idée de rencontrer Jean. Combien de fois, ce jour-là, mon cœur s'était-il mis à battre trop vite ? Je songeais qu'il était peut-être là, tout près, en train de réparer un carreau brisé au monastère ou de débroussailler un tronçon du sentier.

Élisabeth m'adressait très rarement la parole. Un après-midi, elle m'a demandé combien longtemps encore je resterais. J'étais installée à la maison des visiteurs depuis plus de dix jours déjà. J'aurais aimé qu'Élisabeth parle franchement, qu'elle me conseille de partir ou de rester. Mais c'était mal connaître Élisabeth.

Souvent, je pensais à Léandre. Sœur Louise lui avait parlé. Je me demandais quels fantômes hantaient les nuits de mon père. Était-il simplement triste ou devait-il, comme moi, affronter des monstres ? La mort de Fernande nous avait séparés, mais je me disais qu'elle pourrait peut-être nous réunir.

Chaque jour, j'avais l'impression d'ajouter une petite pierre à ma fragile construction. Ma nuit avec Élisabeth n'avait rien réglé, rien effacé, mais elle avait crevé l'abcès et je prenais tout mon temps pour panser la plaie.

Un après-midi, alors que j'allais rejoindre Élisabeth pour notre promenade en forêt, je l'ai vue se diriger vers le véhicule tout-terrain, un trousseau de clés à la main. C'était à son tour de faire les courses. Elle m'a laissée venir.

Quelle curieuse randonnée. J'avais fini par m'habituer à son voile, à sa longue jupe, à son chapelet de corde, à ses gros bas et à ses sandales. À Saint-Jovite, par contre, les têtes se retournaient sur son passage et parfois les rires et les moqueries fusaient. Je n'avais pas honte de mon amie, mais j'étais gênée. Acheter du lait, du pain, des légumes et du fromage peut paraître banal, mais en compagnie d'une moniale c'est presque un exploit.

Je me demandais comment Élisabeth recevait ces railleries. J'étais même un peu inquiète. Rien de tout cela ne semblait la fâcher ou même l'émouvoir, mais je me disais que c'était peut-être de la frime. En refermant ma portière, une fois tous les sacs chargés à l'arrière du véhicule, j'ai poussé un énorme soupir. Élisabeth s'est tournée vers moi. Une lueur espiègle brillait dans ses yeux et elle avait un large sourire. J'ai compris que je n'avais pas à me faire du mauvais sang pour elle.

Un autre jour, je l'ai attendue longtemps près du monastère. Je savais qu'elle était dans sa cellule et j'avais hâte qu'elle sorte. Il faisait vraiment beau ; j'étais impatiente de marcher. Au bout d'une heure, je mourais d'envie d'aller me coller le nez à sa fenêtre mais j'ai résisté. Je suis restée quatre heures à l'attendre. Lorsqu'elle est sortie, finalement, je l'ai détestée un peu.

Elle était si pleine de son Dieu. Si elle s'était promenée dans les rues de Saint-Jovite, peut-être que personne n'aurait remarqué la force tranquille qu'elle dégageait et cette fabuleuse présence qui l'animait. Mais je la connaissais. Je savais qu'Élisabeth venait de passer des heures bénies avec Dieu. Qu'elle avait vécu de formidables aventures, en silence, dans sa cellule, pendant que les cigales chantaient.

Le lendemain, à la fin de notre randonnée en forêt, Élisabeth m'a demandé d'aider à corder le bois d'hiver. Il y avait effectivement plusieurs piles très hautes près de la remise, à quelques pas de la cellule d'Élisabeth. J'ai offert de m'y attaquer tout de suite, mais Élisabeth a fait valoir que cela dérangerait peut-être les moniales à l'heure des prières. Il valait mieux attendre le prochain office, à vêpres, quand elles seraient à la chapelle. J'ai tout de suite accepté.

Avais-je deviné? Mon cœur battait comme un fou pendant que je grimpais l'étroit sentier. Le ciel violacé annonçait un lendemain superbe.

Je ne l'ai pas aperçu tout de suite mais j'ai entendu remuer derrière un tas de bois.

Savait-il que je viendrais? Jusqu'à quel point Élisabeth était-elle complice?

Jean a semblé vraiment surpris. Chaviré même. Quant à moi, malgré tous mes pressentiments, j'ai eu un choc en l'apercevant.

La forêt, les cellules et le monastère disparaissaient soudain. Jean inondait l'espace.

Il n'a rien dit. Qu'aurions-nous pu dire? Parfois, les mots sont impossibles.

Il s'est avancé lentement vers le tas de bois; il a pris plusieurs bûches et il s'est dirigé vers la remise. Je l'ai imité.

Pendant deux heures, nous avons travaillé côte à côte. Sa présence m'enivrait. Me remplissait de bonheur. Me terrifiait tout autant.

À quelques reprises, nos corps se sont frôlés. La première fois, je me suis arrêtée. Lui aussi. Une poussière de seconde. L'air était chargé. J'étais survoltée.

Les allers-retours, du tas de bois à la remise, se faisaient plus rapides. Je crois bien que nous nous accrochions à ces gestes pour en chasser d'autres.

Nous n'avions pas échangé un mot, mais j'aurais juré que Jean avait changé. Ou peut-être le connaissais-je mal… J'avais imaginé Jean presque tout-puissant. Et voilà que je le sentais fragile. J'étais étonnée, émue, troublée. Avait-il souffert lui aussi? Était-il réellement venu, chaque été, m'attendre sur les dalles au pied de la cascade?

Soudain, mes bras ont cédé. La charge était trop lourde. Les bûches se sont éparpillées autour de moi. J'ai évité le regard de Jean. Il ne fallait pas qu'il devine mon émoi.

Il s'est approché et il a ramassé un des morceaux de bois. Il allait le déposer dans mes bras lorsque nos regards se sont croisés. Ses yeux étaient encore plus sombres que dans mes souvenirs. Jean s'est arrêté. La bûche a roulé sur le sol.

J'ai eu peur qu'il disparaisse. Qu'il se sauve, qu'il me quitte.

Mais Jean n'a pas fui. Il s'est assis parmi les débris d'écorce et les petites mottes de terre que les bûches avaient laissés derrière et je l'ai rejoint.

Sa main sur le sol était à quelques centimètres de la mienne. Je n'arrivais à penser à rien d'autre. De longues minutes se sont écoulées. Puis, lentement, doucement, sa main s'est posée sur la mienne. Un long frisson m'a parcourue, mais je n'ai pas bougé. À peine ai-je frémi un peu.

Une onde de bonheur m'a submergée pendant quelques secondes puis j'ai senti l'angoisse m'étreindre. J'avais horriblement peur d'être à nouveau blessée. Mais il y avait pire encore. J'étais saisie d'une appréhension nouvelle. J'avais peur que Jean souffre. Que mes fantômes l'étouffent, que mes tempêtes le brisent.

J'aimais Jean. Si fort et depuis si longtemps. Mais je le découvrais vulnérable lui aussi.

C'était un poids nouveau. Et j'étais si peu solide. Je pouvais risquer de gâcher ma vie. Mais la sienne?

J'ai éclaté en sanglots.

Ma mère avait cette expression pour dire les grandes douleurs: écorché vif. C'est ce que j'éprouvais. Jusqu'au fond des entrailles.

Jean était aux aguets. Il n'osait pas bouger. Il avait peur, j'en étais sûre. J'ai pris sa main; je l'ai enveloppée dans les miennes et je l'ai portée à mes lèvres avant de la presser tendrement sur ma joue. J'ai fermé les yeux pour mieux graver ce moment dans ma mémoire. Puis, je suis partie.

Chapitre 9
L'édifice s'écroule

J'avais décidé de rentrer à Montréal mais pour quelques semaines seulement. Je voulais revoir Léandre et lui parler longuement, mais je savais que je ne vivrais plus à Montréal. J'avais trop besoin d'une forêt, d'une montagne, d'un lac. Il y avait sûrement d'autres lacs, semblables au mien, quelque part sur cette planète. Je laissais le lac Supérieur, ses arbres et sa cascade à Jean.

J'essayais d'être forte. Je pensais bien revoir Jean un jour. Dans plusieurs mois ou dans quelques années. Il aurait une autre amoureuse, des enfants peut-être.

Et moi? Pourrais-je aimer encore? Il ne fallait pas y penser. Me contenter de survivre, de me reconstruire.

Je n'étais pas complètement démolie. Il restait quelques pierres pour soutenir la faible charpente. Mais j'étais trop dévastée pour accueillir Jean. Il méritait une amoureuse moins abîmée, moins douloureuse. Peut-être aurait-ce été possible beaucoup plus tard. Lorsque les traces du ravage auraient disparu. Mais Jean m'attendait depuis trois ans déjà et je n'étais pas certaine de réussir à me rebâtir.

J'avais décidé de quitter les moniales le lendemain. Après matines. Élisabeth serait à la cuisine. C'était son jour de corvée. Je lui laisserais ma lettre. Plus tard, beaucoup plus tard, j'écrirais à Jean. Mais la lettre à Élisabeth, je l'avais écrite d'une traite. Les mots couraient plus vite que mes pensées sur le papier.

Chère Élisabeth,

Ne crois pas que je fuis...

J'ai beaucoup grandi et beaucoup vieilli au cours des derniers jours. Ta présence, ton histoire aussi ont bouleversé ma vie.

Je pense bien vouloir vivre. Non... J'en suis sûre. Et c'est un peu, beaucoup même, à cause de toi. Je sais qu'il y aura des tempêtes et que je ne réussirai pas toujours à danser. Je perdrai sans doute quelques branches, mais mes racines creuseront le sol.

Je n'en suis pas tout à fait sûre mais je ne crois pas que Dieu existe, Élisabeth. Ce qui est bon, c'est de savoir que toi, tu existes. Que tu chantes ici. Dans la montagne derrière la côte à Dubé, près de ce tournant du sentier où l'eau s'affole avant d'éclater dans un bouillon superbe sur les grosses pierres lisses. Je saurai toujours qu'une petite sœur aux yeux d'eau, celle qui connaît si bien les geais, les gros-becs et les sittelles, prie Dieu sans rien demander de plus.

Tu m'as beaucoup aidée, Élisabeth, mais tu me laisses avec un vide de plus et je ne peux m'empêcher de trouver ça injuste. Si seulement je pouvais, moi aussi, être un peu habitée par ton Dieu... La vie, c'est un truc long et difficile et j'aimerais tellement sentir une présence, même toute petite, mais continuelle, éternellement fidèle.

Je ne crois en rien, Élisabeth. Et c'est bien triste.

J'ai peur de ne jamais oublier Jean. De vivre toujours seule. De traîner toute ma vie cette solitude immense. J'aurais tant besoin de savoir que, quelque part, quelque chose ou quelqu'un ne bouge pas, ne change pas, ne fuit pas. Se tient droit et m'aime.

Élisabeth, Élisabeth… Si seulement tu pouvais me donner un petit morceau de ton Dieu.

Mais ne t'en fais pas trop… Je pars avec ce bonheur nouveau de savoir que tu existes et j'imaginerai souvent le chant des petites sœurs d'Assise dans la nuit.

Je t'aime beaucoup, Élisabeth. Je n'ai jamais eu de sœur. Mais en secret – le savais-tu ? – c'est ainsi que je t'appelle.

Ma sœur.

Marie-Lune

Ce soir-là, je suis restée longtemps debout à la fenêtre à contempler la lune puis j'ai dormi jusqu'après matines. À mon réveil, j'ai pris la lettre à Élisabeth, mon sac à dos et j'ai grimpé le sentier, le cœur lourd.

J'étais si bien perdue dans mes pensées que je n'ai pas remarqué tout de suite l'odeur de fumée. J'avais dépassé la chapelle lorsque j'ai enfin compris.

J'ai couru jusqu'au monastère. Un nuage gris montait derrière l'aile nord. On ne voyait pas de flammes, mais le foyer de l'incendie semblait se trouver dans la cuisine.

J'ai entendu sœur Louise m'expliquer que les pompiers volontaires avaient été alertés. Malheureusement, ils ne pouvaient venir en camion jusqu'ici. Ils allaient hisser une pompe mobile à l'aide d'un véhicule tout-terrain et utiliser le cours d'eau derrière le monastère. En attendant, il n'y avait rien à faire.

J'ai senti un étau m'enserrer. Encore une fois, rien ne durait. Et moi qui n'avais que cette minuscule certitude : savoir que, plus haut que la côte à Dubé, Élisabeth et ses amies priaient Dieu. Mon fragile édifice allait s'écrouler.

Soudain, la terreur a remplacé l'angoisse.

ÉLISABETH !

Du regard, je l'ai cherchée. J'ai vu Jean, quelques moniales et un ancien voisin prêts à aider lorsque la pompe arriverait. Mais Élisabeth n'était pas là.

Le sol se dérobait sous mes pieds. Élisabeth ! J'aurais dû m'en douter. Tous ceux que j'aime meurent ou disparaissent. Élisabeth était à la cuisine. Comment les autres avaient-elles pu l'oublier ?

Mon cœur cognait comme un enragé. Cette fois, je réussirais à enjamber les montagnes. Élisabeth ne pouvait pas mourir. Je n'étais pas brave : je sauvais ma peau. Si Élisabeth mourait, je n'aurais plus jamais le courage d'avancer.

Il faut savoir se révolter. J'étais une louve furieuse. Trop ivre de colère pour être vulnérable.

J'ai foncé vers la porte la plus près. Déjà, dans le corridor, la chaleur était presque insoutenable et la fumée plus dense que je l'avais imaginée. J'ai couru. En ouvrant la porte de la cuisine, j'ai été plaquée au sol par un souffle puissant, brûlant. La cuisine était en flammes. J'ai réussi à ramper sur quelques mètres. Il y avait beaucoup de fumée, mais les flammes étaient concentrées du côté de la remise. Elles dévoraient déjà le mur mitoyen. Mes yeux brûlaient et plus j'avançais, plus la fumée m'étranglait. Je ne voyais pas Élisabeth. Il fallait que je réunisse des forces pour crier. Sans réfléchir, j'ai aspiré puissamment.

J'ai cru que j'allais étouffer. La fumée m'empoisonnait. Et en toussant, j'en respirais encore malgré moi.

— É...LI...SA...BETH!!!

La cuisine était déserte. J'ai imaginé Élisabeth morte, brûlée, dans la remise à côté. J'arrivais trop tard. Encore une fois.

Malgré tout, j'ai rampé vers la petite porte. C'est là que j'ai senti une morsure. J'ai crié, secoué mon pied. Les flammes étaient tout près. Jamais je n'arriverais à atteindre cette porte. J'ai pensé que Dieu existait sans doute. Et qu'il s'acharnait sur moi.

Mon corps s'est écrasé sur les planches chaudes. Non... je n'allais pas me débattre. Juste m'étendre sur le sol...

Une masse s'est abattue sur moi. Jean. Ses yeux lançaient des éclairs.

Il m'a prise comme un vulgaire paquet qu'il aurait voulu lancer au loin. Les flammes dansaient autour de nous. Il a foncé. Comme un ouragan.

Dehors, il m'a laissée tomber dans l'herbe puis ses larges mains ont empoigné mes épaules et il m'a secouée rageusement. Ses doigts s'enfonçaient dans ma peau. Il n'était que colère.

— Tu feras ce que tu veux maintenant, Marie-Lune Dumoulin-Marchand, mais tu ne mourras pas. Et je ne t'attendrai plus jamais. Jamais!

Chapitre 10
Ils dansent dans la tempête

Élisabeth n'était pas allée à la cuisine ce matin-là. Elle guettait l'arrivée des pompiers, plus bas, sur le sentier.

Pendant que les pompiers maîtrisaient les flammes, sœur Louise m'a raccompagnée à la maison des visiteurs sans prononcer un mot. Elle avait rapporté mon sac à dos abandonné dans l'herbe à la porte du monastère. Je lui ai remis la lettre pour Élisabeth. Puis, j'ai fait semblant de vouloir dormir. Je désirais être seule.

J'ai vécu ce jour-là avec la fureur de Jean. Ses yeux qui lançaient des éclairs. Jean le doux… avec cet ouragan en lui. J'avais presque oublié la fumée et les flammes, mais je me souvenais de ses bras autour de moi et de son souffle rauque dans mon cou alors qu'il courait vers la sortie.

La nuit tombait lorsque sœur Louise est venue m'annoncer que Léandre serait là, le lendemain avant midi. Mes petites sœurs allaient continuer d'habiter la forêt. Elles auraient de l'aide pour reconstruire la remise et une partie de la cuisine. Sœur Louise m'avait rassurée avant de me souhaiter bonne nuit.

Je me suis réveillée en pensant à ma mère. À cet instant précis, il y aurait bientôt quatre ans, où j'avais décidé trop tard de courir vers elle.

Dehors, l'herbe était encore mouillée de rosée, mais le soleil promettait de tout sécher. J'aurais pu trouver le sentier les yeux fermés.

Je n'ai pas couru. J'avais peur mais tant pis.

J'ai descendu le long du sentier. Les feuilles des trembles flamboyaient au soleil parmi les conifères, mais je me suis concentrée sur les roches et les trous dans le sol comme s'il faisait nuit. C'était ma façon de harnacher mes peurs.

J'ai frémi une première fois en entendant l'eau chanter et encore, un peu plus loin, là où elle rugit avant d'exploser. J'ai mis du temps avant de me décider à descendre. Le sol était sec, mais je cherchais quand même l'endroit le plus sûr.

Au fond de la gorge, j'ai découvert que j'aurais dû quitter le sentier plus tôt. Les gros bouillons et les galets chauds étaient en amont. Alors, j'ai retiré mes souliers et j'ai marché dans l'eau vive en remontant le cours du ruisseau. J'avançais prudemment en me tenant bien droit.

Soudain, je me suis mise à courir. Il était là !

J'ai tombé plusieurs fois. À plat ventre et sur le dos. Mon cœur battait la chamade.

La peur et la douleur n'existaient plus. Il n'y avait que ce cri. Cet appel. Plus fort que les oiseaux sauvages. Capable de déraciner les montagnes.

— JEAN !!!

J'étais prête à l'attendre. Mais il avait menti. Il m'attendait déjà, debout au bord du bassin.

— JEAN !!!

Comment avais-je pu penser que je pouvais fuir ? Comment avais-je pu repousser ce bonheur fou ? La peur est le pire fantôme. Il n'y aura pas de fin du monde. L'été ramènera l'automne. Puis l'hiver. Et le printemps reviendra. Jean sera toujours là. Il fallait y croire.

Il ne m'a pas embrassée. Il n'a pas retiré mon tee-shirt mouillé. Nous avions toute la vie pour nous aimer.

Les arbres étaient immobiles. Ce vent était-il dans ma tête ?

Je l'entendais pourtant. Souffler, siffler, rouler, gronder, chanter.

J'ai contemplé Jean. Ses yeux de terre. Deux grands lacs noirs où l'on peut plonger sans crainte.

Entendait-il lui aussi le vent ? Lui avais-je déjà parlé des sapins ? J'avais toute la vie pour le faire. Mais je crois bien qu'il savait déjà que ces arbres dansent dans la tempête.

La preuve ? Il m'a enlacée.

Peut-être bien que ce vent ne soufflait qu'en nous, mais nous avons dansé. Comme les sapins dans la tourmente. Avec ces longs gestes amples et gracieux qui défient les tempêtes. Nous avons dansé dans la musique du torrent, jusqu'à ce que les vents fous se taisent en nous.

Après, seulement, nous nous sommes embrassés. Gauchement et un peu désespérément. La guerre n'était peut-être pas finie, mais nous ne serions plus jamais seuls.

Épilogue

Jean est resté dans ma vie. Élisabeth aussi.

Nous habitons au bord du lac. Pas très loin de la maison bleue. Jean a ouvert une clinique vétérinaire entre le lac Supérieur et Saint-Jovite.

J'ai terminé mon bac. Je pourrais enseigner. Mais pas tout de suite. Mon ventre est gros et j'écris beaucoup.

Il m'arrive souvent de remonter le sentier, à matines ou à vêpres, et de retourner m'asseoir dans la chapelle, au milieu du premier banc. Je n'ai plus mal en entendant le chant des moniales.

J'aime la chaleur de cette petite chapelle. Certains jours, j'ai l'impression de me mêler un peu à elles. Je ne chante pas. Je ne prie pas. Mais parfois, secrètement, je Lui dis merci.

Merci d'être vivante. Merci pour cette route qui mène, par-delà le lac, par-delà la cascade, jusqu'à elles.

J'ai gardé le petit sac à dos, le porte-documents et les lettres.

Il y en a une de plus.

le 12 septembre

Chère Marie-Lune,

J'ai prononcé mes vœux solennels hier. Je n'enfreindrai plus la loi du silence. Mais jamais je ne regretterai d'avoir couru jusqu'à la maison des visiteurs cette fameuse nuit d'orage.

Tu es mon cadeau de Dieu, Marie-Lune. Sans doute voulait-il, avant que je le rejoigne, me rappeler combien les humains sont beaux.

Je n'oublierai pas ton regard mauve, si plein de vie, malgré la peur, la douleur, la détresse. Je resterai bouleversée par cette petite femme prête à braver les flammes pour moi. Je garderai un merveilleux souvenir de nos randonnées parmi les geais et les sittelles et en contemplant les arbres je penserai toujours à toi.

Surtout, jamais je n'oublierai cette voix désespérée dans la nuit d'orage. Tu te croyais si faible et si perdue... Si seulement tu avais pu t'entendre décrire ces grands sapins qui poussent vers le ciel. Qui défient les tempêtes et se moquent du vent pour valser dans la tourmente. C'est peut-être le plus bel hommage à Dieu qu'il m'ait été donné d'entendre.

Le diras-tu à sœur Louise? Ne te moque pas... En t'écoutant, Marie-Lune, je me souviens d'avoir songé que Dieu est peut-être un arbre.

Tu me fais rire, ma belle. Crois-tu vraiment que tu n'as pas la foi?

Réfléchis un peu...

Et jure-moi que tu ne crois pas en quelque chose de plus beau, de plus grand, de plus fort que toi? Qui t'attire et te dépasse? Jure-moi que tu ne ressens jamais un curieux vertige? Une joie fulgurante, imprévue, mystérieuse?

Tu crains toujours de ne pas être assez forte, Marie-Lune. Il aurait fallu que tu te voies dans mon petit lit, cette première nuit où je t'ai recueillie. Les joues en feu, les yeux hagards, criant, hurlant, gesticulant. Tu te débattais avec une force inouïe. Tu livrais une terrible bataille.

Tu n'as pas à épouser Dieu pour avoir la foi, Marie-Lune. Ni même besoin de connaître son nom... Je ne crois pas à ce vide en toi. Ni à ce silence immense. Creuse-les. Tu verras. Le silence est un leurre ; l'absence aussi.

Un jour, peut-être, tu parleras à Dieu. Et il te répondra. Mais tu découvriras alors que tu le connaissais déjà. Un peu comme ces gens que l'on croise tous les jours dans la rue, le long du même parcours. Et puis, un matin, pour mille raisons ou pour rien, on se dit bonjour. On se reconnaît. Après, c'est différent.

Sois heureuse, Marie-Lune. Aime Jean comme j'aurais aimé Simon. Et quoi que tu fasses, où que tu ailles, n'oublie pas que je serai toujours ici et que je resterai, si tu le veux bien, ta petite sœur,

Élisabeth

D'AUTRES TITRES DE DOMINIQUE DEMERS

La suite du best-seller *Marie-Tempête*!

Malgré la peur de faire fausse route et de blesser ceux qu'elle aime, Marie-Lune part à la recherche de l'enfant qu'elle a donné en adoption il y a maintenant seize ans. Pour en finir avec les regrets et les non-dits, pour aller de l'avant… pour rallumer les étoiles.

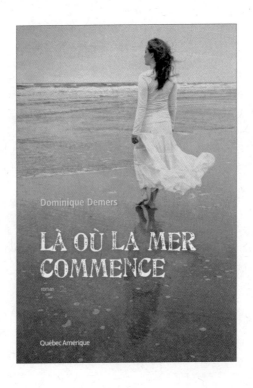

Dominique Demers

LÀ OÙ LA MER
COMMENCE

roman

Québec Amérique

C'est dans un royaume de pics somptueux et de caps
battus par une mer enragée, d'anses secrètes et de baies en-
vahies par les goélands que l'histoire de Maybel et William
prend racine. Au fil de dix rendez-vous hors du commun, ils
se laisseront envoûter par les trésors du panorama maritime
et se découvriront d'autres passions encore plus fulgurantes…

DOMINIQUE DEMERS

Maïna

QUÉBEC AMÉRIQUE

Maïna, la fille du chef de la tribu des Presque Loups, amorce une longue quête, celle de son identité. Le périple de l'Amérindienne sera empreint d'émotions, de sensualité et de spiritualité. Un superbe voyage aux confins du Grand Nord, il y a 3 500 ans.

- Prix du livre M. Christie 1997 – Finaliste
- Prix Brive/Montréal 12/17 1997 – Finaliste
- Prix du Gouverneur Général 1997 – Finaliste

Dominique Demers

le
pari

roman

QUÉBEC AMÉRIQUE

Un pari qui a pour enjeu la survie d'une itinérante arrivée à l'urgence sans papiers, sans identité. Un pari qui révé-
lera la vie secrète de Maximilienne, une femme médecin
qui ne pourra plus échapper aux fantômes de son passé.

 **GARANT DES FORÊTS** INTACTES | L'impression de cet ouvrage sur papier recyclé a permis de sauvegarder l'équivalent de 32 arbres de 15 à 20 cm de diamètre et de 12 m de hauteur.

Achevé d'imprimer au Canada
sur papier Enviro 100% recyclé
sur les presses de Imprimerie Lebonfon Inc.

100%